Desert Tears

사막의 눈물 1

어느 한국인 용병 이야기

일러두기

1. 네멩게공화국은 중부아프리카에 위치한 가상의 국가이다.

2. 따라서, 이 책에 나오는 네멩게공화국과 관련된 내용은 모두 작가가 지어낸 허구이다.

3. 다른 사건들 역시 현실과는 아무 관련이 없다.

판테온하우스

Desert Tears
사막의 눈물 1

어느 한국인 용병 이야기

윤충훈 지음

판테온하우스
Pantheonhouse

2부

1부

- **FN-FAL** : 벨기에 FN사에서 만든 7.62mm 구경 보병용 소총.

- **M-16** : 미국에서 개발한 5.56mm 구경 보병용 소총.

- **M-249 기관총** : 벨기에 FN사에서 만든 FN Minimi 분대지원화기. 구경 5.56mm.

- **M-9 베레타** : 이탈리아 베레타사에서 개발한 9mm 권총.

- **45구경 콜트** : 미국 콜트사에서 개발한 45구경(11.43mm) 권총.

- **KA-Bar** : 미해병대의 전투용 및 다용도 칼. 전체길이 310mm, 칼날길이 180mm, 칼날 재질 고강도 탄소강, 핸들재질 적층가죽.

- **M-113** : 미국에서 개발한 병력수송 장갑차. 무게 12.3t, 길이 4.863m, 폭 2.686m, 높이 2.5m, 승무원 2명+11명 탑승, M2 50구경 중기관총 무장.

- **BMP-1 · BMP-2 · BMP-3** : BMP계열 장갑차는 러시아가 개발한 현대식 개념의 보병 전투장갑차로 BMP-1에는 73mm, BMP-2에는 20mm, BMP-3에는 100mm 포가 장착되어 있다.

- **RPG(Rokect Propelled Granade)** : 구 소련에서 개발한 대전차 로켓 발사기의 총칭. 수많은 개량형이 있으며, 저렴한 가격과 쉽게 구할 수 있기 때문에 가장 광범위하게 사용되고 있다.

- **AK-47** : 러시아의 미하일 칼라시니코프가 설계한 돌격용 소총. 구경 7.62*mm*, 길이 86.9*cm*, 무게 4.3*kg*, 최대사거리 1,500m, 유효사거리 300m.

•**UH-1** : 미국제 헬리콥터. 무게 2,517kg, 넓이 14.62m(로터 직경), 길이 17.46m, 높이 4.53m, 실용상승고도 6,097m, 최고속도 226km/h, 항속거리 517km, 승무원 2명 탑승.

•**UH-60 블랙호크** : 미국제 헬리콥터. 엔진 1,800마력, 최대순항속도 257km/h, 최대 항속거리 592km, 탑승인원은 승무원 3명+무장병력 11명.

•**수퍼푸마/쿠거 헬리콥터** : AS332/AS532는 AS330 푸마로부터 발달한 대형 수송용 헬기. 1990년 모든 군사용 수퍼푸마의 제식번호가 AS 332 수퍼푸마에서 AS532 쿠거 로 변경됐다. 민간용과 군용을 구별하기 위해서였다. 소설에 나오는 프랑스군의 쿠 거헬기와 칼리프사의 수퍼푸마는 같은 기종이며, 군용와 민간용의 차이가 있을 뿐 이다. 메인로터 직경 16.20m, 전장 19.50m, 전고 4.97m, 총중량 9,750kg, 최대속도 327km/h, 항속거리 850km, 탑승인원은 승무원 2명+무장병 24명.

•**RQ-1 프레데터** : 미국이 개발한 무인정찰기 및 공격기. 날개길이 14.84m, 동체길 이 8.23m, 비행고도 7.6km, 행동반경 900km, 비행시간 약 24시간(약 204kg의 화물탑재 시), 대당 가격은 약 2,500만 달러(약 325억 원).

•**R66** : 미국 로빈슨 헬리콥터사에서 개발한 5인승 민간용 헬리콥터.

•**C-123** : 미국 페어차일드사에서 제작한 쌍발수송기. 최대속도 367km/h, 순항속 도 278km/h, 행동반경 5,279㎞, 한계고도 9,560m, 기체무게 16,043kg, 날개길이 33.53m, 본체 길이 23.92m, 높이 10.39m.

•**AC-130** : C-130을 화력 지원용으로 개조한 항공기. 105mm•40mm•25mm 포를 측 면에 장착하고, 일정지역 집중 공격이 가능하다. 길이 29.8m, 높이 11.7m, 최고속도

마하 0.4, 비행가능고도 7,576m, 항속거리 2,400*km*, 탑승인원은 승무원 13명(AC-130U).

•**G3SG1** : 독일 Heckler&Koch사가 G3 소총을 저격용으로 개조한 소총. 작동 형식은 지연 블로우백/반자동. 전장 1,025mm, 무게 5.54kg, 탄속 830m/sec, 구경 7.62m/51mm, 총신 450mm, 탄창장전수 5/20발, 발사속도 550발/min .

•**AT-4 대전차로켓** : 스웨덴에서 개발하고 미군이 채택한 대전차로켓. 길이 1,020mm, 무게 6.7kg, 구경 84mm, 포구속력 290mps, 길이 460mm, 무게 1.8kg 최소 사거리 30m, 최대사거리 2,100m, 유효사거리 300m, 관통력 400mm, 비행시간 250m, 1초 미만 포구속력 초당 285m.

•**M-72 66mm 로켓** : 미국이 1960년대 개발한 대전차로켓. 보병용으로 가벼우 며 일회용이다. 중량 2.3kg, 런처길이 881mm(열었을 때)/630mm(닫았을 때), 지 름 124mm, 로켓구경 66mm, 장갑관통력 300+mm, 길이 508mm, 중량 1kg, 초구 속도 144.8mps, 최소발사거리 10m(전투시), 최대사정거리 1,000m, 유효사정거리 200m(고정목표)/165m(이동목표).

•**M-4 Carbine** : M-16소총의 단축개량형. 구경 5.56mm, 전장 75.7cm~83.8cm, 중량 2.6kg.

•**M1919 브라우닝 30구경 경기관총** : 구경 7.62*mm*, 길이 104.1*cm*, 무게 14.05*kg*, 최 대사거리 3,500m, 유효사거리 1,000m.

2부

- **CH-47 치누크(Chinook)** : 동체에 앞뒤로 배열된 2개의 3엽 회전날개가 서로 반대로 회전하면서 균형을 이루고 추진력을 발생하는 탠덤회전날개식 헬리콥터. 최대내부 적재량 12,944*kg*, 외부견인능력 12,700*kg*, 이륙중량 22,680*kg*, 최대순항속도 259*km*/h, 항속거리 1,207*km*.

- **Mi-8** : 러시아제 헬리콥터. 전장 18.17m, 전폭 2.50m, 전고 5.65m, 기체중량 7,260kg, 순항속도 180km/h, 최대속도 260km/h, 실용상승속도 4,500m, 항속거리 445~500km, 출력 1,700hp 엔진 2기 탑재, 무장 55mm 로켓포드 4문, 대전차 미사일 탑재 가능.

- **BTR-70** : 러시아에서 개발한 차륜형 수륙양용 장갑차. 중량 11.5t, 길이 7.535m, 폭 2.8m, 높이 2.32m, 차체구조는 강판용접 구조. 장갑두께 9~7mm, 동력장치 6기통 가솔린 엔진 2기. 엔진 1기 출력 88kW/120마력, 변속장치 수동변속기(전진 4단, 후진 1단), 최고속도 80km/h(도로), 10km/h(수상). 연료탑재량 350리터, 최대항속거리 600km(도로), 부상도하능력 있음, 수직 장애물 통과능력 0.5m, 참호통과능력 2m, 승조원+탑승병력은 11명.

- **BTR-80** : 탑승인원 10명(승무원 3명+전투병 7명), 중량 13,600kg+3%, 톤당 마력수 19.1hp/t, 엔진 260마력, 타이어 tubeless 공기타이어, 전장 7.65m, 전폭 2.9m, 전고 2.35m, 지상고 475mm, 최고속도 80km/h(도로), 20~40km/h(야지), 수상속도 9km/h, 주행거리 600km(도로), 200~500km(야지), 수상주행시간 12시간, 등판각 30도, 수직

장벽 0.5m, 통과폭 2m.

•**M-47** : 1951년 미국에서 생산, 미국을 비롯해 독일·프랑스·그리스 등 세계 여러 나라에서 운용했다. 중량 46t, 시속 48*km*, 항속거리 128*km*. M36형 90*mm* 포 1문과 12.7*mm* M2 기관총 1정, 7.62*mm* 기관총 2정 등으로 무장.

•**M-48** : 1950년대 미국 크라이슬러가 M47을 대체하기 위해 개발된 주력 전차. 중량 44.6t, 시속 48*km*, 항속거리 110*km*, 탑승인원은 승무원 4명.

•**M-60** : 최고속도 48.3 km/h, 항속거리 480km, 주무장 105mm포, 부무장 12.7mm 기관총/7.62mm 기관총 2정.

•**T-54/55** : 러시아에서 개발된 주력전차. 최고속도 55km/h, 항속거리 500km, 주무장 100mm포, 부무장 7.62mm, 기관총 2정.

•**T-72** : 1973년 구 소련 육군이 채택한 주력전차. 무게 41t, 최고속도 60*km*/h, 항속거리 500*km*. 주무장 125mm 활강포, 부무장 7.62mm 기관총 2정.

•**M-40 106mm 무반동총** : 미국제 대전차 무반동총. 통상 차량에 탑재해서 운용. 무게 196.85kg, 길이 340.36cm, 강선수 36조. 우선유효사거리 1,100m.

•**CZ-75** : 체코에서 만든 자동권총. 9mmx19mm 탄 사용. 총 장탄수 15발.

•**M2 브라우닝 50구경 중기관총** : 미국에서 개발한 중기관총. 구경 12.7*mm*, 길이 165.0*cm*, 무게 38.2*kg*, 최대사거리 6,800m, 유효사거리 1,830m.

•**SVD 드라구노프** : 러시아 에비제니 F 드라구노프가 설계한 대인저격총. 작동형식 가스자동식/회전노리쇠방식/반자동, 강선 4조우선, 전장 1,255mm, 무게 4.31kg, 탄속

830m/sec, 구경 7.62mmx54, 총신 610mm, 탄창장전수 10발, 유효사거리 1,000m, 최대살상가능거리 3,800m.

•**M-79** : M-79 유탄발사기. 구경 40mm, 길이 730mm, 무게 2.72kg, 사거리 300m.

•**G3** : 독일 헤클러&코흐사에서 제작한 보병용 소총. 구경 7.62*mm*, 길이 102.5*cm*, 무게 4.4*kg*, 강선 4조 우선, 유효사거리 400m.

•**TOW 대전차 미사일** : 미국에서 개발된 대전차 미사일. 무게 22.6kg, 직경 14.9cm, 길이 121.9cm, 탄두중량 12.4kg, 비행시간 21초, 장갑관통능력 800mm, 최대유효사정거리 3,750m.

•**AGS-17 30mm 유탄기관총** : 탄약 30mm, 포구속도 185m/s, 무게(삼각대 및 사이트 포함) 31kg/본체 12kg, 발사속도 분당 400발, 사정거리 1,700m, 유탄 무게 350g, 유탄 비행무게 275g, 살상범위 71~112 m^2.

•**PKM(PK 다목적 기관총)** : 러시아의 칼라슈니코프가 개발한 다목적 기관총. 구경 7.62×54 mm, 작동방식 가스작동식, 총열 658mm, 전장 1,178mm, 중량 8.99kg, 총구속도 825m/s, 유효사기리 1,000m.

제1장

트래비스 경비 서비스

먼지가 일고 있다. 차량은 총 3대였다. 에드워드 영은 쌍안경을 들었다.

"선두는 M-113 장갑차, 뒤에 트럭 2대."

에드워드 영이 왼쪽을 돌아보며 말했다.

"저 놈들이오, 중위?"

"예, 저 장갑차의 기관총 때문에 피해가 컸습니다."

에드워드 영은 다시 쌍안경을 들여다보았다. 같이 온 정부군 중위는 자신의 AK 소총을 장전하고 있었다.

"가능하겠습니까?"

"강을 건너면 공격할 겁니다."

짧게 대답한 에드워드 영은 먼지가 일지 않게 슬금슬금 기어서 뒤로 물러났다. 지금 오고 있는 무장병력들은 네멩게공화국의 반군이다. 이곳 중부아프리카에서는 누가 반군이고, 누가 정부군인지조차 불분명하지만, 회사의 입장에서는 분명 저들이 반군이다.

6개월 전, 치열한 전투 끝에 산악지대로 물러난 반군이 일주일 전부터 다시 세력을 확장했고, 며칠 전부터는 박격포 공격을 시작해 정부군 피해가 컸다. 짧고 강한 반군의 기습 공격에 정부군은 속수무책이었다. 에드워드 영과 함께 있던 정부군 중위는 이틀 전 반군을 찾아내는 데는 성공했지만 그들 능력으로는 감당할 수 없었다고 했다.

정부군을 돕는 회사의 방침은 간단했다.

'Search and Destroy!'

이런 이유로 에드워드 영과 그의 대원들은 오후 늦게 먼지 날리는 사바나의 흙먼지 속을 풋내기 정부군 중위와 함께 뒹굴고 있었다.

에드워드 영과 히지가타는 정부군 중위와 함께 주변이 내려다보이는 모래 둔덕에 위치를 잡고 있었다. 건기라서 유량이 많이 줄어든 켄자키강은 건너기가 쉬웠다. 이곳이 반군이 자주 오가는 주요 통로임은 분명해보였다. 며칠 전에 생긴 차량 바퀴자국이 아직도 선명했다.

반군이 점점 다가오고 있었다. 선두의 장갑차가 강기슭에 정차하자 잠시 흙먼지가 가라앉았다. 장갑차의 동축기관총 뒤로 4.2인치로 보이는 대구경 박격포가 에드워드 영의 눈에 들어왔다. 장갑차가 다시 이동하기 시작했다. 며칠간의 공격 성공으로 매복 가능성은 생각하지 않는 것 같았다. 장갑차가 강을 건너 올라와 에드워드 영과 히지가타가 매복한 둔덕 앞을 지났다.

그 때 강기슭에서 2발의 RPG가 날아와 뒤따르던 트럭에 작렬했다. 폭발과 동시에 장갑차가 멈추고 탑승병력들은 그 충격으로 몸을 숙였다.

잠시 후 히지가타가 M-16 소총으로 장갑차의 기관총수를 재빨리 제거하자, 에드워드 영은 45구경 콜트를 꺼내 들고 장갑차로 달려갔다. 살아남은 반군들이 필사적으로 저항했지만 신경쓰지 않았다. 장갑차가 움직이기 전에 빨리 끝내야 했다.

무한궤도를 밟고 장갑차에 올라탄 에드워드 영은 45구경 권총으로 박격포 운용병 둘을 제거하고 운전석으로 향했다. 그 때 장갑차가 급히 회전하기 시작했다. 방향을 돌려 다시 돌아가려는 모양이었다. 장갑차는 다시 강을 건너 전속력으로 되돌아가고 있었다. 운전병은 겁을 먹었는지 해치를 닫지도 않고 있었다. 적이 올라탄 것도 모르는 것 같았다. 균형을 잃고 시체 사이로 넘어진 에드워드 영이 다시 일어섰다.

운전병을 밖으로 끌어내야 했다. 지금 죽이면 시체처리만 귀찮아진다. 숨을 크게 들이 쉰 에드워드 영은 시체들 틈에서 일어나 운전석으로 가서 백색 연막탄을 집어넣었다. 매캐한 연기에 당황한 운전병이 몸을 일으키자 운전병의 뒤통수에 총을 겨누고 말했다.

"차 세워!"

운전병이 급정거를 하자 몸이 앞으로 쏠렸다. 정면으로 비치는 햇살이 눈을 찡그리게 했다. 뒤로 두 걸음을 물러난 에드워드 영은 손을 들고 밖으로 올라온 운전병에게 물었다.

"최종목적지가 어디였나?"

앳돼 보이는 운전병이 더듬거리며 영어로 답했다.

"난 그저 운전만 했습니다. 오늘 목적지도 몰랐어요. 그냥……"

말을 채 끝내기도 전에 에드워드 영이 방아쇠를 당겼다. 어차피 반군은 사형이다. 어떠한 정보도 제공할 수 없다면 살려둘 필요가 없다. 장갑차 내부가 깨끗한 것을 확인한 에드워드 영은 연막탄을 밖으로 던지고 나왔다.

히지가타가 도착해 있었다.

"캡틴, 오늘은 벌이가 괜찮은데?"

히지가타가 웃으면서 말했다. 나머지 대원들도 상황을 마무리하고 속속 도착했다. 적은 전원 사살, 아군 사상자는 없다. 오늘 전투는 이것으로 끝이다.

곧 전리품이 된 장갑차가 다시 움직이기 시작했다. 해가 서서히 지고 있었다. 초원의 야생동물들이 길게 늘어진 2대의 랜드로버와 장갑차의 그림자를 신기한 듯 구경하며 낙조를 즐기고 있었다. 하지만 어둠이 내리면 늘 그래왔듯이 생존을 위한 전투가 시작되리라.

신속한 일 처리에 감탄한듯 1시간 넘게 조용히 앉아있던 정부군 중위는 회사 주둔지가 보이는 지점에 이르자 비로소 입을 열었다.

"당신들의 솜씨는 탁월합니다. 정부군 대부분이 당신들을 좋게 생각하지 않지만, 난 안 그래요. 당신들을 존경합니다. 그런데 당신들이 예전의 이그제큐티브 아웃컴즈 출신이라는 게 사실입니까?"

랜드로버에 탑승한 어느 누구도 정부군 중위의 질문에 대답하지 않았다. 그러자 에드워드 영이 통명스럽게 말했다.

"과거는 묻지 마시오, 중위. 난 내 과거에도 관심이 없으니까."

주둔지에는 정부군 차량 1대가 도착해 있었다. 전과 확인과 장비 구매를 위한 차량이었다. 정부군 구매담당관인 소령 하나가 담배연기를 내뿜으며 장갑차로 다가섰다.

"미제 장갑차라……. 상태가 좋군. 박격포와 함께 1만 달러에 사겠소. 반군은 두 당 50달러로 계산하고, 총은……"

그가 장갑차에 가득찬 시체를 본 것은 에드워드 영의 기분을 망쳐놓았다. 이미 나온 전투성과를 감상할 필요까지는 없었다. 생명체의 죽음은 더러움만을 남긴다. 계산은 회계담당관이 하면 되고, 흥정이 안 되면 다른 곳에 팔면 된다. 자신의 소총을 어깨에 걸친 그는 무리를 빠져 나와 전투용 조끼를 벗고 담배를 한 대 물었다.

'로간 박사에게 가야겠군.'

담배연기가 가슴 속으로 시원하게 빨려 들어갔다. 얄궂은 기분이 조금 가셨다. 몇 걸음 갔을 때 히지가타가 그를 불렀지만 왼팔을 높이 들어 흔들며 뒤돌아보지 않고 계속 걸어갔다. 그의 공식일과는 이것으로 끝이었다.

에드워드 영이 소속된 민간군사회사인 '트래비스 경비 서비스(Travis Security Service)'는 영국 식민지 시절 영국군 주둔지에 한 달 전부터 자리 잡고 있었다. 1960년대 영국으로부터 독립한 네멩게공화국은 다른 아프리카 국가들과 마찬가지로 끊임없는 내전에 시달렸고, 냉전이 끝난 후에는 외부 지원이 끊기면서 용병들의 활동무대가 되었다.

민간군사회사인 트래비스사가 네멩게에 오게 된 것은 6개월 전 군사 쿠데타 후 일어난 내전이 계기가 됐다. 당시 네멩게 정부는 자신들의 국가조차 지킬 능력도 없는 무장단체 수준의 군대를 보유하고 있었다. 당연히 쿠데타를 저지할 능력도 없었다. 에멩게 정부는 몇 년 전 발견된 구리광산과 니켈광산의 개발권과 지분을 담보로 트래비스사를 고용했다. 쿠데타를 일으킨 반군의 수준도 그리 높은 편은 아니어서 트래비스사의 용병 5백여 명은 치열한 전투 끝에 1만 명이 넘는 반군을 궤멸시키고 산악지방으로 몰아낼 수 있었다. 하지만 급한 불을 끄는데 성공한 네멩게 정부가 계약을 일방적으로 변경했다. 이에 트래비스사는 더 이상의 군사작전을 거부했다.

원래의 계약 내용은 반군을 국경 밖으로 몰아내면 구리와 니켈 광산의 지분을 17.5% 넘긴다는 조건이었다. 그런데 전투가 막바지에 이르자 일방적으로 미화 1,500만 달러로 변경한 것이다. 신생회사인 트래비스사는 달리 선택의 여지가 없었고, 앞으로 1년간의 주둔 대가로 미화 1천만 달러를 더 받는 조건으로 합의했다. 그리고 전투에 투입될 경우, 노획물과 적 사살 수를 기준으로 특별수당을 지급하기로 했다.

이후 네멩게의 상황이 어느 정도 안정되자 네멩게 정부의 쿠데타 우려와 트래비스사의 인건비 절감정책으로 고용인원을 전투병 기준으로 3백 명 수준으로 줄였고, 이곳 영국군 주둔지로 이동하면서 네멩게공화국에 정착해 있던 영국인 의사 로간 박사를 고용했다.

로간 박사의 병원은 주둔지 끝의 1층짜리 붉은 벽돌 건물이었다. 식민지 시절부터 의무실로 사용되어 온 낡은 건물은 분위기가 어수선했다. 박사의 흑인 고용인들이 에드워드 영을 맞았다.

"여기는 총을 들고 오시면 안 됩니다. 병원이잖아요."

젊은 흑인 여자 간호사가 말했다. 에드워드 영은 무표정한 얼굴로 그 여자를 쳐다보았다.

"로간 박사는 계신가요?"

"안에 계시지만 총은 여기에……"

그는 대꾸도 하지 않고 성큼성큼 걸어가 노크도 없이 사무실 문을 열었다.

"박사님, 덥지도 않습니까? 새 사무실이 좋은 모양이군요."

로간 박사는 약병을 정리하고 있었다.

"더워도 좋다네. 제대로 된 사무실을 가져본 적이 없었으니까. 어서 오게 에드워드."

둘은 잘 아는 사이였다. 3개월 전 로간 박사가 네멩게 유일의 백인 의사였을 때 세계보건기구 WHO 직원들과 황열병 역학조사를 수행한 적이 있었는데 그 때 에드워드의 팀이 경호를 맡았던 것이 인연이 되었다. 전투지역을 여러 번 통과하면서도 로간 박사와 WHO 직원들을 무사히 경호했고, 역학조사가 끝날 때까지 잘 도왔기 때문에 로간 박사는 에드워드 영과 그의 팀을 신뢰하고 있었다. 트래비스사는 이 일로 UN과 WHO로부터 공식적인 감사장을 받기도 했다.

뛰어난 병리학자인 로간 박사는 영국 군의관 출신으로 포클랜드 전쟁에 참전한 경험도 있는 외과전문의였다. 이런 이유로 독자적인 연구와 난민 구제를 방해하지 않는다는 조건으로 트래비스사와 얼마전 계약을 맺은 것이다.

총과 장비를 내려놓은 그에게 박사가 말했다.

"다른 병력들은 오전에 다 끝났다네. 자네가 마지막이야."

"밤새 물품 구입 목록을 만들고 주문하느라 오전엔 잤죠. 오후엔 보시다시피 한바탕 하고 왔습니다."

상의를 벗고 왼팔을 내밀자 주사바늘이 쑥 들어갔다. 에드워드 영이 눈살을 찌푸리며 말했다.

"생각보다 아프군요. 무슨 주사죠?"

"콜레라 예방주사라네. 경구용 약을 구할 수 없었네. 이나마도 남아공에서 겨우 입수한 거야."

접종을 마친 박사는 주사기를 물이 가득 찬 세숫대야에 던져 넣었다. 세숫대야에는 다른 주사기들도 많았다. 같이 삶을 모양이었다.

"트래비스사 협찬으로 일회용 주사기라도 재활용할 수 있는 거지."

에드워드 영은 주사 맞은 곳을 꾹 눌렀다. 전쟁이 아니라도 온갖 질병이 만연하는 이곳에 정부는 어떠한 의료대책도 강구하지 못하고 있었다. 최근 들어 유럽 봉사단체에서 의사 2명을 보내줘 활동하고는 있지만 그들이 얼마나 버틸지는 모르는 일이었다. 로간 박사는 그동안 사비를 털어 약품과 의료장비를 조달했지만 재산이 다 떨어지자 후원자를 찾아 나섰다. 그리고 겨우 찾은 자금원이 바로 민간군사회사인 트래비스사였다. 사람을 살리는 의사의 자금원이 용병회사인 것이다.

"트래비스 중령과 포클랜드에서 알게 되었다는 것이 사실입니까?"

에드워드 영은 며칠 전에야 그 소문을 들었다. 그것이 사실이라면 취조 가십란에 나올만한 일이라고 생각했다.

"그렇다네. 그는 낙하산부대 소대장이었지. 샌드허스트(영국 육군사관학교)를 나온 중위였는데 텀블다운 전투에서 수류탄 파편에 부상을 당해 실려왔었지. 정확히 기억하고 있네. 성질이 고약했거든. 본토로 돌아오는 병원선에서 해병 하사관의 턱을 분질러 놓았지."

"사관학교 출신인 줄은 몰랐군요."

에드워드 영이 트래비스 중령을 알게 된 것은 7년 전이었다. 같이 여러 곳의 전쟁터를 누볐고 낙하산 강하도 한 적이 있었다. 저렇게 괄괄하고 사업수완이 뛰어난 인물이 영국 육사 출신이라는 사실은 놀라운 것이었다.

"그는 교양이 있는 지성인이라네. 그렇다고 용병이 되지 말란 법은 없지. 교양과 지성을 겸비하긴 자네도 마찬가지 아닌가?"

"저는 그냥 돈이나 벌려고 온 무식한 용병일 뿐입니다."

교양과 지성이 넘쳐흘러도 날아오는 총알을 막지는 못한다. 그런 것들은 감정의 사치다. 에드워드 영은 그런 대화에서 빠져나가고 싶었다. 배도 고팠지만 무엇보다 자신의 과거를 되살리기 싫지 않았다. 상의를 다시 입은 그가 의자에서 일어섰다.

"스테이크나 썰러 가야겠군요. 말라리아 약이나 주시죠."

"책상 앞에 있네. 모기 조심하고 또 보세나. 심심하면 놀러오게."

장비를 들고 급하게 나가는 에드워드 영을 보던 로간 박사는 책상 앞에 놓인 작은 사진 액자를 바라보았다. 30여 년 전, 젊은 시절 수단에서 의료봉사를 하던 중 레니 리펜슈탈(독일 출신 영화감독)과 수단에서 같이 찍은 사진이었다. 오래 전부터 누구나 봐오던 사진이었지만 레니 리펜슈탈을 알아본 사람은 트래비스 중령과 에드워드 영 둘뿐이었다. 영국 외교관조차도 그냥 넘겨버린 사진이었다. 그 때 에드워드 영은 이렇게 말했다.

"레니 리펜슈탈이 영화는 그만 찍고 사진작가를 한다더니 사실인가 보네요. 지금은 죽었겠죠? 그래도 마를린느 디트리히처럼 숨어살다 가는 것 보다는 좋아 보이는군요."

그 때 로간 박사는 에드워드 영 역시 보통 용병은 아니라고 생각했다. 아프리카에서 보기 드문 동양인 용병인데다 몇 달 전보다 훨씬 더 나아진 영국식 영어가 그런 추정을 가능케 했다.

'이곳에 어울리지 않는 이방인은 나 혼자만은 아닌 것 같군.'

로간 박사는 다시 약병을 정리하기 시작했다.

김중택은 맥이 풀린 채 의자에 늘어져 있었다. 지난 3개월 동안 앙골라와 한국을 바쁘게 돌아다닌 탓이다. 오랫동안 질질 끌어왔던 현지인 사망자 유족들과도 협상이 일단락됐다. 한국인 기술자들은 모두 무사했지만 앙골라에서 활동할 직원을 구할 수 나 있을지 의문이었다. 회사를 대표해 동분서주하는 동안 대한민국 외교부는 오히려 대책 없이 해외자원개발을 한다고 짜증만

냈다. 국정원 역시 외국 특파원보다 못한 정보를 제공했다. 도대체 세금을 왜 내는지 알 수 없을 지경이었다. 또다시 이런 일이 발생해서 한국인 기술자가 사망한다면 그 때는 어떻게 해야 할지 벌써부터 머리가 복잡했다. 외교부의 어느 공무원은 대놓고 이렇게까지 말했다.

"당신네들 대기업에서 돈만 밝히니까 이런 일이 생기는 것 아닙니까? 사람들이 염치가 있어야지."

염치? 빈약한 지하자원을 보충하기 위해 아프리카로 눈을 돌린 것은 김중택이 신입사원 시절이던 20여 년 전이다. 현재 그가 이사로 등재되어 있는 성창인터내셔널은 외환위기 때도 다른 회사들과는 달리 아프리카의 지하자원에 대한 이권을 내놓지 않았다. 회사가 문을 닫는 한이 있어도 한국 업체에 지하자원에 대한 권리를 이전한다는 것이 그룹 회장의 방침이었기 때문이다. 그래서 광업공사가 포기한 지분을 성창인터내셔널은 위험을 무릅쓰고 매입했다. 그런 난관을 겪고 이제야 그 빛을 보려는 순간, 천연가스 시추 현장에 무장괴한들이 들이닥쳐 현지인 기술자 2명이 사망했고, 한국인 기술자 2명과 현지인 기술자 3명이 납치를 당하고 말았다.

외교부는 시종 짜증스럽다는 반응이었다. 언론의 주목을 받자 그제야 '태스크 포스팀(Task Force Team)'이라는 말만 거창한 조직을 만들었다. 그러나 한 달 동안 인질범들의 위치는 물론 정체도 파악하지 못했다. 현지 정부와의 일 처리에도 문제가 있었다. 국정원 역시 그룹 차원에서 돈을 주고 산 외신정보보다 못한 정보를 그나마도 뒤늦게 알려와 상황을 더 복잡하게 만들었다.

처음부터 끝까지 성창인터내셔널 김중택 이사와 그의 직원들이 모든 문제를 해결해야 했다. 무장강도와의 몸값 협상도 1인당 미화 7만 달러에 끝냈고, 사망자 유가족에게는 각각 5만 달러가 지급되었다. 그리고 추가로 이런저런 용도로 10만 달러가 더 소요되었다. 도대체 누구를 위한 외교부와 국정원인지 알 수 없었다. 그런데도 염치를 운운하다니.

"일 처리도 제대로 못하면서 무슨 참견이 그렇게도 많은지. 멍청한 놈들."

화가 나서 씩씩거리던 그의 얼굴이 붉어졌다. 일이 잘 해결 되었다며 그룹 차원에서 내일부터 1주일 간 특별위로휴가를 주었지만 그의 화를 잠재우진 못했다. 일단, 따질 것은 따져야 했다. 그는 의자에서 벌떡 일어나 인터폰을 연결했다.

"오늘 중으로 김종근 실장하고 당장 약속 잡아. 어떻게든 만나야 하니까, 아주 중요한 일이라고 해."

제2장

작전명 '가벼운 발걸음'

청담동에 위치한 한식집 〈미담〉은 전직 국정원 직원이 운영하는 음식점으로 주요 인사들이 회동을 위해 자주 이용하는 곳이었다. 김중택 역시 자신의 사회적 위치에 걸맞게 이곳을 만남의 장소로 자주 이용했다.

젊은 여종업원 하나가 특별예약석으로 안내했다. 미담의 종업원은 매니저 2명을 제외하고는 모두 여자였는데, 하나같이 젊고 매력적이었다. 안내를 맡은 여종업원을 보면서 김중택은 잠시 엉뚱한 생각을 했다.

'내가 왜 이러지? 긴장이 풀린 탓인가?'

특별예약석은 손목시계 등을 제외하고는 어떠한 형태의 전자장비도 가지고 들어갈 수 없기 때문에 김중택은 휴대폰을 맡기고 간단한 몸수색을 받아야 했다.

"손님께서 먼저 와 계십니다."

짧게 말하고 돌아서는 여종업원을 보면서 군침을 삼킨 김중택은 문을 열고 방으로 들어갔다.

"저 여자 매력적이죠?"

김종근 실장이 속을 들여다보듯 말했다. 잠시 헛웃음 짓던 김중택이 대답했다.

"원, 별 말씀을……. 바쁘신데 오시게 해서 죄송합니다."

"바쁘긴요. 안 그래도 김 이사님께 식사 대접 한 번 하고 싶었습니다. 앉으시죠."

먼저 술을 마시고 있던 김종근 실장은 김중택이 양복 윗도리를 벗고 좌식의자에 앉자 술 주전자를 들이밀었다.

"김 이사, 그동안 고생 많았습니다. 많이 못 도와드려 죄송합니다."

"고생은요. 실장님께서 신경써주신 덕분에 일이 무사히 끝났습니다."

얼떨결에 술을 한 잔 들이켰지만 예전 술 맛이 아니었다. 김종근 실장과는 항상 매실주를 마셨는데 오늘따라 매실향이 나지 않았다.

"김 이사가 내일부터 특별휴가를 간다고 하기에 휴가 마치고 오면 모실 생각이었습니다. 그런데 오늘따라 매실 향이 나질 않는군요."

김중택은 자신의 마음을 알고 있는 듯한 김종근이 가끔 무섭다는 생각이 들었다. 하지만 말이 잘 통하는 몇 안되는 사람이어서 평소 가깝게 지내고 있었다. 오늘도 그를 본 순간, 마음이 편해졌다. 술맛은 별로였지만 벌써부터 취기가 느껴졌다.

"이번처럼 김 이사를 못 도와드린 적도 없을 겁니다. 요즘 공직사회가 그래요. 아시겠지만, 예전 같으면 우리 회사에서 한마디 하면 외교부나 산자부가 즉각 움직였지만, 요즘 세상이 좋아지다 보니 콧대가 높아져서……."

김종근이 먼저 잣죽을 비우고 식탁에 차려진 전채음식을 먹었다. 김중택은 잣죽을 먹으며 이야기를 어떻게 꺼낼지 생각했다.

"김 이사, 며칠 전에 또 대호건설 근로자들이 납치돼서 시끄럽던데, 계속 이런 일이 생기니 정말 걱정입니다."

"그것 때문에 답답해서 실장님을 찾은 것 아닙니까? 국정원에서도 아직 대책이 없습니까?"

말이 그냥 나와 버렸다. 주워 담을 수도 없고 해서 그냥 나가기로 했다. 김중택이 술을 권하면서 계속 말을 이었다.

"우리 회사가 해외 자원개발에 사활을 걸고 있지 않습니까? 그런데 그게 빛을 보기도 전에 회사가 망하게 생겼습니다. 사실 대호건설 보다 더 합니다. 직원 안전이 가장 중요하지만 현지 설비도 파괴, 약탈되었습니다. 그동안 일을 최대한 조용히 처리했으니 망정이지 안 그랬으면 언론에서 회사를 벌써 망하게 했을 겁니다."

김중택이 다시 잔을 받았다. 김종근은 술을 부으면서도 별 표정이 없었다.

"글쎄, 지금 상황이 그러다보니……"

김종근은 술이 찬 잔을 받아 들고 잠시 바라보는 김중택에게 작심한 듯 계속 말을 했다.

"요즘 유명한 민간군사기업들은 발칸지역과 이라크, 아프간에 사업을 집중하고 있습니다. 그러다 보니 아프리카의 우리 기업이 제대로 된 경비용역을 맡길 믿을 만한 회사가 없어요. 군소업체에 일을 맡기니 납치는 납치대로 당하고, 회사 재산은 모두 작살나고, 돈은 돈대로 쓰고 있어요. 그렇다고 우리가 당장 군 병력을 투입하는 것도 불가능하고……. 당분간 이런 상황은 어쩔 수 없다는 게 제 생각입니다."

김종근의 말대로 성창인터내셔널도 여러 방법을 동원했었다. 해외 군사기업을 활용하려고 시도도 해봤지만 샌드라인, 이그제큐티브 아웃컴즈, 구르카 경비그룹 같은 유명 회사와는 가격이 맞지 않아 일찌감치 포기했다. 궁여지책으로 현지에서 활동하는 군소 군사기업에 일을 맡겨봤지만 비용만 들었을 뿐, 납치사건 뿐만 아니라 생산시설마저 파괴, 약탈당했다. 무장강도에게 무장강도를 막아달라고 부탁한 것이나 마찬가지였다. 일부 지역은 반군들이 아예 점령을 하는 바람에 지분권 행사조차 못하고 있었다.

"그래도 정부 차원에서 발 벗고 나서면 방법이 있지 않을까요?"

지푸라기라도 잡아야 했다. 솟아날 구멍이 없다는 게 말이 되는가? 대호건설의 나이지리아 사업장은 성창인터내셔널이 아프리카 전역에 벌여놓은 사업에 비하면 아무것도 아니었다. 나이지리아는 대통령도 방문한 만큼 상황이 그나마 안정적이라고 할 수 있었다. 이에 비해 성창인터내셔널은 모든 회사 역량을 해외 자원개발에 집중했고, 그 중 70% 가까이가 아프리카 분쟁지역에 집중되어 있었다.

"우리도 계속 정보를 수집하고 있습니다만 별다른 대책이 나오고 있지 않습니다."

김종근이 말을 마치자 식사가 나오기 시작했다. 여종업원 둘이 음식을 차리는 동안 김중택은 담배에 불을 붙였다. 다시 김종근과 둘만 남자 환풍기 돌아가는 소리가 적막을 메웠다. 김종근이 젓가락을 들며 다시 입을 열었다.

"얼마 전 한 가지 방안이 올라온 적이 있습니다. 욕만 듣고 폐기되긴 했지만."

김중택이 젓가락을 들다 놓았다.

"그 방안이 뭡니까? 일단 알고 싶군요."

순간, 김종근이 괜한 말을 꺼냈다는 표정을 지었다. 이번에는 김종근이 담배를 물었다. 사뭇 심각한 이야기인 듯 했다.

"몇 년 전, 그러니까 2002년쯤일 겁니다. 국방연구원에서 연구논문 형식의 보고서가 하나 나왔는데, 그동안 잊혀져 있다가 최근 계속된 근로자 피랍사건에 대한 대응방안으로 거론된 것이 있습니다."

김종근이 뜸을 들였다. 그러자 더 궁금해진 김중택이 술을 한 잔 털어넣고 되물었다.

"그 방안이 도대체 뭡니까? 어차피 폐기된 안이라면 말씀해줄 수 있지 않습니까?"

담배연기를 길게 내뿜으며 회한 섞인 표정으로 김종근이 말을 이었다.

"우리도 민간군사기업을 만들자는 것이었습니다. 정부 통제 하에."

김중택이 깜짝 놀라서 멀뚱히 김종근을 바라보는 사이 김종근이 말을 이었다.

"우리 회사, 그러니까 국정원에서 국방연구원의 보고서를 바탕으로 기획안을 만들어 검토했었죠. 아시다시피, 우리 군의 파병 역량은 충분합니다. 전세계를 둘러봐도 지상군의 경우 최고는 아닐지라도 양적 · 질적으로 모두 수준급입니다. 하지만 정보수집과 분석체계가 약하고 해외에 대한 사전정보도 많지 않습니다. 게다가 파병은 국회에서 결정되기 때문에 정치적으로 문제가 많죠. 그러나 민간군사회사를 만들면 이런 문제를 상당부분 피할 수 있고, 또 해외에서도 국익을 지킬 수 있다고 판단했습니다."

김중택의 머리 속에 옛 일 하나가 떠올랐다. 2002년에 성창인터내셔널도 나름대로 비밀계획을 실행한 적이 있었다. '가벼운 발걸음'으로 명명된 이 프로젝트는 바로 특수부대와 해병대 출신자 중에서 조건이 맞는 사람을 비밀리에 특채해서 아프리카의 위험한 사업장 경비를 맡긴 다는 것이었다. 한 마디로 실미도 부대의 민간인 판이었다. 우선, 선발대로 20명을 4곳의 사업장에 5명씩 배치했다. 가족들에게도 단순 해외파견 근무라고 안심시켰다. 이들의 임무는 현지에서 무기를 자체 조달하고 경비인력을 채용, 훈련시켜서 그들과 함께 사업장을 보호하는 것이었다. 그러나 결과는 대실패였다.

아프리카 오지 중에서도 가장 열악한 곳으로, 현지 직원들도 일주일에 한 두 번 밖에 못 가는 사업장에 상주하면서 경비를 한다는 것은 목숨을 거는 것과도 같았다. 어느 정도 희생도 각오했지만 성과도 상당하리라 기대했었다. 그러나 결과는 너무나 참혹했다.

선발대 20명 중 6명이 말라리아 · 황열병 · 뎅기열 · 아프리카 수면병 등에 걸렸고, 그 중 2명이 사망했다. 나머지도 각종 기생충 질환과 성병에 시달렸다. 심지어 에이즈에 걸린 사람도 있었고, 뱀을 잡아 먹으려다 뱀에 물려 죽기도 했다. 과거 유럽 열강들의 아프리카 원정탐험대도 아니고, 21세기 대한민국 대기업에서 엄선한 인력들이 예방접종과 각 질병에 대한 약까지도 철저히 준비했는데도 불구하고 그렇게 당한 것이다. 날고 긴다는 특수부대 출신도, 해병대 출신도 쓸모없었다. 예비역이라서 군기가 풀려서 그랬던 것일까? 아프리카 풍토병에 대한 국내 연구 수준이 미달이어서 그랬던 것일까?

게다가 현지 채용인력과의 마찰로 인해 2명이 총을 맞고 사망하는 사건까지 발생했다. 설상가상으로 현지인 여성을 강간하려다 1명이 원주민들에게 맞아 죽는 일도 있었다. 현지 근로자와 사업장을 보호하기는커녕 자신들의 생명이 위협받게 된 것이다. 무장단체와의 교전도 없이 말 그대로 자체 몰락한 것이다. 환자와 부상자를 후송하기도 여간 힘든 일이 아니었다. 인근에 주둔하던 영국군 헬기의 지원으로 겨우 귀국할 수 있었다.

현지에서 활동하던 직원들은 일주일에 한 두 번 현장에 들르는 관계로 이들을 관리, 감독할 수 없었다. 하지만 상황이 이렇게까지 악화되자, 이런 사람들을 왜 보냈냐고 본사를 성토하기에 이르렀다. 이 모든 것이 선발대 투입 3개월 동안 일어났다. 1년여의 준비 끝에 야심차게 시작한 프로젝트의 참담한 결과였다.

그나마 다행인 것은 정부가 이 사실을 전혀 눈치채지 못했다는 것이다. 그도 그럴 것이 선발대를 파견한 국가는 상주 외교관이 1명도 없는 곳이었다. 한국의 대 아프리카 외교력의 부재가 오히려 사건 무마에 도움이 된 것이다. 시간은 걸렸지만 돈을 풀어 현지에서의 일은 일단 마무리됐다.

시간이 어느 정도 흐른 후 정부가 알았지만 때마침 시작된 월드컵 열기를 식히고 싶지 않았을 것이다. 서해교전까지도 정부와 언론이 합세해 유야무야 만들지 않았던가? 국정원도 나중에야 이 사실을 알고 그냥 넘어갔다고 김종근 실장이 말한 적이 있다. 2002년 연말에야 외교부 차원에서 비공식적 경고가 있었을 뿐이었다. 월드컵이 아니었으면 세상에 알려져 난리가 났을 사건이었다.

그룹 수뇌부는 당시 사회 분위기를 틈타 최대한 조용히 일을 마무리할 것을 지시했고, 그 계획을 입안한 성창인터내셔널의 사장과 임원들은 무더기로 경질되었다. 그룹 전체가 동원된 뒤처리를 진두지휘한 사람이 바로 김중택이었다.

그는 이 민간인판 실미도 계획을 필사적으로 반대했기 때문에 살아남을 수 있었다. 그 후 회사가 먼저 앞장서서 이런 일을 계획하는 일은 절대 없었나. 따라서 김중택이 반대한 이유는 명확했다. 자고로, 뱀독에서 뱀을 꺼낼 때는 남의 손을 빌리는 것이 옳기 때문이다. 문제는 누구의 손을 빌리냐는 것이다. 이처럼 문제의 핵심은 간단했지만 항상 원점에서 맴돌고만 있었다.

지금이라도 유명한 민간군사 업체에 일을 맡기고 싶었지만 김종근의 말대로 가격이 엄청 올라버렸다. 게다가 이그제큐티브 아웃컴즈는 공식적으로 해체됐고, 구르카 경비그룹은 아프리카에서 사업을 사실상 접은 상태였다. 다른 군소업체들 역시 비용이 많이 오른 상태였다.

그런데 국가가 이런 일을 한다고? 외교활동인지 애교활동인지 모르는 대한민국이 과연 그럴 배짱이 있을까? 별 내용 없을 것이다. 그러니 욕만 듣고 폐기되었겠지. 황당했지만 김중택은 그래도 관심이 있다는 듯 몸을 앞으로 기울이며 낮은 소리로 물었다.

"용병회사를 만든다는 겁니까?"

김종근이 고개를 가로저으며 담담하게 답했다.

"당장 그 정도까지는 아니고…… 어…… 그러니까…… 음…… 뭐, 별것 아니니까 얘기해드리죠."

깜짝 놀라 눈을 떴다. 새벽 4시쯤 겨우 잠이 들어었다. 방역작업을 하는 모양이었다. 새벽 4시 30분에 기상하는 다른 병력들은 이미 일과를 시작한 모양이었다. 그러나 달리 할 일이 없던 그는 시끄러운 소독기 소음을 들으며 모기장 안에서 꿈쩍도 하지 않았다. 가벼운 불면증 때문에 늦게 잠을 자면 낮 동안이라도 보충을 해야 하지만 낮에 잠을 잘 수 없으니 이렇게라도 편안히 눈을 감고 있어야 조금이나마 피곤이 풀렸다.

'일본 AV(Adult Video)가 보고 싶군.'

그에게 있어 포르노 영화는 불면증 치료제였다. 수면제를 먹어도 봤지만 머리가 아프거나 멍청해지는 것 같아서 더 이상 먹지 않았다. 포르노 영화가 잠을 자는데 특효약이라는 것은 아주 우연한 기회에 알게 되었다. 그것도 서양 포르노보다는 아기자기한 맛이 있는 일본 포르노가 더 효과가 있었다.

아무래도 생김새가 비슷하고, 일본만큼 포르노가 발달된 나라도 없기 때문일 것이다. 하지만 인간의 상상력은 한계가 있기 마련이어서 뻔한 내용, 뻔한 동작, 뻔한 색상의 영상에 언젠가부터 질리기 시작했다. 나중에는 포르노를 보다가 하도 지겨워서 잠을 자게 되었다. 불면증이 조금씩 차도를 보이기 시작한 것도 그 때부터였다.

그러나 예전 주둔지에서는 전기가 들어와 노트북을 이용해서 포르노를 볼 수 있었지만 이곳은 전기가 들어오지 않았다. 전투가 한창일 때야 피곤에 지쳐 언제든 곯아 떨어졌지만 최근 들어서는 큰 전투가 없어 피곤할 일도 없었다. 간혹 밤을 지새우는 일도 있었지만 그리 피곤할 정도는 아니었다. 사격이나 각종 훈련도 그를 지치게 하지 못했다. 유일하게 전기를 사용하는 통신대 역시 배터리를 사용하는 터라 여유 전기가 없다며 그의 부탁을 거절했다.

'망할 놈의 아프리카. 젠장 할…….'

조만간 전기가 들어온다고는 했지만 네멩게의 전력공급 계획을 믿을 수 없었나. 어쨌든 그 결과, 다시 불면증에 시달리게 된 것이다. 최소한 그의 생각은 그랬다. 침대에서 일어난 그는 샤워실로 향했다. 새로운 하루가 시작되었으니 일과를 시작해야 했다. 시계가 오전 9시를 가리키고 있었다.

미제 사막 3색 위장복을 입은 그가 터벅거리며 걸어간 곳은 트래비스 중령의 사무실이었다. 일주일간의 남아공 출장에서 어제 돌아온 트래비스 중령이 일어나는대로 자신을 찾아오라고 어제밤에 연락을 해왔다. 그는 책상 앞에 앉아 홍차를 마시며 서류를 읽고 있었다.

"출장은 잘 다녀오셨습니까, 중령님?"

"반갑네, 에드워드. 일은 잘 마치고 왔네. 며칠 전에 한 건 했다면서?"

트래비스가 건네 준 뜨거운 홍차는 까칠했던 입안을 개운하게 해주었다. 영국식 만병통치약인 홍차가 이렇게 맛이 있다는 것을 느낀 것도 오랜만이었다. 홍차를 마시며 장갑차 노획 전투 얘기를 모두 전해 들은 트래비스가 잠시 뜸을 들인 후 말했다.

"자네도 이제 회사의 중역으로 승진해야 되지 않겠나?"

에드워드 영은 말없이 트래비스를 바라보며 홍차를 홀짝거렸다.

"자네와 내가 생사고락을 함께한 지도 벌써 7년째이군. 작년엔 마침내 회사도 차렸고. 물론, 재정후원자의 도움이 컸지만 말이야. 이번에 케이프타운에 갔을 때 후원자가 수익성 향상에 대해서 말하더군. 그런데 회사가 더 성장을 하려면 돌비와 자네가 날 도와서 중역으로 나서 줘야 한단 말이야. 다른 간부들도 있지만 사실 돌비 소령과 자네 정도가 중역으로 활동할 능력이 있지.

"경영에 직접 참가하란 말이군요."

트래비스가 고개를 끄덕이며 가지런한 하얀 이를 드러내고 웃었다.

"그렇다네."

에드워드 영은 트래비스의 말을 주의 깊게 들으며 생각했다. 현재 아프리카에는 예전과 같은 큰 전투는 없다. 소말리아, 수단, 나이지리아 등에서 무력충돌이 계속되고는 있지만 용병회사가 직접 개입할 정도로 심각하지 않고, 분쟁 당사자 누구도 용병회사를 고용할 만큼의 경제력도 가지고 있지 않다. 즉, 네멩게공화국과의 계약기간이 끝나면 회사의 장래가 어떻게 될지 모르는 것이다. 유일한 돌파구라면 최근 자주 발생하는 외국 기업 사업장에서의 납치, 시설파괴, 약탈사건을 담당하는 영역에 진출하는 것이다. 특히 미국의 Xe(미국의 블랙워터사가 2009년 이름을 바꿈), 다인코프, 아머그룹 같이 지명도 있는 회사가 이라크와 아프간에 한 눈을 팔고 있기 때문에 시장 공략이 가능했다. 또한 트래비스 경비 서비스는 아프리카에서만 활동한다는 전문성도 확보할 수 있다.

"일리 있군요. 그런데 제가 어떤 방식으로 경영에 참가한다는 겁니까?"

"새로운 영역을 개척하는데 자네 도움이 필요하네. 최근 아프리카에서 발생한 기업 주재원 납치, 시설파괴, 약탈이 가장 심한 기업이 바로 한국 기업들이라는군. 다른 다국적 기업들은 크고 작은 용병업체와 계약을 맺고 있지만 유독 한국 기업들은 그러지 않더군. 얼마전 소말리아에서 한국 원양어선까지 해적들에게 포획되었지. 그런데도 한국 기업은 우리 같은 유능한 인력을 고용하지 않는단 말일세. 우리를 아직 잘 모르는 것인지, 아니면 비용문제 때문에 고민하고 있는 것인지, 어쨌든 둘 중 하나란 말이지. 자네 과거를 보호해주고는 싶지만……. 어떤가? 해보지 않겠나? 자네가 마음만 먹으면 한국 기업에 관한 전권을 주겠네. 한 번 생각해보게."

"지금이 회사를 성장시킬 수 있는 절호의 기회라고 생각하는군요."

트래비스가 말없이 고개를 끄덕였다. 에드워드 영은 다 마신 찻잔을 탁자 위에 놓고 담배를 꺼내 물었다. 언젠가는 이런 날이 올줄 알았지만 이렇게 급작스럽게 올지는 미처 몰랐다. 담배에 불을 붙이는 손끝이 가늘게 떨렸다. 트래비스는 자신의 목숨을 구해주고 그동안 많은 것을 가르치고 돈을 벌게 해준 은인이다. 그의 간곡한 부탁을 거절할 수는 없다. 하지만 아직 준비가 되어 있지 않았다. 지난 몇 년 간 한국과의 인연을 억지로 끊고 이곳에서 숨어 살아왔다. 앞으로 어떻게 될지 예측할 수도 없었다.

에드워드 영은 결심했다. 거절할 수 없는 제안을 받아들이는 것 외에는 선택의 여지가 없었다. 정중한 형태일지라도 명령은 명령이었다.

"좋습니다, 그렇게 하죠. 자세한 사항은 나중에 얘기하겠습니다."

그러자 트래비스가 자리에서 일어나 환하게 웃으며 손을 내밀었다.

"중역으로 승진한 걸 축하하네. 이제 자네와 난 사업상 파트너가 된 거야."

문을 열자 뜨거운 지면의 열기가 느껴졌다. 햇살이 눈부셨다. 인상을 찡그린 에드워드 영은 선글라스를 고쳐 쓰면서 중얼거렸다.

'염병할 아프리카, 염병할 대한민국.'

"보드카 마티니! 젓지말고 흔들어서."

김중택이 장난같이 건넨 주문을 웨이터가 재치 있게 받았다.

"알겠습니다, 제임스 본드 씨."

웨이터의 모습을 웃으며 지켜본 김중택은 호텔 앞에 펼쳐져 있는 푸른 바다를 감상했다. 괌의 날씨는 휴가를 즐기기에 안성맞춤이었다. 더구나 계열사인 성창호텔이 운영하는 이곳 팜비치 호텔 갤럭시에는 휴가기간 내내 한국인 투숙객이 단 한 명도 없었다. 아마도 값비싼 최고급 호텔이기 때문인 듯 했다.

호텔 직원 몇 명을 제외하면 한국 사람이 없다는 것 역시 마음에 들었다. 방에서 아직 잠을 자고 있는 동행이 바로 미모의 특급 여자모델 한은지였기 때문이다. 물론 둘 다 아직 미혼이기 때문에 크게 문제될 일은 아니었지만 언론을 의식해야 하는 지라 신경이 많이 쓰였다. 미혼의 40대 대기업 계열사 이사와 20대 최고 여자모델의 관계가 인구에 회자되는 것은 바람직한 일이 아니다. 자신은 결코 스포츠신문의 주인공이 되고 싶지 않았다.

웨이터가 가져온 보드카 마티니를 마시며 한국에서 가져온 신문을 넘기는 그의 눈에 기사 하나가 들어왔다.

'나이지리아의 대호건설 근로자 납치.'

한국 기업은 이미 아프리카 무장강도들의 공공연한 돈줄이 된지 오래였다. 어떤 식으로든 특단의 대책이 필요했다. 그가 휴가를 즐기고 있는 시이에도 상황은 계속 악화되고 있었다. 제대로 된 대책이라곤 전무했다. 며칠 전 김종근 실장이 들려준 애기도 마찬가지였다.

"우리 회사가 검토한 내용은 이랬습니다. 우리나라 군대는 파병 역량은 충분하지만 조만간 시작될 군 구조개혁으로 상당한 수의 직업군인들이 전역을 해야합니다. 현재 장기복무 전역자들의 취업률이 낮은 상황에서 그들의 사회 적응을 돕는 것보다 차라리 미국의 MPRI(Military Professional Resources Inc)나 다인코프(DynCorp) 같은 회사를 만들어서 국내외에서 군사 · 경비 · 보안 등을 담당하는 컨설팅 회사를 만드는 것이 오히려 좋지 않느냐는 겁니다. 군 개혁으로 군에서 관리하던 것의 상당 부문을 외주업체에게 맡긴다고 해도 아무렇게나 하지 못하는 분야가 있거든요. 그리고 적성국에 그런 서비스가 이루어지거나 군 보안 사항이 넘어가면 안 되니까 엄격한 정부 통제를 받는 것으로 하고 말입니다. 요즘 같은 불황에 고학력 실업자도 많은데 전역군인들이 취직이나 되겠습니까?

이런 회사가 만들어지면 전역한 군인들도 자신의 전공을 살릴 수 있을 것이고, 미국식 군사교리를 바탕으로 훈련한 경험이 있으니 우방국에게 서비스를 수출할 수도 있을 거라는 거죠. 또 군 발전에도 도움이 될 겁니다. 그리고 이런 군사 컨설팅 업체가 바탕이 되어야만 장기적으로 해외에 진출한 우리 기업들을 보호할 수 있는 민간군사 조직까지도 검토할 수 있습니다. 성창그룹도 시도했다가 실패한 경험이 있지만 사실 '가벼운 발걸음'도 훌륭한 계획이었습니다. 그런데 왜 실패했을까요? 전문가들의 엄격한 지휘, 감독이 없었기 때문입니다. 아마 해당 지역에 대해 어느 정도 노하우가 쌓이고 정부 차원의 은밀한 후원 하에 시도됐다면 성공했을 겁니다.

그런데 정치권에서 귀신같이 소문을 듣고 용병 조직을 만든다고 떠들기 시작했습니다. 군 내부에서도 찬반의견이 엇갈렸고요. 군을 잠재적인 용병으로 매도하지 말라는 겁니다. 자신들은 돈에 팔리는 사람이 아니라는 거죠. 게다가 정치인들, 특히 386들은 잘 알다시피 군을 적대시 하다 보니 난리가 났습니다. 군을 대기업의 용병으로 만들려고 한다느니, 광주학살을 보고도 반성이 없다느니, 제국주의 전쟁을 일으키려 한다느니, 남북 화해시대에 역행한다느니……. 안 그래도 새 정부가 들어서고 여야 정치인들 모두 제정신이 아닌데……. 그래서 결국 기획안은 빛을 보기도 전에 사장되고 말았습니다. 인터넷에 올리겠다고 국정원을 은근히 협박하는 바람에 정치인들과 인터넷언론에 돈 많이 풀었습니다.

어쨌든 이렇게 된 이상 당분간 다른 대책도 나오기 힘들 겁니다. 정권이 바뀌었다고 해도 대기업과 군을 적대시하는 사회 분위기가 달라지지 않는 이상 말입니다. 또 군 내부의 반발도 많았고요.”

'가벼운 발걸음'에 적극적으로 반대했지만 김중택 역시 그와 같은 시도가 반드시 필요하다고 생각했다. 다만, 그 방법과 시기가 적절치 못해서 반대했던 것이다. 왜 사람들은 문제를 회피하려고만 하는 것일까? 상황이 어디까지 악화되어야만 정신을 차릴까?

“자기 벌써 일어났네? 풀에서 수영하자. 아침 수영이 몸에 좋데.”

한은지의 목소리에 김중택은 정신이 번쩍 들었다. 그렇다, 지금은 휴가기간이다. 오랜만의 여유를 즐겨야 한다. 더 이상 일은 생각하지 말자. 더구나 이곳은 한국이 아니다. 멍하게 쳐다보는 그를 한은지가 귀엽게 앙탈부리며 손을 잡고 물 속으로 끌었다.

“그래, 딱 10분만 하고 아침 먹자.”

가운을 벗어 던진 그는 연인과 함께 풀장으로 몸을 던졌다.

제3장

한국인 용병

"캡틴, 일어나. 전 병력 출동대기 명령이야."

점심식사 후 식당 한 쪽에서 졸고 있던 에드워드 영은 히지가타의 목소리에 눈을 떴다.

"반군들이 산악지역에서 나왔는데, 정부군이 밀리는 모양이야."

에드워드 영은 의자에 앉은 채 기지개를 켰다. 피곤이 조금 가신 것 같았다. 오랜만의 전투였다.

죽을 수 있다는 생각보다 불면증을 해소할 수 있다는 생각에 서서히 몸이 달아올랐다. 담배에 불을 붙이고 선글라스를 낀 그는 서둘러 자신의 막사로 걸어갔다.

　침대 옆에 세워둔 깨끗이 손질된 벨기에제 FN-FAL 소총을 집어 든 그는 노리쇠의 후퇴와 전진을 반복하며 금속의 부드러운 움직임을 점검했다. 방아쇠를 당기자 공이치기가 칠 대상이 없는 공이를 차가운 금속음을 내며 두드렸다. 45구경 콜트를 집어 들고 같은 작업을 반복하던 그는 예리하게 날을 세운 Ka-Bar를 허리에 차고 전투용 조끼를 걸쳤다. 소총 탄창 6개, 권총 탄창 3개, 수류탄 2발, 연막탄 2발……. 이제 수통에 물만 채우면 된다.

　연병장에서는 병력들이 장비 점검과 탄약 분배를 하고 있었다. 식당에서 물을 채운 에드워드 영은 트래비스의 사무실로 갔다.

　"간부회의는 현장에서 하기로 했어. 차량으로 2시간 거리야."

　트래비스는 벽에 걸린 지도를 가리켰다.

　"산 속에 숨어든 반군 놈들이 마을을 점령해 정부군과 대치하고 있네. 저항이 심해서 격퇴가 안 되는 모양이야."

　"적의 규모는 어떻습니까?"

　"아직 몰라. 정부군이 정확한 정보를 제공하지 않고 있네. 알고도 그러는지 모르지. 정부군도 오합지졸이야. 연락관을 보낸다고 해놓고 아직 오지도 않았네."

　"그래서 전 병력이 다 가는군요."

　"지원 병력은 뺐다네. 맥그루더 상사가 이곳에 있을 거야.

　"어쨌든 2백 명이 넘게 움직이니 특별수당을 충분히 달라고 미리 말해뒀네."

　밖으로 나온 에드워드 영은 자신의 팀이 항상 모이는 식당 옆 체력

단련장으로 갔다. 철봉대와 평행봉 등이 늘어서 있는 그곳은 주둔지 전역을 한 눈에 조망할 수 있고, 그를 포함한 8명의 팀원들이 모이기에 적합한 곳이었다. 팀장인 에드워드 영과 히지가타를 제외한 나머지 팀원들은 편의상 무지개 색상으로 서로를 불렀다. 레드, 오렌지, 엘로우, 그린, 블루, 인디고가 바로 그들이다.

　　Red : 남아공 32대대 출신, 백인.

　　Orange : 남아공 32대대 출신, 흑인.

　　Yellow : 우간다 출신, 떠돌이 흑인 용병.

　　Green : 나미비아 Koevoet 출신, 흑인.

　　Blue : 포르투갈 레인저부대 출신, 백인.

　　Indigo : 영국 해병 코만도 출신, 백인.

히지가타는 일본인으로 프랑스 제2외인공수연대에서 5년 동안 근무한 후 용병으로 활동하고 있었다. 그는 일본인임을 자랑스럽게 여겼고, 자신의 과거 역시 스스럼없이 얘기했다. 게다가 이름인지 성인지도 모르는 히지가타로 불리길 원했다.

캡틴이라고 불리며 팀의 리더 역할을 하고 있는 에드워드 영은 사실 자신의 팀원들 보다 용병 경력이 많지 않았다. 단지, 장교 출신이라는 이유로 책임을 많이 지고 있었고, 그 대가로 월급을 더 받을 뿐 다른 수당은 똑같았다. 팀원들의 전투경험은 놀라울 정도였다. 팀원 모두가 일당백의 전력을 자랑할 만큼 회사 내에서도 최고로 꼽히는 별

종들이었다. 다만, 독자적으로 움직이길 좋아해 통제하기가 힘들었다. 그러던 그들이 네멩게 내전 당시 로간 박사와 WHO 직원 경호를 계기로 우연히 한 팀을 이루게 됐다.

레드가 침을 뱉으며 말했다.

"차량으로 이동하는 걸 보니 은행에 돈이 입금 안 된 모양이군."

맞는 말이었다. 돈이 입금되길 기다리면서 정부의 독촉을 피하는 방법이 바로 굼벵이처럼 움직이는 거였다. 임대한 헬기를 운용하면 돈도 많이 들었다.

"하여튼, 우리 영국인들은 금융전문가라니까."

인디고의 말에 모두가 웃었다. 사실 트래비스 중령의 사업 수완은 대단했다. 재정후원자도 구했고, 회사는 안정적으로 발전해왔다. 그리고 월급과 수당도 언제나 정확하게 지불되었다. 생명보험과 유가족에 대한 보상금 지불도 언제나 철저했다. 트래비스를 만난 것은 행운이었다. 팀원들도 트래비스를 신뢰하고 있었다.

병력들이 차량에 탑승하는 것을 보며, 언제나 사용하던 2대의 영국제 랜드로버에 장비를 싣고 흙먼지를 피하기 위해 트럭보다 앞장서서 달렸다. 운전대를 잡은 히지가타가 말했다.

"캡틴이 랜드로버를 운전하는 걸 보고 싶은데? 왼손으로 기어 변속하는 게 아직도 어려워?"

에드워드 영이 스카프를 두르며 답했다.

"내 왼손은 화장실에서 큰 일 볼 때 말고는 안 쓰거든."

그린과 블루가 낄낄거리며 웃었다.

유유자적한 시간을 보내는 것은 삶을 풍요롭게 한다는 말도 있지만 야망 있는 사람에게는 게으른 자의 변명으로 밖에 들리지 않는다. 김중택이 바로 그랬다. 비록 일주일 간의 휴가를 연인과 함께 괌에서 보냈지만 그에게는 결코 한가로울 수 없는 시간이었다. 휴가기간 중에도 틈만 나면 인터넷을 뒤져 온갖 자료들을 뒤졌고 이런저런 민간군사기업을 찾아 헤맸다. 그러나 부질없는 짓이란 걸 잘 알고 있었다. 이미 여러 차례 실패를 경험했기 때문이다. 현지 파견 직원들에게도 비밀리에 군소 용병회사들을 섭외해보라고 했지만 돈만 날리는 일이 다반사였다.

김중택은 직원들에게 간단히 인사를 건네고 사무실 의자에 털썩 주저앉았다. 곧이어 여비서가 서류를 들고 들어왔다.

"회장님께서 10시에 회의를 소집하셨습니다. 그리고 결재하실 서류와 어제 이사님 앞으로 온 팩스입니다."

그는 서류를 한 쪽으로 치우고 팩스를 읽어갔다. 팩스 앞의 Security라는 회사 로고가 눈에 띄었다.

친애하는 성창인터내셔널 김중택 이사님께

안녕하십니까? 저는 트래비스 경비 서비스 사장 앨버트 트래비스입니다. 저희 회사는 아프리카를 중심으로 활동하는 민간군사 용역회사로써 1년 전에 설립해 현재 중부아프리카 네멩게공화국에서 활동하고 있습니다.

짧은 이력을 가진 회사지만 그동안 네멩게공화국의 내전에 참전해 현재의 민주정부를 전쟁의 혼란에서 구했고 난민구호에도 앞장섰습니다. 그리고 분쟁

지역에서의 WHO 활동을 도운 공로로 UN으로부터 공식적인 감사장을 받기도 했습니다.

최근 귀사의 아프리카 사업장이 많은 위협에 시달리고 있다고 알고 있습니다. 유명한 군사기업들은 아프리카에서의 사업을 줄이거나 고액의 비용을 요구하고 있습니다만, 저희 회사는 보다 저렴한 비용과 전문 서비스로 도움을 드릴 수 있을 것입니다.

저희 회사의 직원들은 아프리카에서 활동한 경력이 풍부한 전문 전투원들로써 귀사의 아프리카 전역의 사업장을 보호할 충분한 능력이 있습니다. 직원들 모두가 풍부한 경험을 바탕으로 각지의 무장단체와 반군들의 위협과 산업시설 파괴, 약탈, 근로자 납치 등의 사건에 전문적인 대응을 할 수 있습니다.

저희는 일반적으로 알려진 용병들과는 다른 서비스를 제공할 것입니다. 이에 직원 모두에게 생명보험과 각종 수당 그리고 부상자를 위한 신속한 후송 서비스를 제공하고 있으며, 이것은 일반적으로 알려진 용병회사에서는 찾아볼 수 없는 것입니다. 그만큼 재정적으로 탄탄하며 인도주의 정신에 입각한 회사라고 자부합니다. 특히, 한국 기업을 전담할 수 있는 한국 출신 직원이 있다는 점은 다른 회사와는 차별화된 장점이라고 생각합니다.

부디, 성창인터내셔널이 저희 회사와 함께 아프리카를 밝게 비추길 기대합니다.

서비스에 관한 상담은 언제나 환영합니다.

안녕히 계십시오.

- 트래비스 경비 서비스

앨버트 트래비스

김중택의 심장이 두근거렸다. 한 번도 들어본 적이 없는 회사가 어떻게 자신이 용병회사를 찾고 있다는 사실을 알고 자기 이름을 들먹거리며 팩스를 보낸 것일까? 인터폰을 연결한 그가 비서에게 말했다.

"이 팩스 영문으로 왔나?"

"한글로 왔습니다. 보시는 대로입니다."

한국 출신 직원이 진짜 있는 모양이었다. 자신의 이름과 직책을 어떻게 알았는지도 궁금했지만 이들과 연락부터 해보고 싶었다. 김중택은 떨리는 마음으로 국제전화를 걸기 시작했다.

"반군 놈들이 UN 직원들과 신부, 수녀들을 인질로 잡고 있소. 돈은 입금했다니까, 알아서 처리하시오."

흥분한 정부군 대령은 트래비스에게 큰 소리를 치고 돌아갔다. 곧이어 정부군 대위가 나서서 상황 설명을 시작했다.

소총과 로켓으로 무장한 반군 수 십여 명이 천여 명이 거주하는 마을을 점령한 것은 어제 밤 11시경이었다. 경찰과 군 파견대를 공개 처형한 반군은 UN 난민 구호국 직원들과 신부, 수녀를 인질로 삼고 정부군의 철수와 마을의 포기를 요구했다. 국제사회의 눈치를 볼 수밖에 없는 네멩게 정부로서는 신속한 조치를 위해 무능한 정부군보다 용병을 택한 것이다. 이 때문에 정부군은 포위만 한 채 아무것도 하지 않고 있었다. 무능하기도 했고 용병들 때문에 기분도 나빴을 것이다.

"다 쓸어버릴 생각이라면 우리가 필요 없을 텐데. 대통령 생각은 어떻소, 대위?"

돌비 소령이 물었다.

"어떻게든 UN 직원들은 무사히 구해야 합니다. 우리가 안정된 상황이란 걸 알리지 못하면 국제사회는 반군과의 평화협상을 압박해올 것이고, 그러면 상황이 더 복잡해집니다. 무슨 수를 써서라도 오늘 안으로 UN 직원들을 무사히 구출하라는 것이 상부 지시입니다.

골치 아픈 상황이라고 생각한 에드워드 영이 대위에게 물었다.

"인질들은 어디에 얼마나 있소?"

정부군 대위가 손으로 가리킨 곳은 흰색 벽돌 건물의 교회였다.

"유일하게 제대로 된 건물이 바로 저 교회인데 그 안에 있습니다. UN 직원 5명과 신부 1명, 수녀 3명 등 총 9명입니다. UN 직원들은 모두 프랑스와 독일인들입니다. 포로로부터 얻은 정보입니다."

유럽인들이 섞여있어서 네멩게 정부가 긴장한 모양이었다. 특히, 프랑스는 아직도 아프리카 곳곳에 군 병력을 파견할 정도로 영향력이 건재했다.

에드워드 영이 쌍안경을 들어 찬찬히 상황을 다시 살폈다. 마을 중심에 있는 교회는 2층 건물에 십자가 첨탑이 옥상으로 연결된 구조였다. 다른 주거시설은 모두 목조나 움막 형태였다. 경찰과 군 파견대 주둔지 역시 목조건물이었는데 불타 없어지고 말았다. 반군들은 분명 마을 주민들과 섞여서 주민들을 방패막이로 삼을 것이다.

"그렇다면 한 가지에 집중해야겠군."

트래비스가 중얼거렸다.

에드워드 영은 담배를 물려다 반군 포로로 보이는 흑인들이 묶여

있는 것을 보았다. 불을 붙이는 순간, 정부군이 벌목도로 그들을 하나씩 처형하기 시작했다. 번득이는 벌목도와 허공에 뿌려지는 시뻘건 피가 눈에 들어왔다. 뜨거워진 오후의 대지는 그렇게 말없이 인간의 생명을 좀먹고 있었다.

"자네 생각은 어떤가?"

갑자기 돌비 소령이 물었다. 과묵한 영국 해병 코만도 출신인 그는 평소에도 에드워드 영의 의견을 존중하곤 했다.

"목표가 교회라면 교회와 외곽을 동시에 치는 것이 좋지 않을까 싶습니다. 그런데 중령님 생각은 어떻답니까?"

"나와 비슷한 생각이군. 지금 헬기 지원을 상의하고 있네. 어쨌거나 헬기와 장갑차는 필요할 것 같군."

돌비가 무전기를 들고 있는 트래비스와 몇 마디 나누고 다시 돌아와 말했다.

"자, 이제 구체적인 계획을 생각해보자고."

새벽 2시가 넘은 시간임에도 불구하고, 조용하고도 분주한 움직임은 계속 됐다. 작전에 당장 동원할 수 있는 장갑차는 모두 6대였다. 기본계획은 교회 인질구출을 맡은 에드워드 영의 팀이 정부군 M-113에 탑승하고, 나머지 BMP 장갑차 5대에 돌비 소령과 알파소대 병력들이 탑승해 돌격하기로 했다. 트래비스 중령은 나머지 병력을 이끌고 외곽을 칠 것이다. 반군들이 민간인들을 방패막이로 이용하겠지만 중요한 것은 인질을 무사히 구출하는 것이기 때문에 반군이든, 민간인이든 방해가 되면 그냥 쏴버릴 생각이었다.

"위치 파악했다. 도착 5분 전."

러시아인 헬기 조종사의 투박한 영어가 무전기에 울려 퍼졌다.

장갑차 6대가 일제히 시동을 걸자 역겨운 디젤 연소가스가 뿜어져 나왔다. 멀리서 헬기 소리가 들리기 시작했다. 이윽고 헬기 소리가 점점 더 커지더니 부대를 지나 마을을 향해 낮게 날아갔다. 잠시 후마을을 포위한 브라보, 찰리소대가 일제히 움막을 향해 화염병을 던지기 시작했다. 그와 동시에 장갑차 6대가 전속력으로 교회를 향해 돌격했다.

반군의 RPG가 걱정됐지만 야간에 이동목표물에 취약성을 드러내는 RPG의 특성을 믿는 수밖에 없었다. 낮게 마을을 배회할 헬기의 소음에 반군들이 속아 주기만 한다면 별 일 없을 것이다.

예상은 적중했다. 야간기습으로 당황한 반군은 아무데나 사격을 하기 시작했고, 불붙은 움막에서는 주민들이 뛰쳐나와 순식간에 아수라장이 됐다. 극심한 혼란에 반군들은 총 한 방 쏘지 못한 채 어쩔 줄 모르고 있었다. 교회가 가까이 보이기 시작했다.

"뒷문 열고 바로 들이 받아!"

에드워드 영이 외치자 장갑차가 뒷문을 연 상태로 직진해서 교회 벽을 정면으로 들이 받았다.

돌비 소령이 이끄는 다른 장갑차들도 교회를 포위한 채 병력들을 부려놓고 있었다. 안전지대를 확보해야 RPG로부터 최대한 보호받을 수 있었다.

야간 투시경을 낀 에드워드 영과 팀원들은 교회 안으로 돌입해 반군들을 사살하기 시작했다. 그들의 소총 탄환이 1발씩 날아갈 때 마다 시체가 하나씩 늘었다. 1층에 있던 반군 5명과 2층에서 내려오던 반군 3명이 순식간에 사살당했다. 히지가타와 블루가 2층으로 올라가는 사이 에드워드 영과 나머지 대원들은 지하로 내려갔다. 야간 투시경 영상에 총으로 보이는 물건은 잡히지 않았다. 5명의 형상이 전부였다.

"인질들뿐입니까? 1명씩 나오십시오."

에드워드 영은 야간 투시경을 벗고 인질들의 얼굴을 모두 확인했다. UN 직원으로 보이는 4명의 백인 남자들 중 2명이 흑인 신부를 부축하고 나왔다. 그 중 하나가 다급하게 말했다.

"여자 동료와 수녀들이 끌려갔습니다. 빨리 구해주십시오."

에드워드 영은 잡혀간 이들이 어떤 일을 당하고 있을지 이미 알고 있었다. 에이즈와 매독 같은 성병이 창궐하는 아프리카에서 수녀와 백인 여성은 가장 좋은 성범죄 대상이었다. 다른 대원들에게 인질 호송을 맡긴 그는 히지가타와 블루에게로 갔다.

다른 팀원들이 지하로 내려간 사이 38구경 리볼버 권총을 뽑아 든 블루가 앞장섰다. 뒤따르는 히지가타 역시 45구경 콜트를 뽑았다. 돌로 만들어진 계단을 오르는 소리는 주변의 전투 소음에 묻혀 잘 들리지 않았다. 그러나 계단을 다 올라갔을 때, 갑작스런 인기척에 놀란 블루가 반사적으로 권총을 발사했다. 그러자 반군 하나가 쓰러졌다. 곧이어 2층에서 AK 소총의 총성이 들려왔다.

히지가타가 재빠르게 2층으로 뛰어올라갔다. 그리고 적을 향해 권총탄을 날렸다. 또 하나의 반군이 통나무처럼 쓰러졌다. 더 이상의 적은 없었다. 야간 투시경을 벗자 쓰러져 있는 여자들이 보였다. 그들은 불과 얼마전까지도 강간을 당하고 있었는지 얼굴이 피범벅이 된 채 숨을 헐떡이며 기진맥진한 채 쓰러져 있었다. 백인 여자는 무릎을 모으고 앉아서 부들부들 떨고 있었다. 에드워드 영이 어느새 올라와 담담히 말했다.

"당신을 구하러왔습니다. 같이 갑시다. 다른 분들도 구출됐습니다."

블루가 백인 여자를 업고 내려가자 히지가타가 말했다.

"캡틴, 빨리 나와."

히지가타는 에드워드 영을 쓰러져 있는 수녀 3명과 함께 두고 내려왔다. 그리고 스톱워치를 보았다. 인질구출에 할당된 5분에서 4분을 넘기고 있었다.

'성부와 성자와 성신의 이름으로, 아멘.'

마음속으로 짧게 읊조리자마자 2층에서 총성이 3발 들려왔다. 수녀들은 명예롭게 하느님 앞으로 간 것이다.

"인질들을 태운 장갑차가 정부군 측에 무사히 도착했다고 합니다."

무전병의 보고를 들은 돌비 소령은 부대원들의 피해상황이 걱정되었다. 부상자를 빨리 후송해야 했다.

"전투상황이 종결되는 대로 피해상황을 보고할 수 있도록 해!"

날이 서서히 밝아오자 전투 결과가 서서히 나타났다. 주민들의 시체와 반군들의 시체가 뒤섞여나는 피냄새와 불타는 움막에서 나오는 시체타는 냄새가 정신을 잃게 할 만큼 독했다. 트래비스 경비 서비스의 피해상황은 전사 6명, 부상자 23명이 전부였다. 반군 시체는 확인된 것만 62구였고, 주민 피해는 생각보다 적어 40여 명 정도로 추산되었다. 잔적 소탕은 정부군의 몫이었다. 몇 명의 반군 포로가 부상당한 채 잡혀왔다. 아마 잠시 후 처형될 것이다.

"수고하셨습니다, 돌비 소령님."

"수고 많았네. 생각보다 결과가 잘 나온 것 같군."

"네멩게공화국의 위신이 세워졌다면 작전은 성공한 거겠죠."

돌비와 간단한 대화를 나눈 에드워드 영은 교회 앞 계단에 앉아 담배를 피워 물었다. 전장의 피곤이 진하게 몰려왔다. 오랜만에 느껴보는 강한 피로감이었다. 심각한 부상을 입은 병력들이 헬기로 후송되고 있었다. 그들은 회사와 계약을 맺은 긴급후송 전문회사에 의해 응급처치 후 멀리 남아공으로 가서 치료 받을 것이다. 경상자들은 로간 박사가 돌봐줄 것이고, 사망자 유가족에게는 늘 그랬듯이 충분한 보상금이 주어질 것이다.

그 때 트래비스 중령이 다가왔다.

"자네들 덕분에 또 UN에서 감사장을 받을지 모르겠군. 다들 수고했네. 그런데 수녀들은 어떻게 됐나? UN 직원이 묻던데."

"이미 죽어 있었습니다. 반군들이 겁탈한 후에 죽인 것 같습니다."

에드워드 영이 아무렇지도 않게 답했다. 트래비스가 과장된 듯 한 안타까운 표정을 지으며 말했다

"저런…… 아프리카에서는 수녀들이 수난을 당하지. 그 놈의 에이

즈 때문에……. 죽일 놈들."

뻔한 질문에 뻔한 대답이었다. 트래비스도 다 알고 있을 것이다. 그런 고통을 당한 수녀는 차라리 죽는 것이 낫다는 것을.

병력들이 차량에 탑승하기 시작했다. 모두들 오랜만에 경험한 큰 전투라 기분이 좋은지 웃고 떠들고 있었다. 히지가타가 랜드로버에 팀원들을 싣고 교회 앞에 도착하자 에드워드 영이 올라탔다. 랜드로버가 마을을 빠져 나가려 할 때 네멩게 대통령을 실은 헬기가 도착해 먼지를 일으키고 있었지만 에드워드 영은 알지 못했다. 그는 이미 깊은 잠에 곯아 떨어져 있었다.

다음 날 아침, 에드워드 영은 상쾌한 기분으로 눈을 떴다. 어제 전투를 끝내고 돌아오는 차 안에서부터 곯아 떨어진 그는 차에서 내려 아무것도 하지 않고 숙소로 들어와 그대로 뻗어버렸다. 자신의 일상적인 업무는 팀원들이 알아서 했고, 다른 간부들도 역시 그를 가만히 내버려 두었다. 하루를 건너 뛴 그가 눈을 뜬 것은 배가 고팠기 때문이다. 샤워를 끝내고 아침식사를 한 그는 담배를 피우며 오랜만에 맑은 정신으로 생각을 정리했다.

아무래도 뭔가 이상했다. 60여 명의 반군이 마을을 기습, 점령했다. 총 병력이 2천 명을 넘지 않는다는 네멩게 반군이 60여 명이 몰살당할 전투를 왜 하려고 했던 것일까? 뭘 얻으려고? 고작 수녀를 겁탈하려고? 이번 전투로 반군이 얻은 것은 아무것도 없었다. UN 직원들을 인질로 삼으려면 산악지대의 자신들 본거지로 데려갔어야 했다. 그런데 시간이 충분했음에도 포위당할 때까지 도망가지 않았다. 하지만 포로들까지 처형된 마당에 자세한 내막을 알 순 없었다.

에드워드 영은 트래비스 중령의 사무실을 찾았다.

"중령님, 좀 이상한 점이 있어서 왔습니다."

"혹시 마을 전투 때문인가?"

언제나처럼 홍차를 마시며 트래비스가 입을 열었다.

"예, 어제 반군들이 좀 이상하지 않았습니까?"

"돌비도 그런 말을 하더군. 그래서 어제 칼리프사에 연락을 해뒀네. 오늘 오후에 사람을 보낸다더군. 그런데 잠은 푹 잤나? 홍차나 한 잔 하지?"

에드워드 영은 그제야 사과를 했다.

"잠을 자느라고 아무 일도 못했군요. 죄송합니다."

"걱정말게. 자넨 내 전우 아닌가?"

홍차 한 잔을 들고 나무의자에 앉은 에드워드 영은 잠 때문에 자신의 역할을 못한 것 같아 트래비스에게 미안했다. 자신이 하루 종일 잠을 자는 동안에도 트래비스는 정확한 상황 파악을 위해 조치를 취했다. 역시 조직의 우두머리는 아무나 하는 것이 아니다.

칼리프사(Calif Research Group)는 사하라 이남의 중부와 남부 아프리카 지역을 대상으로 항공정찰·신호정보·인간정보 등을 제공하는 정보회사였다. 남아공에 본부를 두고 주요 거점에서 비밀리에 지국을 운영하는 이 회사는 특히 항공수송으로 위장한 항공정찰로 군사기업들에게 정보를 팔아 짭짤한 수익을 올리고 있었다.

"그나저나 칼리프에서 정보비용을 얼마나 청구할지 모르겠군. 네멩게 정부군이 제공한 정보를 믿지 못하니, 원."

"정부군에서는 아무 말도 없었습니까?"

"노획물도 별로 없는데 장갑차가 파손됐다고 투덜거리더군. 네멩게 정부군은 반군만큼이나 별 생각이 없는 인간들이야."

정부군이 반군보다 낫다면 처음부터 자신들이 필요하지도 않았을 것이다. 저주받은 아프리카, 저주받은 네멩게.

"그럼, 오후에 칼리프에서 사람이 오면 불러주십시오. 잠시, 옷 좀 찾으러 나갔다오겠습니다."

사무실을 나온 에드워드 영은 히지가타와 함께 차량으로 30분 거리에 있는 코퍼스타운을 찾았다. 식민지 시대 발견된 구리광산 덕분에 형성된 마을은 현재 인구 10만 명 정도의 도시를 형성하고 있었다. 중심 시가지는 식민지 시대 이후 발전된 흔적이 없지만, 여느 아프리카 도시들처럼 필요한 물품을 시장에서 적당히 구할 수 있었다. 에드워드 영이 찾아간 곳 역시 중고의류 시장에 자리 잡은 규모가 제일 큰 의류상이다.

"깹딘, 별일 없죠? 히지가타도 왔군요."

덩치가 큰 흑인 남자가 두 사람을 맞았다. 190cm에 100kg은 족히 넘을 것 같았다. 하얀 이를 드러내며 웃는 모습으로 그가 악수를 청해 왔다. 에드워드 영과는 잘 아는 사이였다.

에드워드 영도 그에게 반갑게 인사했다.

"가말라, 자네 사업이 날로 번창하는군. 네멩게 의류상인 중 제일 돈

많은 사람이 자네라면서?"

가말라는 두 사람에게 냉장고에서 꺼낸 시원한 캔맥주를 건넸다.

"다, 캡틴 덕분입니다."

가게 안은 갖가지 옷들로 넘쳐났다. 중고의류를 파는 가말라는 미국에서 대량으로 중고의류를 들여와 네멩게의 생활수준을 한 단계 끌어올린 인물이었다. 그가 사업을 하기 전에는 네멩게에서 변변한 면 소재 옷 하나 구하기도 힘들었다. 내전 이후 남아공에서 사업을 하던 가말라는 새로운 시장을 네멩게에서 발견했고 몇 달 만에 자신의 주요 사업장으로 만들었다.

남아공을 중심으로 각지에 사업체를 가지고 있는 가말라는 사업상 여러 정보를 접할 수 있었는데, 이는 에드워드 영에게 큰 도움이 되었다. 그런 이유로 가말라가 코퍼스타운에 왔다는 연락이 오면 자주 그를 찾았다. 물론 전투장비를 구할 때도 큰 도움을 받았다.

"말씀하신 옷은 미국에서 직접 주문했어요."

두어 달 전 에드워드 영과 히지가타는 정글 타이거 전투복을 주문했었다. 미제 중고 정글 전투복이 많이 낡아서 여분이 필요했기 때문이다.

"이건 새 옷이군. 중고가 아닌데?"

옷을 뒤적이던 에드워드 영이 말했다.

"선물이에요. 중고는 선물로는 안 어울리죠."

"선물이라고? 이거 고마워서 어쩌지? 안 그래도 물어볼 것도 있는데."

에드워드 영은 반군과의 전투와 자신이 생각한 이상한 점에 대해

가말라에게 털어놓았다. 차를 타고 오는 동안 히지가타와도 의견을 나누었지만 히지가타 역시 의문만 품고 있을 뿐 아는 것이 없었다. 그래서 다른 지역을 자주 돌아다니는 가말라의 생각이 궁금했다.

“반군들이 수단 쪽과 자주 접촉한다는 말을 들은 적이 있습니다.”

가말라의 설명은 다음과 같았다.

수단 카르툼의 대리인이 어느 날 면 소재 티셔츠와 바지를 대량주문받았는데, 알고 보니 중고 의류상 모두가 그런 주문을 받았는데, 주문자는 수단 정부를 돕는 무장군벌이었다. 이상한 생각이 들어 정보를 수집한 가말라의 대리인은 무장군벌이 다른 의류상을 통해 비밀리에 중고 정글 전투복과 사막색 전투복도 함께 주문한 사실을 알게 됐다는 것이다.

“무슨 일인지는 몰라도 반군들이 큰 일을 꾸미고 있는 것 같습니다. 그런데 외부의 도움이 없으면 불가능하지 않겠어요?”

“네멩게 정부도 이 사실을 알까?”

에드워드 영이 물었다. 네멩게 정부가 알고도 숨기는 것일까? 아니면 정말 모르고 있는 것일까?

“그것까지는 모르겠어요. 정부 측 사람도 만나봤는데 경제개발에만 신경쓰고 있지, 반군 동태에 대해서는 관심도 없던데요. 그것도 군 정보부 사람이 말이죠.”

에드워드 영은 일단 이 사실을 트래비스에게 알려야겠다고 생각했다. 한사코 받지 않으려는 가말라에게 정보비용이라면서 200달러를 기어이 쥐어 준 그는 히지가타와 함께 가게를 나와 랜드로버에 올랐다.

"혹시 다른 정보를 더 알게 되면 언제든 연락해주게."

짧은 인사를 마치고 떠나는 에드워드 영과 히지가타를 바라보던 가말라에게 종업원 하나가 다가와 물었다.

"사장님, 저 용병들하고 잘 아세요?"

가말라가 종업원을 말없이 쳐다보았다. 에드워드 영은 단순한 용병이 아니었다. 자신의 목숨을 여러 번 구해준 생명의 은인이자 이 사업체를 물려준 사람이었다. 하지만 이런 말을 종업원에게 해서 소문내고 싶지는 않았다.

"난 수단에 가 봐야 하니까, 가게관리나 잘 해."

김중택은 휴가 복귀 후 첫 회의부터 속이 뒤틀리기 시작했다. 그동안 간부들만 모여서 일상적인 보고를 하고 돌아가며 토론을 해왔는데, 그날따라 산자부 자원개발위원회 위원장인 강병석 교수가 와서 1시간 가까이 강연을 했기 때문이다. 그는 솔직히 강병석 마음에 들지 않았다. 마음에 들지 않는 정도가 아니라 인간쓰레기에 가깝다고 생각했다.

김영삼 정부 시절, 경제정책의 기반을 제공한 강병석은 특유의 처세술로 정권이 바뀐 뒤에도 계속 정치권 주변을 맴돌며 여러 가지 직함을 가지고 있었다. 그리고 지금은 산자부 산하 자원개발위원회 위원장으로 활동하며 기업들의 해외 자원개발에 훈수를 두고 있었다.

그는 현장 실무를 모르면서도 기업 특강을 통해 자신의 영향력을 과시했다. 이런 이유 때문에 꼴사납지만 정치권과 폭넓은 교류를 하고 있는 그를 가끔씩이라도 불러서 칙사 대접을 할 수밖에 없었다.

"…… 우리나라 공무원들은 공부를 안 해서 걱정이에요. 행시·외시 폐지하고 교수들이 추천한 인재들을 뽑아야 하는데 말이죠. 행시·외시로 사무관들을 뽑으니까, 별 얄궂은 대학 출신들이 운 좋게 합격해서 사무관이 돼 이런 상황이 온 것 아닙니까? 외교통상부나 국정원 직원들도 수준이 낮아요. 미국 CIA나 FBI 같은 조직은 아이비리그 같은 명문대 출신들 아니면 명함도 못 내밀어요. 우리도 그렇게 돼야 나라가 잘 돌아가요. …… 여러분들 같은 대기업 간부들 보다 공무원들 수준이 낮아서야 되겠습니까?"

1시간 동안 해외 자원개발과 관련된 이야기는 별로 없었다. 도와주지는 못할망정 시간이나 축내는 얼빠진 인간의 말을 더 이상 듣고 싶지 않았다. 오전에 있었던 국제전화가 생각났다.

"트래비스 경비 서비스입니다."

"지금 트래비스 씨와 통화할 수 있습니까?"

"현재 네멩게공화국 지사에 계십니다. 연결해드릴까요? 비용은 본사 부담입니다."

"지금 통화할 수 있습니까?"

"예, 위성전화로 연결해드리겠습니다."

곧이어 사장이라는 사람과 위성전화가 연결되었다.

"앨버트 트래비스입니다. 반갑습니다."

"한국의 성창인터내셔널입니다. 팩스를 보내셨더군요."

"불쑥 연락드린 것을 용서하십시오. 귀사의 고충을 덜어드리고 싶었습니다.”

“별 말씀을……. 그런데 직접 만나 뵐 수 있을까요? 회사를 직접 볼 수 있으면 좋겠습니다만.”

“언제라도 환영입니다. 허락만 하신다면, 그 전에 문제가 있는 사업장에 직원을 먼저 보낼 수도 있습니다.”

“알겠습니다. 조만간 다시 연락드리죠.”

김중택은 트래비스 경비 서비스가 업무를 효율적으로 처리한다는 인상을 받았다. 적어도 자신의 회사보다 더 잘 돌아가는 것 같았다. 오늘이나 내일 중 사장을 만나 자초지종을 설명하고 트래비스를 직접 만나보고 싶었다.

그 때 박수소리가 들려왔다. 강병석의 일장연설이 드디어 끝난 모양이었다. 사장과 강병석은 호텔로 가서 성창그룹 임원들과 식사를 할 것이다.

그는 오후에 간단한 기획안을 만들 생각이었다. 이번에는 제대로 된 대책이 마련되어야 했다.

제4장

접촉

에드워드 영은 돌비 소령과 함께 식사 후 트래비스의 사무실을 찾았다. 칼리프 직원이 이미 와 있었다. 아파르트헤이트(남아프리카공화국의 극단적인 인종차별정책과 제도) 시절 남아공 정보요원 출신이라고 자신을 소개했다. 50대 중반 정도 돼 보였으며 트래비스와도 일면식이 있는 모양이었다. 4명이 모이자 칼리프 직원이 설명을 시작했다.

"얼마 전 마을에서 전투가 있었지요? 전투지역으로 당신들 병력이 이동하던 시간대에 잡힌 영상입니다."

그가 탁자 위에 올려놓은 것은 항공 촬영한 흑백사진이었다.

"그 동안 네멩게 반군의 정보를 계속 수집해왔는데, 최근 수단의 이슬람 군벌과 접촉이 잦아졌습니다. 이 사진을 보면 네멩게 산악지대로 이동하는 트럭 행렬을 볼 수 있습니다. 10여 대가 같이 이동하고 있습니다. 차량 수송은 아침까지 계속 됐습니다."

또 다른 사진을 올려놓으며 그가 말을 이었다.

"이 사진은 밤에 찍은 것으로 수단 쪽에서 날아오는 헬기가 포착됐습니다."

반군은 헬기가 없었다. 사진 속의 헬기는 수단에서 날아온 러시아제 헬기로 보였다.

"수단 무장군벌이 중고 전투복을 대량 주문했다는 정보도 있던데요?"

에드워드 영이 말하자, 모두의 시선이 그에게 고정되었다. 트래비스가 물었다.

"어디서 들었나? 믿을만한가?"

"의류상에게서 오늘 들은 얘기입니다."

칼리프 직원이 말했다.

"맞습니다. 수단 정보원이 보낸 정보에 의하면, 수단 무장군벌이 자기 병력들에게 보급하려고 주문했다는데 네멩게 반군에게 흘러가는 것도 상당부분 있을 것으로 보입니다. 또한 최근 네멩게 반군 내부에 내분이 있었다고 합니다. 그 결과, 승리한 쪽이 수단 측과 교섭을 시도해 지원을 받는 것 같습니다. 얼마전 마을을 점령했던 병력은 반군 지도부가 축출시킨 놈들 같습니다. 노획한 장비도 별거 없더군요. 죽이려고 보낸 거죠."

"그래서 같은 시간대에 주의를 돌려놓고 뭔가를 수송했던 거군."

돌비가 말하자 칼리프사의 직원이 고개를 끄덕였다.

"아마도 전투장비를 수송했던 것 같습니다. 그리고 야간에 날아간 헬기는 누군가 중요한 인물이 타고 있었다는 말이죠."

"수단 군벌은 이슬람 세력이고, 네멩게는 정부나 반군이나 다 기독교 계통이야. 그런데도 반군을 돕는 이유가 뭘까요?"

트래비스가 묻자 잠시 생각하는 표정을 짓던 칼리프 직원이 답했다.

"글쎄요. 아직 확인되고 있지 않습니다. 문제는 우기가 시작되면 반군이 다시 세력을 확장할 가능성이 있다는 겁니다. 기갑전력이 부족한 반군은 우기에 밀고 나올 가능성이 큽니다. 그 때까지는 계속 주시하는 수밖에 없습니다. 이상입니다. 자세한 정보는 수집되는 즉시 직접 보고하겠습니다."

그 말을 끝으로 칼리프 직원은 돌아갔다.

트래비스가 담배를 물면서 말했다.

"별 내용은 없군. 네멩게 정부가 가만히 있는 한 우리도 정보 수집만 할 수 밖에."

용병이 나설 일은 아니었다. 정보를 수집하는 목적도 사업상 필요한 상황 분석을 위해서이지 네멩게공화국을 위해 한 일은 아니었다. 하지만 에드워드 영은 가말라를 통해서 계속 개인적으로 정보를 수집할 생각이었다. 그러나 돈에 정보를 파는 사람을 너무 믿어서도 안 된다고 그는 생각했다.

트레비스가 말했다.

"에드워드, 얼마전 한국 성창인터내셔널에서 전화가 왔었네. 자네가 보낸 팩스를 읽어 본 모양이야. 관심이 있는 것 같던데, 자네가 직접 통화해보게. 어차피 자네가 그 쪽 파트를 맡아야 하니까."

"그러죠."

짧게 답하고 나무의자에 등을 기댄 에드워드 영의 입에서 긴 한 숨이 새어 나왔다. 드디어 때가 온 것이다.

"석유개발 사업은 대박이 났어. 카자흐스탄 유전도, 캄차카 유전도 엄청난 성과를 냈다고. 그런데 우리 회사는 아직 별 소식이 없잖아? 그 교수 새끼도 식사시간 내내 그걸 가지고 사람 약을 올리더군. 개 같은 자식, 외환위기 때 해외자원 지분을 팔아 현금유동성을 확보하라고 닦달한 놈이 누군데."

입이 거칠기로 소문난 성창인터내셔널 곽정태 사장은 그룹 관계자들과 함께 참석한 식사모임에서 단단히 망신을 당했다. 그도 그럴 것이 최근 카자흐스탄에서 석유공사·SK·LG상사·삼성물산 등이 참여한 컨소시엄이 10억 배럴 이상의 유전을 확보하는데 성공했고, 추정 매장량 100억 배럴 이상의 캄차카의 해상유전 역시 석유공사·가스공사·SK·GS칼텍스·대우인터내셔널이 참여한 컨소시엄이 확보했다. 그나마 다행인 것은 그룹 계열사인 성창물산이 이들 석유사업에 참가해 5%의 지분을 행사할 수 있다는 것이었다.

세계적인 경기침체로 인해 지난해까지 최고치를 갱신하던 유가와 원자재 가격이 급락했지만 오히려 이럴 때가 자원개발의 적기라는 것은 누구나 다 알고 있는 사실이었다. 그 때문에 다른 회사들이 내는 이 같은 성과는 아프리카를 중심으로 지하자원 개발에 투자하고 있는 성창인터내셔널로서는 배 아픈 상황이었다.

경제적 이득도 이득이지만 다른 회사들이 대량의 석유를, 그것도 비교적 안전한 지역에서 확보한 것은 성창인터내셔널 같이 위험지대에서 시설 파괴나 약탈, 납치와 같은 일을 당하고도 아직 성과를 못 내고 있는 입장에서 볼 때 분통이 터지고도 남을 일이었다.

게다가 이들 회사의 석유개발은 국내 언론에 의해 크게 부각된 반면, 해외 자원개발에 가장 먼저 투자하고도 에너지 자원보다는 광물과 희소금속에 많은 비용을 투자한 성창인터내셔널은 크게 주목을 받지 못했다. 특히, 작년에는 광물과 희소금속의 가격이 급락하는 바람에 해외에 가지고 있던 지분을 팔 기회를 놓치고 말았다. 그 결과, 자금이 부족해 아프리카 자원 확보가 급격히 위축되었다. 설상가상으로 이 와중에 근로자 납치와 시설파괴가지 일어났다.

이런저런 골치 아픈 사정을 속으로 삭이던 곽정태는 껌을 씹으며 김중택이 올린 기획안을 뒤적였다.

"간단하게 말로 설명해보게. 어떻게 할 생각인가?"

김중택은 간단 명료하게 설명했다. 어제 팩스를 받았는데 한국인 직원이 있는 민간군사회사에서 온 것이었으며, 조건만 맞으면 아프리카 생산시설에서 발생하는 일들을 맡겨보는 것이 어떻겠냐는 것이었다.

곽정태가 껌을 하나 더 입에 넣었다.

"사실은 말이야. 이건 처음부터 돈을 좀 써서라도 반드시 해결했어야 할 문제였어. 전임 사장이 잘못한 거지. 진작 용병들을 고용했어야 했어. 제대로 된 회사로 말이야. 이미 늦은 감이 있지만 한 번 해보게. 다른 기업들이 잘 나가는 걸 보니 더 이상 못 참겠어. 우리도 상황을 빨리 안정시키고 대박을 내자고.”

김중택의 얼굴에 희색이 돌았다. 하지만 사장 앞이라 표정관리를 잘 해야 했다.

“그럼, 제가 조만간 아프리카로 가서 직접 만나보고 오겠습니다.”

곽정태가 조용히 고개를 끄덕였다.

“조용히 처리하게. 국내에는 어떠한 사실도 알려지면 안 되네. 소문 나면 회사가 망할 수도 있어. 어쨌든 정부도 모르게 처리해야 해.”

정글 타이거 위장복은 예전부터 에드워드 영이 즐겨 입던 옷이었다. 다시 입으니 기분이 좋았다. 그 위에 정글 위장 조끼를 꺼내 입으니 그 럭저럭 잘 어울렸다. 이것으로 우기 준비는 대충 끝났다. 이제 아프리 카 어디를 가도 옷 걱정은 할 필요가 없다.

그 때 문을 두드리는 소리가 났다. 방문을 열자 레드가 서 있었다.

“저, 캡틴, 할 말이 있어서 찾아왔어.”

주저하면서 말하는 모습은 그동안 봐왔던 거친 모습과는 전혀 다른 것이었다. 에드워드 영이 들어오라고 하자 창 넓은 부니햇을 벗고 조 심스럽게 들어왔다.

“이봐, 레드, 왜 그래? 무슨 일 있어?”

“부탁 좀 하려고.”

평소에는 개인적인 일도 일체 말하지 않던 그였다. 팀원들과 모두 친했지만 개인적인 이야기는 같은 남아공 출신 오렌지와 포르투갈어나 남아공 말인 아프리칸스어로만 하던 그였다. 그래서 둘이 무슨 말을 지껄이는지 전혀 알아듣지 못했고, 그의 자세한 이력은 더더욱 알지 못했다. 32대대 출신이라는 것 말고는.

"편하게 말해봐. 우린 같은 팀이잖아."

말로 안심시키자 침대에 걸터앉은 레드가 비로소 입을 열었다.

"캡틴이 한국 회사 경비를 독자적으로 맡을 거라면서? 그리고 이 일을 계기로 회사 중역으로 승진했다고 하던데 사실이야?"

"소문이 빠르군. 맞아, 그런데?"

"인원 변동이 있을 거라는데 그것도 사실인가?"

에드워드 영은 스카치위스키를 두 잔 따라 레드에게 한 잔을 건넸다.

"그건 어떤 일을 맡을 것이냐에 따라 다르지 않겠나? 아직 한국 회사 관계자들도 만나지 못했고 계약도 체결되지 않았는데."

"혹시 인원변동이 있더라도 나와 오렌지는 계속 써줬으면 해서. 그걸 부탁하려 왔어."

술을 한 모금 마신 에드워드 영이 다시 말했다.

"난 우리 팀원들과 지난 6개월간 같이 일을 해왔네. 자네들 둘 뿐만이 아니라 다른 대원들 역시 단 1명도 내보내고 싶지 않아."

솔직한 심정이었다. 그동안 만나온 용병들 중 이들처럼 손발이 맞는 사람들도 없었다. 에드워드 영이 다시 말을 이었다.

"한국 회사에 대한 경비 용역이 성사되면 내 몫이 50%야. 그 중에서 나와 같이 일하는 병력들 몫이 정해지지. 그러니까 회사에서 받는 월급보다는 훨씬 많을 거야. 대신 일이 더 힘들겠지만."

에드워드 영이 말을 마치자 레드의 얼굴이 밝아졌다.

"고맙네. 캡틴도 알겠지만 나와 오렌지는 32대대 출신이야. 이그제큐티브 아웃컴즈에서도 같이 일했지. 우리는 돈 벌어서 어렵게 사는 옛 전우들을 조금씩 도와주고 있어. 그래서 혹시나 해서 이런 부탁을 하려고 온 거야."

"걱정하지 말게. 우리는 전우야. 이걸로 미래의 불확실성은 제거된 건가?"

둘은 술잔을 부딪쳐 남은 술을 모두 마셨다. 레드가 밝은 표정으로 문 앞으로 걸어가더니 갑자기 뒤돌아서서 말했다.

"나와 오렌지는 마흔이 넘었지만 그래도 전투감각은 최고야. 캡틴을 실망시키지 않을 거야. 정말 고마워."

레드가 나간 후 에드워드 영은 술을 한 잔 더 따랐다.

남아공 32대대. 그는 32대대의 작전을 자세히 알지는 못했지만 전설 같은 그들의 이야기는 수없이 들었다. 버팔로가 상징인 남아공 최고의 타격부대로 앙골라를 중심으로 활동하며 엄청난 전공을 세웠다. 냉전시절, 남아공 백인정부는 아파르트헤이트라는 인종차별정책을 추진하면서도 서방의 지원을 받았는데, 그 이유는 소련의 지원과 쿠바 용병들에 의해 악화되는 아프리카 각지의 내전에서 서방 세력을 대표해 남아공이 총대를 멨기 때문이었다. 특히 남아공의 장교와 하사관들이 앙골라인 사병들을 훈련시켜 만든 32대대는 냉전기간 대리전의 첨병 역할을 톡톡히 했다. 2개 대대급 전투부대로 25:1이라는 엄청난 적 살상율을 기록해 적들로부터 'Terrible Ones(끔찍한 놈들)'로 불렸을 정도였다. 그러나 넬슨 만델라 집권 후 해체돼 전투 중 있었던 잔혹행위에 대해 엄청난 비난을 받았고, 흑인들에게 린치를 당하기도 했다. 그 후 32대대와 나미비아 경찰특공대인 쾨벳트(Koevoet), 남아공 낙하산 부대와 특전부대 출신자들을 중심으로 설립된 용병회사 EO(이그제큐티브 아웃컴즈 Executive Outcomes : '전투성과'라는 뜻)는 그 동안의 설움을 일소하려는 듯 시에라리온, 앙골라 등지에서 국가의 운명을 좌우할 만큼 큰 역할을 했다. 몇 년 후 남아공에서 새로운 용병 법안이 통과된 후 공식적으로 해체하고 말았지만.

'모두가 엿 같은 인생들이군.'

술 잔을 다 비운 에드워드 영은 책상 앞에 놓인 메모지를 바라보았다. 오늘 중으로 한국의 성창인터내셔널에 연락을 해보라는 트래비스 중령의 지시사항이었다. 몇 명 되지도 않는 팀의 리더에게 이제는 사업가의 역할이 더해진 것이다.

솔직히 벌써부터 사업가로서의 역할이 부담스러웠다. 책임지는 일 없이 돈 버는 방법은 정말로 없는 것일까? 팀의 리더로서, 회사의 중역으로서 돈을 그만큼 많이 받는다면 당연히 부담도 커야 하지만 그에게는 아직 익숙하지 않았다. 하지만 일을 맡은 이상 해나가야 한다.

용병은 개인사업자라고 재차 확신한 그는 통신실로 가서 성창인터내셔널과 통화하기로 마음먹었다. 술 기운을 빌어 오랜만에 한국말로 대화를 해볼 생각이었다.

제5장

잠입

김중택은 아프리카에 올 때마다 짜증이 났다. 입사 후 세계 곳곳을 돌아다녔지만 아프리카는 전혀 마음에 들지 않았다. 고질적인 풍토병과 끊임없는 내전, 갈수록 악화되는 치안부재 상태……. 과거 상황이 좋았던 남아공 역시 흑인정부가 들어선 이후에는 이상하게도 치안이 악화되어 무장강도가 판을 쳤고, 미국과 함께 총기로 인한 범죄가 가장 많은 나라가 되고 말았다.

중부와 남부아프리카의 모든 나라가 에이즈와 매독 같은 성병에 의해 국가 생존이 위협받았고, 기존의 풍토병 역시 수그러들 기미를 보이지 않았다. 자신들의 땅에 무엇이 있는지도 모르고, 안다고 해도 어떻게 해보지도 않는 사람들을 이해할 수 없었다.

아프리카에서 일어나는 모든 일의 근원을 서양의 제국주의라고 말하는 이들도 있지만 그의 눈에는 그렇게 보이지 않았다. 모든 국가들은 각자 과거의 장애를 극복한 국가들이다. 외부요인이건, 내부요인이건 스스로 극복해내지 않으면 미래는 없다. 그래서 내전과 치안부재, 풍토병, 에이즈, 매독 등의 결과에 대해서도 스스로 책임을 져야 한다고 생각했다.

문제는 성창인터내셔널 같은 외국 지하자원에 투자한 회사의 보호이다. 현지 정부가 스스로를 지킬 능력조차 없는 상태에서 지하자원을 개발하려면 투자한 외국 회사가 모든 사항을 알아서 할 수 있도록 해줘야 하고, 회사의 본국 정부도 그렇게 할 수 있도록 도와야 하는데 그게 뜻대로 안되었다.

두 나라의 법규와 국제조약까지 들먹이며 회사의 일을 방해하면 한도 끝도 없다. 회사의 직원이 납치되거나 시설물과 재산이 파괴, 약탈되어도 국내법과 외교관계, 국내언론과 여론까지 고려하면 아무것도 할 수 없다. 이것이 현재 자신이 처한 현실이었다.

남아공 케이프타운에서 이틀을 머문 그는 지사에 들러 통상적인 업무보고를 받고 케냐로 향했다. 그리고 그곳에서 다시 네멩게로 향하는 비행기에 올랐다. 에드워드 옆은 케냐 나이로비에서 네멩게시티로 오는 회사 소속의 수송기를 타고 오라고 했다. 낡은 쌍발 프로펠러 수송기에는 야전식량이 든 종이와 나무로 된 여러 개의 상자가 있었고, 그 사이사이에 무기상자도 눈에 띄었다.

　2명의 조종사는 모두 러시아인이었는데 투박한 러시아식 영어가 낯설게 느껴졌다. 그들이 혹시 보드카를 마시고 음주비행을 하지 않을지 은근히 걱정됐지만, 2시간이 넘는 지루한 비행과 시끄러운 엔진 소음 그리고 낡은 동체의 틈 사이로 불어오는 세찬 바람이 모든 것을 잊었다. 비행기가 서서히 하강할 때쯤, 조종석으로 간 김중택이 조종사에게 물었다.

　"다 왔습니까? 저게 활주로인 모양이죠?"

　"예, 저기 착륙할 겁니다."

　러시아인 조종사는 앞을 가리키며 답하고는 옆의 동료와 또다시 지껄이기 시작했다. 활주로는 그야말로 흙먼지 밖에 날리지 않는 허허벌판이었다. 김중택은 자리로 돌아가 혹시 모를 충격에 대비했다. 그러나 비행기는 부드럽게 활주로에 안착했고 천천히 방향을 선회한 후 멈춰섰다.

　옆문이 열리고 선글라스를 낀 동양인이 먼저 아는 척을 했다.

　"김중택 이사님입니까?"

　한국말이었다.

　"에드워드 영이시군요. 반갑습니다, 김중택입니다."

　"차로 모시겠습니다. 이리로 오시죠."

　비행기에서 나온 김중택은 주변을 둘러보았다. 군복을 입은 사람들이 비행기의 상자를 트럭으로 나르고 있었고, 그 옆에 지프 차량 1대가 서 있었다.

　"케냐에서 이곳으로 오는 수송기가 제일 빠른 교통편이었습니다.

불편해도 시간이 많이 절약되죠."

에드워드 영은 야구모자에 선글라스를 끼고 청바지와 반팔 티셔츠에 전투용 조끼를 걸친 차림이었다. 권총은 조끼 왼쪽 가슴 주머니에 차고 있었는데 할리우드 액션영화의 용병 모습 그대로였다. 차량의 운전석에도 비슷한 복장의 동양인이 앉아 있었다.

"이 친구는 히지가타입니다. 일본인이고, 외인부대 출신입니다."

히지가타가 웃으며 인사를 한 후 운전을 시작했다. 랜드로버가 네멩게시티를 향해 속도를 올렸다. 잠시 후뒷좌석에 앉은 김중택이 조수석에 탄 에드워드 영을 향해 입을 열었다. 같은 한국 사람을 보고도 반가운 기색은 커녕 아무 말없이 앉아있는 그가 이상해 보였다.

"이곳 상황은 좀 어떻습니까?"

"뭐, 다른 곳과 비슷합니다. 얼마전부터 반군들의 움직임이 활발해져서요."

에드워드 영이 말했다. 그러나 그의 눈은 김중택이 아닌 앞을 향하고 있었다. 곳곳에 네멩게 정부군과 무리지어 이동하는 사람들의 모습이 눈에 띄었다. 멀리 난민촌으로 보이는 텐트촌도 보였다.

"피난민 징착지입니까?"

"나이트 커뮤터(Night Commuter) 야영시설입니다. 국제지원단체에서 관리하죠."

그제야 선글라스를 벗은 에드워드 영이 뒤를 돌아보며 말했다.

나이트 커뮤터는 아프리카 분쟁지역에서만 볼 수 있는 특수한 시설이다. 무장세력이나 반군의 경우, 야간에 민간부락에 침입해서 약탈·살인·강간·납치 등을 일삼는데 이를 피하기 위해 해가 지기 전에 안전지대로 집단으로 이동해서 밤을 보낸 다음 다시 마을로 돌아간다. 각국 정부와 국제기구 등은 나이트 커뮤터 보호를 위해 야영지를 마련하고, 의료·교육 등 각종 지원을 하고 있지만 정치안정과 평화정착이라는 근본적인 대책은 마련하지 못하고 있었다. 한동안 사라졌던 나이트 커뮤터가 다시 생길 만큼 현재 네멩게공화국은 안전하지 않았다.

랜드로버는 해가 다 떨어진 후에야 트래비스 경비 서비스의 주둔지에 도착했다. 김중택의 눈앞에 삼엄한 경계가 펼쳐지는 군부대가 버티고 서 있었다. 정문을 통과한 랜드로버가 연병장을 가로지른 후 탐조등 아래 이르자 두 사람의 그림자가 서성거렸다. 이윽고 차가 멈췄다. 잠시 후한 사람이 다가와 영국식 영어로 인사를 건넸다.

"한국에서 오신 김중택 이사시군요. 반갑습니다, 앨버트 트래비스입니다. 그리고 이쪽은 밥 돌비 소령입니다."

김중택은 밝은 불빛에 눈을 잠시 찡그렸지만 트래비스의 정중한 태도에 환하게 웃으며 인사했다. 히지가타가 차를 몰고 가자 네 사람은 본격적인 대화를 위해 트래비스의 사무실로 향했다.

트래비스는 김중택에게 현재의 아프리카 상황과 성창인터내셔널 사업장의 안전에 관해 대강의 정보를 파악했다고 은근히 자랑했다. 사무실로 들어선 김중택은 그의 말이 빈 말이 아님을 알 수 있었다. 사무실 한 쪽 벽면 전체가 아프리카 지도로 메워져 있었고 온갖 색깔로 표시가 되어 있었다. 지도를 가까이서 들여다 본 김중택이 말했다.

"우리 회사 사업장이 별 모양으로 표시되어 있군요. 정확합니다. 그런데 여기 다른 표시들은 뭡니까?"

트래비스가 웃으며 답했다.

"차차 설명 드리죠. 먼저 식사부터 하시겠습니까?"

네멩게공화국 대통령이나 먹을 수 있는 최고급 재료가 동원된 저녁식사는 김중택과 에드워드 영의 시장함을 단숨에 날려버렸다. 에드워드 영은 조끼를 벗어 의자에 걸친 후 음식을 맛있게 먹기 시작했다. 김중택 역시 며칠 만에 먹는 제대로 된 식사였다. 남아공에서도 입맛이 별로 없었는데 여기서는 입맛이 돌았다. 대기업 중역이라는 신분에 걸맞지 않게, 사업상의 식사자리에서 게걸스럽게 먹긴 처음이었지만 아무래도 좋았다. 돌비 역시 낮에 있었던 출장으로 배가 고팠는지 맛있게 먹고 있었다. 트래비스만이 세 사람과 달리 포도주만 들이키고 있었다. 식사가 끝날 무렵에야 본격적인 사업상의 대화가 오가기 시작했다. 트래비스가 먼저 본론을 얘기했다.

"성창인터내셔널에서는 우리가 어떤 도움을 주길 바랍니까? 사건이 발생했을 때 사후적인 조치를 원합니까? 아니면, 사전예방 조치로 사업장에 대한 전반적인 경비를 원합니까?"

김중택이 백포도주를 따르며 말했다.

"우리는 위험 사업장에 대한 사전예방 조치를 원합니다. 그리고 문제가 발생할 경우 즉각적인 조치도 원합니다."

에드워드 영이 지도를 향해 걸어가며 말했다.

"여기에 표시된 빨간색 별이 우리가 위험 사업장으로 분류한 곳입니다. 한 번 보시겠습니까?"

위험한 곳으로 분류된 곳은 나이지리아 4곳, 우간다와 앙골라, 콩고, 세네갈이 각각 2곳, 그리고 케냐가 1곳이었다. 본사에서 분류한 것과 일치했다.

"우리 생각과 일치하는군요."

김중택이 백포도주를 마시며 말하자 돌비가 답했다.

"나름대로 성창인터내셔널에 대한 정보를 많이 입수했습니다. 아프리카 곳곳에 사업장이 많더군요. 일단, 최고 위험지역부터 분류했습니다."

김중택은 다시 자리에 앉아 생각에 잠겼다. 그의 생각에 트래비스 경비 서비스는 역량 있는 용병회사임에 틀림없었다. 하지만 예전에 일을 맡겼던 회사들도 겉보기에는 이들과 다름없이 반듯해보였다. 그러나 결과는 실패였다. 돈만 날리고 제대로 된 서비스는 받을 수 없었다.

트래비스가 다시 입을 열었다.

"그동안 다른 용병회사들과 계약을 했던 것으로 압니다만 우리는 그런 삼류건달들과는 다릅니다. 내일이라도 당장 과거의 실적보다는 우리의 현재 능력을 보여드리고 싶군요."

트래비스가 말을 마치고 의미심장한 표정으로 김중택을 바라보았다. 답변을 바라는 눈치였다.

"근처에 전투현장이라도 있으면 동행을 했으면 합니다만."

말을 마친 김중택이 잔에 남은 포도주를 입안에 모두 털어넣었다. 하지만 곧 이어진 트래비스의 말에 하마터면 토할 뻔 했다.

"그렇다면 불행 중 다행이군요. 이사 님 도착 직전에 정보를 입수했는데 나이지리아 성창인터내셔널 사업장에서 또 사건이 발생했다고 합니다. 내일 당장 에드워드 영과 함께 보내드리겠습니다."

"조금 전에 일이 터졌단 말입니까? 그걸 왜 지금 말해주는 겁니까?"

돌비가 나섰다.

"어차피 오늘은 늦었습니다. 내일 아침 출발하면 오후에는 나이지리아에 도착할 겁니다. 비행기는 이미 준비해놓았으니, 오늘은 편히 쉬십시오. 본사와 통화해 보시겠습니까?"

트래비스가 위성전화기를 건넸다. 본사 상황실과 연결되어 있었다.

"현재 나이지리아 상황은 어떤가?"

"현지 시각 18시 20분경 무장괴한들이 한국 근로자 2명과 현지인 3명을 납치했다."

"위치는?"

"나이지리아 코기주 오카바 노천광산이다."

"회사의 방침은?"

"군사회사와 계약을 체결해도 좋으니 가능한 빨리 문제를 해결하기 바란다. 또 아직까지 외교 당국과 언론이 사태를 파악하지 못하고 있으므로 철저히 비밀리에 일을 진행했으면 한다."

통화를 끝낸 김중택은 맥이 풀렸다. 배가 불렀지만 온 몸에서 힘이 쭉 빠졌다. 일이 또 터지다니…….

김중택이 결심한 듯 말했다.

"이번 건은 즉시 계약을 체결합시다. 회사에서 최대한 빨리 해결하라고 합니다. 오카바 노천광산은 우리에게 아주 중요한 곳입니다."

"좋습니다. 내일 에드워드 영이 대원들을 데리고 같이 출발할 겁니다. 일이 얼마나 힘들지는 모르지만 일단 미화 30만 달러 이상은 받아야 할 것 같군요."

트래비스가 웃으며 말하자 김중택이 손을 내밀었다.

"이번 일만 잘 처리되면 나머지 계약도 일사천리로 진행될 겁니다."

"우리 역시 성창인터내셔널에 사활을 걸 생각입니다."

트래비스가 김중택의 손을 덥석 붙잡고 힘 있게 흔들었다.

출발인원은 에드워드 영을 포함해 용병 8명과 김중택까지 총 9명이었다. 다음 날 아침, 김중택은 잠을 설친 탓에 얼굴이 푸석거렸다.

랜드로버 2대에 나누어 탄 일행은 코퍼스타운을 지나 네멩게공화국의 수도인 네멩게시티 외곽의 공군 비행장으로 향했다. 복잡한 생각에 잠겨있던 김중택이 앞에 앉은 에드워드 영에게 물었다.

"지금 출발하면 언제쯤 도착합니까?"

"오후 1시 전에는 아부자(나이지리아의 수도)에 도착할 겁니다. 거기서 우리 쪽 사람들을 만나야 합니다."

"대사관에서도 지금쯤 알고 있을 텐데 걱정입니다."

"일단 가서 보면 알겠죠. 그동안은 마음 편히 계십시오."

보잉 737은 그들 일행만을 태운 채 비행을 시작했다. 비행기 안에서도 에드워드 영은 별로 말이 없었다. 몇 시간의 비행 동안 김중택은 꾸벅꾸벅 졸았다. 만 하루 동안 케냐에서 네멩게를 거쳐 나이지리아까지 비행기로 횡단했으니 피곤할 법도 했다.

아부자 비행장에서 간단한 수속을 마치고 몸만 빠져 나온 일행은 칼리프사에서 제공한 차량을 타고 이동했다. 대머리의 흑인인 칼리프사 직원은 말이 빨랐다.

"일단, 사무실에서 간단한 상황설명을 하고 오카바로 이동하죠. 당신들 장비는 곧 빼내올 겁니다."

승합차에 오르는 그들의 모습은 꼭 관광객 같았다. 운전을 맡은 칼리프사 직원은 관광가이드처럼 꽃무늬 티셔츠에 선글라스를 끼고 있었고, 백인과 흑인, 동양인이 뒤섞인 9명의 일행 역시 갖가지 모자와 청바지, 티셔츠, 선글라스로 치장하고 있었다.

시끄럽게 이야기를 나누던 그들의 대화가 멈춘 것은 칼리프사가 운영하는 사무실 건물에 들어서면서부터였다. 약속이나 한 듯 모두 입을 닫았다. 그리고 조용히 5층 건물 꼭대기로 올라갔다.

"김 이사님, 이렇게 빨리 오시다니, 고맙습니다."

사무실 안에서 허둥대며 인사한 사람은 나이지리아 지사장 박윤근이었다.

김중택이 악수를 하며 말했다.

"오카바에서 일이 터지다니 놀랐습니다. 그런데 여기는 어떻게……."

"김 이사님께서 오시기로 했다고 연락이 왔었습니다. 그런데 이 사람들은……."

박윤근의 갑작스런 질문에 김중택은 대충 얼버무렸다.

"협상전문가들입니다. 나중에 설명하죠."

잠시 후 칼리프사 나이지리아 지국장이라고 신분을 밝힌 중년의 흑인 남자가 덥수룩한 턱수염을 만지며 브리핑을 시작했다.

"오카바 노천광산을 침입한 무장단체는 기독교 민족해방연합이라는 신생조직입니다. 약 50명 정도로 추정되며, 대부분 정글지대에서 무장강도로 활동하고 있습니다. 이렇게 큰 일을 벌인 것은 이번이 처음입니다. 그들은 인질 전원의 석방 대가로 2백만 달러와 외국자본의 철수를 요구하고 있습니다."

"요구사항은 금시초문인데요? 아직 어떤 연락도 받지 못했습니다."

박윤근이 놀란 듯 묻자, 칼리프사 지국장이 다시 말을 받았다.

"우리 정보원이 파악한 정보입니다. 조만간 통보할 겁니다."

이번에는 에드워드 영이 물었다.

"놈들이 원하는 게 단지 돈입니까? 아니면 다른 목적이 있습니까?"

"몇 년 전 성창인터내셔널 가스 사업장을 습격한 사건이 있었습니다. 그 사건의 주모자로 알려진 사람이 마크 카투기였는데, 이번 사건을 일으킨 기독교 민족해방연합의 우두머리가 바로 그 사람입니다."

2007년 가스 사업장 사건은 김중택도 잘 알고 있었다. 무장단체의 공격으로 현지인 4명이 죽고, 파견 근로자 2명이 납치된 사건으로, 20만 달러의 몸값을 치르고 난 후 한 달 만에 겨우 풀려났다.

"그 놈은 우리 회사만 골라서 돈 벌이를 하는군요."

김중택이 푸념 섞인 말을 내뱉었다.

"우리 정보에 의하면, 다른 한국 기업의 사건에도 연루한 것으로 보입니다. 그래서 배후가 있을 수도 있다는 생각이 듭니다. 만일 배후가 있다면 몸값 요구로 끝날지 또 다른 요구를 할지 아직 알 수 없습니다."

에드워드 영이 다시 물었다.

"혹 배후에 관해서 다른 정황을 포착한 것이 있습니까?"

"간헐적인 무선통신 주파수가 포착된 것뿐입니다. 통신 상대는 아부자에 있는 것으로 파악됩니다."

대략적인 상황 설명이 끝나자 김중택은 담배를 물었다. 나이지리아는 250여 개의 부족으로 구성된 나라로 인구가 1억 명이 넘는 대국이지만 부족 간의 분쟁으로 크고 작은 내전을 겪고 있었다. 특히 코기주의 경우 이곳을 흐르는 니제르강과 베누에강을 경계로 집권세력인 북부 이슬람교 세력과 남부 기독교 세력으로 나뉘어 있어서 이런 일이 발생할 잠재적 요소를 두루 갖추고 있었다. 따지고 보면 아프리카에서 안전한 곳은 한 곳도 없었다.

만일 배후에 어떤 세력이 있다고 해도 복잡한 상황이 얽혀있어서 찾아내기는 힘들 것이다. 또 찾아낸다고 한들 어쩔 것인가? 당장 중요한 것은 인질의 무사귀환이다.

"어떻게 할까요? 인질구출 후 다 쓸어버릴까요? 아니면 배후를 밝히길 원합니까?"

김중택은 에드워드 영의 표정 없는 얼굴이 차갑게 느껴졌다.

"배후라고 해 봐야 별거 있겠습니까? 인질만 무사히 구출되면 알아서 하십시오. 인질 무사귀환이 계약내용이니까."

기본계획은 간단했다. 전파 발신지를 파악했으니, 그곳으로 병력이 출동해서 상황을 분석한 후 인질을 구출하면 칼리프에서 제공한 헬기 2대가 인질과 병력을 철수시키는 것이었다.

일이 잘 풀린다면 늦어도 내일 중으로는 모두 끝날 것이다. 하지만 책상 앞에서 나온 이론이 현실을 앞서는 법은 없었다.

그때 누군가와 통화를 끝낸 나이지리아 지사장 박윤근이 큰소리로 말했다.

"인질범들이 몸값 2백만 달러와 외국기업의 철수를 요구해왔습니다. 그리고 1시간 후까지 베누에 강변의 보트 선착장으로 회사 책임자를 보내지 않으면 인질을 1명씩 죽이겠다고 합니다."

칼리프사 지국장이 한숨을 쉬며 말했다.

"인질을 처형한다고요?"

"예전에도 이런 식이었습니까?"

에드워드 영이 김중택에게 물었다.

"24시간도 지나지 않았는데 처형한다고 협박하지는 않았습니다. 그런데 좀 의외군요. 게다가 20만 달러도 아니고 2백만 달러라니."

천연가스 시설에서 사건이 났을 때에도 이렇게 세게 밀어붙이지는 않았다. 그러나 이번에는 상황이 많이 다른 것 같았다.

"그나저나 장비가 아직 도착하지 않았으니……."

에드워드 영이 창밖을 바라보며 중얼거렸다

김중택은 칼리프 지국장과 몇 마디 더 얘기를 나눈 후 박윤근을 일단 현장으로 돌려보냈다. 그러면서 이곳에서 보고 들은 이야기는 다른 사람에게 절대 하지 말라고 입단속을 단단히 시켰다. 틀림없이 현장에 대사관 직원과 국정원 요원이 나와 있을 것이다. 때문에 더더욱 비밀로 해야 했다.

박윤근이 돌아가자, 칼리프 직원이 무장단체 근거지에 대한 상세한 정보를 브리핑하기 시작했다. 그런데 그 때 갑자기 사무실 문이 열리며, 장교 하나가 들어섰다.

"안녕들 하시오? 다들 모였구만."

"아니, 우마루 대령, 여긴 어떻게……."

칼리프 지국장이 당황해 하는 사이 우마루는 김중택에게 다가가 자신을 소개했다.

"한국에서 오신 분이죠? 나는 나이지리아 군 정보국 대령 우마루입니다. 귀사의 사업장에서 발생한 사건에 대해서 나이지리아 정부를 대표해서 죄송하게 생각합니다."

김중택은 당황했다. 무장단체를 만나기 위해 잠시 후약속장소로 떠나야 하는데 군 정보국 대령까지 왔으니 정신이 없었다. 아무래도 일이 복잡해질 것 같다는 생각이 들었다.

우마루가 본론부터 말했다.

"우리도 정보를 수집해서 당신들이 뭘 하려는지 대강 알고 있습니다. 하지만 주권국가에서 용병들이 설치는 것은 용납이 안 되죠. 우리나라에도 엄연히 법이란 게 있으니까요."

"아프리카에서는 법보다 총이 가깝죠."

우마루는 에드워드 영의 퉁명스런 대꾸에도 아랑곳하지 않고 말을 이었다.

“물론 이번 경우에는 예외로 해드리죠. 단, 조건이 있습니다. 주모자를 생포해주시오. 이건 제안이 아닌 명령이오.”

당사국 대령이 말했으니, 당연히 따라야겠지만 그 이유가 궁금했다. 김중택이 그 이유를 물었다.

“비용은 우리 회사가 지불하겠지만 그 이유나 좀 알고 싶군요.”

우마루의 설명은 이러했다. 나이지리아는 250여 개 부족이 기독교와 이슬람 세력으로 양분되어 있는데 현재 정권을 장악한 이슬람 세력은 사건이 벌어진 기독교 세력권에서의 군사작전을 정치적인 이유로 꺼리고 있었다. 게다가 나이지리아 군대는 정밀 타격전이나 인질구출작전을 할 만한 능력도 부족했다. 하지만 그 배후를 밝히고 싶었다. 그리고 이러한 제안을 위해 트래비스 경비 서비스와 칼리프의 로비에도 불구하고 장비를 통관시켜주지 않고 있었던 것이다. 트래비스사에 대한 지불금액이 올라가겠지만 대안이 없었다.

“알겠습니다. 그렇게 하지요.”

김중택의 대답에 우마루는 하얀 이를 드러내며 웃었다.

“고맙소. 장비는 곧 통관될 겁니다.”

말을 마치고 웃으며 돌아가는 우마루 대령의 뒤통수에 침이라도 뱉고 싶었지만 나이지리아에서 사업을 계속하려면 참을 수밖에 없었다.

우마루 대령이 나가자 칼리프 지국장이 서둘러 말했다.

“시간이 없습니다. 인질범들이 약속시간과 장소를 정했으니 일단 만나봐야죠?”

칼리프 지국장의 말이 옳다. 하지만 대강의 계획이라도 잡아야 한다. 에드워드 영이 말했다.

"김 이사와 히지가타 그리고 제가 무장단체와 접촉을 하죠. 나머지는 장비가 도착하면 움직이는 걸로 합시다. 기자로 접근하는 게 좋을 것 같은데 장비는 있소?"

칼리프 지국장은 캐비닛에서 일본의 NHK 기자증과 녹음기, 캠코더, 디지털 카메라와 일반 카메라 하나씩을 꺼내 놓았다. 언제 준비했는지 장비에는 모두 NHK 로고가 찍혀 있었다.

곧이어 장비설명을 시작했다.

"캠코더에는 위치추적기가 장착되어 있습니다. 녹음기는 테이프가 돌기는 하지만 실제 녹음되지는 않습니다. 그리고 빨리감기 버튼을 누르면 3초 후 내부의 C4가 폭발합니다. 그러면 수류탄 정도의 화력은 만들 수 있습니다. 일반 사진기는 무전기로 개조된 겁니다. 사용방법은 아시죠? 디지털 카메라는 진짜입니다. 사진은 디지털 카메라로 찍을 수 있습니다."

영화에서나 볼 수 있는 장면이었다. 성창그룹 정보부서에서도 비밀장비를 이용한다는 말이 있었지만 말로만 듣던 첩보장비를 직접 본 것은 처음이있다.

칼리프 지국장의 간단한 설명이 끝나자, 기자증을 목에 건 히지가타가 말했다.

"이런 곳에서 일본 방송국을 팔다니 찝찝하군."

인질범을 만나러가는 것이 한 두 번이 아니었지만 이번만큼은 겁이났다. 용병을 데리고 왔다는 것이 들키는 날에는 인질들의 목숨은 물론 자신의 목숨도 끝날 수 있다. 사실 죽는 것도 문제지만 회사와 국가에도 큰 망신을 줄 수 있었다. 그의 기분을 아는지 에드워드 영이 말했다.

"앞일을 너무 걱정하지는 마십시오. 우리를 믿으면 됩니다. 그런데 필기도구 가진 게 있습니까? 기자 행세를 하려는데 수첩만 덜렁 들고 가자니 좀 그렇군요."

김중택은 자신의 조끼 주머니에서 만년필을 꺼냈다.

"예전에 뉴욕에서 3백 달러를 주고 산 워터맨 만년필입니다. 펜촉이 단단하고 내구성이 좋죠. 기자 행세에 어울릴 겁니다."

에드워드 영은 말없이 미소를 지으며 신기한 듯 만년필을 바라보았다. 그리고 뚜껑을 닫으며 혼잣말을 했다.

'펜이 총보다 강한지 알 수 있겠군.'

제6장

살인게임

헬기를 타고 약속장소인 강변 보트 선착장에 도착했을 무렵, 이미 석양의 놀이 붉게 타고 있었다. 인적이 드문 곳에 3명만 남게 되자, 김중택은 은근히 겁이 났다.

해가 지기 시작하는 베누에 깅변의 보트 선착장은 한낮의 후텁지근함에서 서서히 벗어나고 있었다. 새벽녘에는 선선할 정도로 기온이 더 띨어질 것이다. 긴중택은 뒤에 앉은 두 사람처럼 긴 팔 셔츠를 입지 않은 것을 곧 후회했다.

약속시간까지는 아직 10여 분이 남아 있었다. 해충 퇴치제를 바른 김중택은 에드워드 영을 슬쩍 바라보았다. 히지가타와 함께 뒤에 앉아 담배를 피우고 있는 그의 모습은 정말로 아프리카에 파견된 기자같았다. 바쁘게 돌아다니다 보니 그를 자세히 관찰할 시간이 없었는데, 지금 보니 사람을 죽이는 용병이라기보다는 여행이나 탐사·탐험을 즐기는 사람처럼 보였다. 히지가타라는 일본인 역시 마찬가지였다. 김중택은 저 두 사람, 특히 에드워드 영이 어떤 사람인지 궁금했다.

"당신을 캡틴이라고 부르던데 대위 출신입니까? 설마, 배타는 선장은 아니겠죠?"

그러자 히지가타가 물끄러미 김중택을 바라보았다. 그도 그럴 것이 한국말로 물었기 때문이다. 에드워드 영은 강물을 계속 바라보며 아무렇지 않게 답했다. 물론 한국말이었다.

"뭐, 군에도 있었고, 배도 좀 탔죠."

김중택은 그의 얼굴에서 희미한 미소를 발견했다. 어둠이 조금씩 깔리기 시작하는 그늘진 나무 아래였지만 분명히 미소였다. 그는 아마도 이 상황을 즐기고 있는 것 같았다.

김중택은 그를 알고 싶었다.

"당신은 지금 상황이 재미있는 모양이군요."

에드워드 영은 담배연기를 길게 뿜었다.

"김 이사님이야 안 그렇겠지만. 저는 솔직히 재미있습니다. 예측이 불가능한 게임을 한다는 것은 사람을 흥분시키지요. 내 운을 시험할 수 있으니까요."

그의 대답은 김중택을 확신케 했다. 모험을 즐기는 사람, 심지어 남이 죽든, 자신이 죽든 큰 의미를 두지 않는 사람, 자신의 경험으로 볼 때 그런 부류의 사람이라면 이런 일을 믿고 맡길 수 있는 사람임에 틀림없다. 단, 통제하기는 힘들 것이다. 그런 의미에서 그를 고용하고 있는 트래비스 중령은 대단한 사람이었다.

김중택의 생각이 여기까지 미쳤을 때 히지가타가 말했다.

"캡틴, 대원들이 움직이는지 알아볼까?"

에드워드 영이 담배를 비벼 끄며 말했다.

"하지마, 놈들이 이미 우리를 관찰하고 있을 거니까."

약속시간이 되자, 멀리서 뗏목 하나가 천천히 다가왔다. 김중택은 그제야 그 뗏목이 그들이 도착한 직후부터 계속 이 근처를 맴돌고 있었다는 것을 깨달았다. 에드워드 영의 말이 옳았다. 반대편 강변을 계속 오르내리면서 이쪽을 관찰하고 있다가 시간이 되자 건너편으로 이동한 것이다. 인질협상을 한 두 번 한 것도 아닌데 이런 것을 놓치다니……. 김중택은 스스로 부끄러웠다.

뗏목에는 삿대질을 하는 늙은 흑인 남자 하나만 있었다. 그가 투박한 영어로 말했다.

"성창그룹에서 왔죠? 타시오."

건너편 강변으로 간 뗏목은 다시 강 하류로 내려갔다. 뱃사공은 한마디 말도 하지 않았다. 10여 분간 조용히 어둠을 가르며 나아간 뗏목은 강기슭에 정박한 작은 어선에 이르러서야 멈췄다. 어선은 2척이었는데 몇 명의 무장병력들이 어슬렁거리고 있었다.

M16과 AK 소총으로 무장한 남자 3명이 뗏목에 올랐다. 그 중 지휘관인 듯 한 사람이 말했다.

"소지품 검사와 신체수색을 하겠다."

그 때 랜턴을 들고 짐을 수색하던 남자가 말했다.

"기사가 왔나? 누구야? 어디서 왔지?"

김중택이 나섰다.

"일본 NHK에서 온 취재기자와 사진기자입니다. 기자증을 보여줘요."

김중택이 서둘러 소개하자, 에드워드 영과 히지가타가 겁에 질린 듯 더듬거리며 목에 건 기자증을 웃으며 흔들어 보였다. 그러자 랜턴을 들고 기자증과 얼굴을 번갈아 쳐다보던 남자가 물었다.

"한국 기업 사건인데, 왜 일본 기자가 왔지?"

"취재요청이 있었습니다. 업무협조죠. 한국 언론사에서 아직 아프리카에 특파원을……"

히지가타가 더듬거리며 설명을 늘어놓자 지휘관이 짜증난다는 듯 말을 가로막았다.

"알았으니, 그만해! 망할 기자 놈들 같으니라고. 그럼 당신이 회사 관계자인가?"

랜턴 불빛이 갑자기 김중택을 가리키자 더럭 겁이 난 김중택은 자기도 모르게 그만 고개를 끄덕였다.

가방에 든 캠코더와 사진기 등을 둘러본 후 별 이상을 감지하지 못한 무장괴한들은 신체수색에서도 특이점을 발견하지 못했다. 뗏목의 남자에게 뭔가를 건넨 후 돌려보낸 무장괴한들은 뗏목이 어둠 속으로 사라지자 3명의 손을 뒤로 묶고 두건을 씌워 모터보트에 앉혔다.

"보트 안에다 토하면 죽여 버리겠어!"

이윽고 2척의 어선이 시동을 걸고 움직이기 시작했다. 김중택 일행을 태운 배는 강의 여기저기를 빠른 속도로 휘젓고 다녔다. 방향을 짐작하지 못하게 하려는 전형적인 방법이었다. 그래도 예전처럼 결박당한 채 두건을 쓰고 산속을 다니지 않아서 다행이었다. 어지러움이 심해가던 어느 순간, 배는 한 방향을 정해 나아가기 시작했다. 에드워드 영과 히지가타가 무슨 생각을 하고 있는지 궁금했지만 아무 말도 할 수 없었다.

이윽고 30분 정도 강을 질주하던 배가 멈추었다. 두건이 벗겨지고 결박이 풀렸다.

"내려! 조금만 가면 된다."

사방은 이미 어두웠고, 곧이어 굵은 빗방울이 떨어지기 시작했다. 곧 장대비가 쏟아질 듯 했다.

무장단체의 근거지는 아프리카 어느 곳에서나 볼 수 있는 강변 근처 마을이었다. 버려진 작은 마을에 정착한 모양이었다. 근거지에 들어서기 전부터 시끄러운 음악소리가 울렸다. 비만 겨우 피할 수 있는 오두막 한편에서 내연기관이 돌아가며 발전기를 돌리고 있었는데, 그 옆 스피커가 시끄러운 음악을 쏟아내고 있었다.

무장괴한들은 자신들을 향해 다가오는 일행을 한 번 쳐다보고는 다시 하던 일에 열중했다. 술과 담배를 즐기고 같이 데리고 다니는 여자들과 노닥거리며 아무데나 널브러져 있거나 뭔가를 먹고 있었다.

에드워드 영과 히지가타는 이곳저곳을 유심히 관찰하며 걸었다. 비가 점점 세게 내리기 시작할 때 본부로 보이는 작지만 제일 번듯한 오두막 앞에 이르렀다. 무장괴한 하나가 오두막 안으로 들어가 한참을 있었다. 두목에게 보고하는 모양이었다.

잠시 후 두목인 듯 한 남자가 어슬렁거리며 밖으로 나와 안으로 손짓을 했다. 비에 젖은 3명은 총부리에 떠밀려 오두막 안으로 들어갔다. 김중택은 안에서 그들을 기다리는 사람이 예전에 만났던 마크 카투기임을 대번에 알 수 있었다.

실내는 백열등 하나가 불을 밝히고 있었다. 그리고 벌목도를 든 남자 1명과 AK 소총으로 무장한 남자 1명이 서 있었다. 김중택 일행이 들어가자 오두막이 꽉 찼다.

"당신을 여기서 또 보는구만. 이런 험한 일은 그만 둘 때가 되지 않았나?"

의자에 앉아 있던 마크 카투기가 교활한 웃음을 지으며 김중택에게 아는 체를 했다.

"솔직히 반갑다는 말은 하고 싶지 않군. 또 당신이오?"

오두막 안은 나무로 된 탁자 하나와 그 주위로 의자 4개만 덩그러니 놓여 있었는데, 탁자 위에는 빈 맥주 캔 몇 개와 총알이 어지럽게 널려 있었다. 에드워드 영과 히지가타는 서 있고, 김중택은 마크 카투기의 맞은 편 의자에 앉았다.

"한국에서 이렇게 빨리 왔을 리는 없고 미리 출장이라도 와 있었던 모양이지?"

마크 카투기의 질문에 김중택은 직설적으로 말했다.

"인질들은 안전한지 직접 확인하고 싶소."

"성질 급하군. 예전엔 안 그랬던 것 같은데?"

"당신도 마찬가지 아니오? 24시간도 안돼 인질을 죽인다고 협박까지 하다니 너무한 것 아니오?"

마크 카투기가 김중택을 잠시 노려보더니 슬쩍 웃으며 말했다.

"기자들 앞이라고 열을 올리는구만. 언론을 이용하겠다는 생각인가?"

마크 카투기는 그제야 에드워드 영과 히지가타를 쳐다보았다.

"일본에서 왔다고? 재수 없는 기자 놈들. 가방 풀어!"

벌목도를 든 남자가 가방을 풀어헤쳐 지저분한 탁자 위에 캠코더와 사진기 등을 늘어놓았다. 한참을 만지작거리는 모습을 본 김중택은 혹시나 잘못 눌러서 폭탄이 터지지 않을까 걱정됐다.

"녹음기만 사용해. 나머지는 안 돼!"

마크 카투기가 소리치자 히지가타가 말했다.

"그래도 사진이 있어야 기사가 더 돋보이……"

히지가타는 화가 나서 벌떡 일어선 마크 카투기의 모습에 말문을 닫고 말았다. 영락없이 겁먹은 표정이었다. 연기인지 진짜인지 알 수 없을 정도였다.

"기자 놈들 몸에는 총알이 안 박히나?"

마크 카투기의 말이 끝나기 무섭게 뒤에서 AK 소총을 들고 있던 남자가 묵직한 총구를 히지가타 등에 밀어 넣었다. 김중택은 자신이 너무 나서지 않았는지 신경이 쓰였다. 사실 예전에는 고분고분했었지만 이번에는 전혀 그러고 싶지 않았다. 용병을 너무 믿어서 인지도 모른다. 흥분을 가라앉혀야 했다.

그 때 가만히 있던 에드워드 영이 나섰다.

"그럼 수첩에 메모라도 하게 해주시오. 녹음기만으로는 부족합니다."

"좋아, 메모와 녹음기만 돼."

마크 카투기가 성질을 누그러뜨리며 자리에 앉자, 에드워드 영은 책상 위에서 수첩을 꺼내 들고 만년필을 뽑아 기자 흉내를 내기 시작했다.

"피차 조금 흥분한 것 같은데 본론부터 얘기합시다. 인질이 이곳에 있소?"

"흥분은 누가 흥분했다고 그래? 염병, 밖이 왜 이리 시끄러워? 창을 닫아!"

밖은 굵은 빗줄기가 쏟아지고 있었다. 시끄러운 정도는 아니었지만 크게 울리던 음악소리가 잘 들리지 않을 정도였다. 벌목도를 들고 서 있던 남자가 2개의 창을 닫자 다시 조용해 졌지만 6명의 온기로 실내는 금방 후텁지근해졌다.

마크 카투기가 입을 열었다.

"인질들은 털끝 하나 다치지 않고 잘 있어. 잘 먹고, 잘 자고, 잘 쉬고 있으니 걱정 말라고. 2백만 달러나 빨리 준비해."

"예전에는 20만 달러 정도에서 합의를 봤는데 너무 많은 것 아니오?"

"어허, 그 때하고 상황이 같나? 세계경제가 미국발 금융위기 때문에 난리인데 우리라고 고통이 없겠나? 이곳도 경제상황이 엉망이야. 일 거리는 없고, 물가는 올라가고, 또 부하들 먹여 살리려면 예전같이 벌어선 안돼. 그래도 당신들은 지불능력이 있잖아. 이번에는 한 푼도 못

깎아!"

말을 쏟아낸 마크 카투기가 확고한 결심을 보여주기라도 하듯 의자
에 기대어 두 발을 탁자 위로 올려 포갰다. 더 이상의 양보는 없다는
표시였다. 깡패 두목이 세계경제와 미국발 금융위기를 운운하는 것 자
체가 우스운 일이었지만 김중택은 내색하지 않고 냉정하게 말했다.

"외국기업 철수를 주장하기에 대단한 정치적 야망이 있는 줄 알았
더니 총 든 양아치에 불과하군."

김중택의 이 말에 커다란 벌목도가 서서 메모를 하던 에드워드 영
과 앉아있는 김중택의 사이를 지나 탁자에 내리 꽂혔다. 하마터면 김
중택은 오줌을 지릴 뻔 했다. 에드워드 영도 놀란 눈치였다.

마크 카투기는 이 모습을 즐기며 조용히 웃고 있었다. 그러나 그것
도 잠시, 뒤에 있던 남자가 앞으로 나와 벌목도를 탁자에서 빼내려는
순간, 에드워드 영의 만년필이 벌목도를 빼려는 남자의 오른쪽 관자놀
이에 깊숙이 박혔다. 그리고 그 남자로부터 빼앗은 벌목도가 마크 카
투기의 한 쪽 다리와 팔을 강하게 내리 베고 턱을 분질러 놓았다. 그
사이, 히지가타는 AK 소총을 빼앗아 나무로 된 투박한 개머리판으로
자신을 위협하던 남자의 머리를 부서질 정도로 내리 찍었다.

모든 것이 순식간이었다. 마크 카투기는 이미 실신한 상태였고, 머
리에 만년필이 박힌 남자는 숨이 멎었는지 움직이지 않았다. 총을 들
고 있던 남자는 머리가 으깨져 피와 뇌수가 흥건히 흐르고 있었다.

두 사람의 죽음을 확인한 히지가타는 에드워드 영을 도와 마크 카
투기를 허리띠를 이용해 결박한 후 입에 재갈을 물렸다.

김중택에게는 그 짧은 시간이 마치 멈춘 듯 했다. 심장이 멎은 것만 같았다. 그는 그 자리에 가만히 앉아 있었다. 에드워드 영의 말 한마디가 들릴 때까지

"One Mind Any Weapon!" (정신만한 무기는 없지!)

히지가타가 숨을 헐떡이며 거들었다.

"역시 펜이 칼보다 강하군."

'한 놈 남았군.'

AK 소총을 어깨에 거꾸로 걸친 경비병 하나가 비를 맞고 걸어오고 있었다. 경비병은 옆을 멀뚱히 지켜보고는 다시 걸음을 옮겨 오렌지가 매복한 지점으로 다가왔다. 비를 피하기 위해 초소로 오는 모양이었다. 오렌지와의 거리가 불과 3m 정도로 좁혀졌을 때 소음기를 장착한 베레타 권총이 불을 뿜었다. 9mm 권총탄 3발이 가슴에 꽂힌 경비는 그 자리에서 숨이 멎고 말았다.

오렌지는 시체를 확인한 후 주위를 경계하며 경비병이 오던 도중 잠시 멈춘 곳으로 이동했다. 인질들의 위치를 우선 확보할 수 있다면 일이 수월해지기 때문이다.

오렌지가 야시경을 통해 본 것은 동굴감옥 속에 갇혀있는 사람들이었다. 인질들이 틀림없었다. 동양인 2명과 흑인 3명이었다. 인질들이 눈치채지 못하게 다시 조용히 이동한 오렌지가 급히 무전을 날렸다.

"여기는 오렌지, 3명 모두 제거. 인질 위치 확인했다. 디스코텍에서 북쪽으로 약 30m 지점."

디스코텍은 음악소리가 울려 퍼지는 곳을 지칭했다.

"캡틴, 위치 확인됐다. 디스코텍에서 제일 가까운 오두막이다. 디스코텍 뒤에서 레드, 옐로우와 합류해서 인질들을 보호하라. 우리는 캡틴에게 가겠다, 이상."

외곽 경비 제거를 맡은 레드와 옐로우도 이미 일을 끝낸 모양이다.

'일이 금방 끝나겠군.'

그린이 오두막의 문을 리드미컬하게 두 번, 한 번, 두 번 두드리자 안에서 문이 열렸다.

"실내장식이 멋지군, 캡틴."

김중택은 웃으며 말하는 그린을 보고는 깜짝 놀랐다가 다시 안심했다. 무장괴한들과 똑같은 모습을 하고 있었기 때문이다. 한 동안 같이 있었지만 흑인들은 겉모습이 똑같았다.

에드워드 영이 물었다.

"인질 위치는 확인했나?"

"디스코텍 30m 정도 뒤에 있어. 오렌지, 레드, 옐로우가 위치 확보하고 있지."

"마크 카투기는 기절했으니까 데리고 나가면 되고, 나머지는 모두 죽여도 되겠지? 다른 지시를 하던가?"

"다른 사항은 없어, 캡틴."

"남은 적들의 위치는?"

"디스코텍과 이곳 옆에 있는 막사야. 외곽은 모두 처리했어. 다른 병력 이동은 없는 것 같더군."

히지가타는 그린이 가져온 가방을 열어 장비를 꺼냈다. 조끼에는 수류탄 4발과 권총이 꽂혀 있었다. 에드워드 영 역시 조끼를 입고 AK 소총을 들었다. 에드워드 영이 무전기에 대고 말했다.

"오렌지, 레드, 옐로우 이상 3명은 디스코텍을 깨끗이 청소하고 인질을 구출한 후 오두막으로 집결한다. 그리고 나머지는 오두막 옆 막사를 깨끗이 청소한다. 3분 후 디스코텍부터 시작한다, 이상."

그린의 몸에서 무럭무럭 피어나는 김을 바라보던 김중택은 에드워드 영 일행이 나가려고 하자 덜컥 겁이 났다. 시체 2구와 아직 실신한 채 묶여있지만 언제 깨어날지 모르는 마크 카투기와 남아 있는 것이 꺼림칙했다.

"나는 어디 있죠? 설마 여기 그냥 두는 건 아니죠?"

에드워드 영이 물었다.

"전투를 경험한 적이 있습니까?"

물론 없었다. 김중택이 아무 말 없이 가만있자 에드워드 영이 말을 이었다.

"당신이 다치기라도 하면 문제가 커집니다. 그냥 여기 계시는 것이 좋습니다."

히지가타가 말했다. 맞는 말이었다. 하지만 김중택이 난처한 표정을 지으며 계속 서 있자, 에드워드 영은 그린이 가지고 있던 소음권총을 뽑았다.

"권총은 쏠 줄 알죠? 이렇게 쏘면 되요."

말을 마친 에드워드 영은 권총을 들어 탁자 위의 빈 깡통을 향해 쏘는 시늉을 보였다.

"방아쇠만 당기면 됩니다. 마크 카투기가 깨어나 위협하거든 팔이나 다리를 쏘십시오. 이따가 데리러 올 테니 나를 쏘지 않도록 주의하시고. 그리고 총격전이 시작되면 가능한 앉거나 엎드려 있는 게 좋습니다. 유산탄에 맞을 수 있거든요."

말을 마친 에드워드 영은 일행을 이끌고 바로 나가버렸다. 김중택은 손에 쥔 권총을 바라보았다. 공군장교로 군 생활을 한 그는 총을 쏘아본 적이 거의 없었지만 어느 정도 안심은 되었다. 누워있는 마크 카투기가 깨어날 듯 몸을 꿈틀거리자 심호흡을 크게 한 그는 등산화를 신은 발로 그의 머리통을 걷어찼다. 거친 숨소리가 나는 것으로 봐서 죽지는 않은 것 같았다.

창을 조금 열어 밖을 쳐다볼 수 있도록 했다. 전투를 직접 볼 기회를 놓치고 싶지 않았다. 윈스턴 처칠이 말했듯, 자신이 죽지 않는다면 전쟁만큼 재미있는 일도 없기 때문이었다.

디스코텍을 맡은 오렌지, 레드, 옐로우는 각자 수류탄 2발씩을 던져 넣었다. 수류탄이 굉음을 울리며 터지기 시작하자, 디스코텍은 순식간에 아수라장이 되었다.

6번의 폭음이 끝나자 살아 움직이는 것은 없는 듯 했고 발전기를 움직이는 내연기관의 씩씩거리는 소리만 들려왔다. 하지만 그것도 잠시, 막사에서 폭음이 울리자 3명의 용병들이 걸어 나가며 모든 생명체의 씨를 말리듯 확인사살을 하기 시작했다. 디스코텍 청소는 그렇게 간단히 끝났다.

M249 기관총을 쥔 레드가 말했다.

"둘은 가서 인질들을 데려와. 여기는 내가 맡을 테니."

막사에서 잠을 자던 무장괴한들 역시 무방비 상태에서 수류탄 세례를 받고 말았다. 그린, 블루, 인디고, 히지가타, 에드워드 영은 5발의 수류탄이 터진 후 막사 안으로 들어가 코앞에서 살육을 즐겼다. 아이든, 어른이든, 남자든, 여자든 모조리 쏘아 죽이고 확인을 하는데 까지 3분도 채 걸리지 않았다.

김중택은 창문 틈으로 모든 광경을 지켜보았다. 막사 내부의 모습은 보이지 않았지만 디스코텍의 모습을 상기하며 상상할 수 있었다. 그들을 고용하기는 했지만, 어떻게 저렇게까지 할 수 있을까? 라는 생각이 들만큼 거침없었다. 엄청난 굉음의 수류탄 폭발음과 고막을 울리는 총성이 들리기 시작하자, 김중택은 권총을 쥐고 주저앉고 말았다. 보면 안 되는 것을 본 것이다. 역시나 전투는 결코 재미있는 일이 아니었다.

"좀 시끄러웠죠? 그렇게 앉아계시면 안전하죠. 자, 나오시죠. 권총은 이리 주시고."

에드워드 영이 벌써 와 있었다. 권총을 건네받은 그가 능숙하게 안전조치를 취한 후 조끼에 꽂아 넣었다.

"인질들은 어디 있죠? 모두 무사합니까?"

"배가 있는 곳으로 먼저 출발했습니다. 대원 3명과 함께 갔으니 안심하셔도 됩니다. 김 이사님이 인질들에게 모습을 보이면 안 된다고 생각해서 그랬습니다."

맞는 말이다. 구출작전에 회사가 개입된 것이 인질들을 통해 알려지면 국내외적으로 문제가 될 수 있다.

"디스코텍 사살 23명이야, 캡틴."

레드가 보고하자, 에드워드 영이 계산을 했다.

"외곽에서 7명, 디스코텍 23명, 막사에서 20명, 오두막에서 2명 그리고 마크 카투기. 52명+1명이군. 자, 이제 철수하지."

다시 두 번의 폭음이 더 울리자 내연기관과 발전기가 산산조각이 났고 세상은 암흑으로 변했다. 음악소리도 사라졌고 눈부시던 백열전구의 불빛도 사라졌다. 오직 빗소리만이 밤의 적막을 대신하고 있었다.

겨우 정신을 차려 제 발로 걸어나온 마크 카투기는 또다시 얻어맞고 고꾸라지고 말았다. 그리고 수갑과 족쇄로 단단히 묶였다. 인질들을 태운 보트가 출발하자, 숲에서 나온 김중택에게 에드워드 영이 말했다.

"일단, 나이지리아 군부대로 이동해야 합니다. 우마루 대령이 알아서 하겠죠. 인질들도 모두 그곳으로 갔습니다."

보트의 시동이 걸리자 하나 둘 오르기 시작했다. 마지막으로 에드워드 영이 오르자 보트가 출발했다.

히지기티가 웃으며 긴중택에게 말했다.

"좀 우습지 않습니까?"

김중택은 뜬금없는 질문에 당황했다.

"뭐가 우습죠?"

"이렇게 허술한 놈들이 거금 2백만 달러를 원하다니 우습지 않냐는 겁니다."

하긴, 이렇게 간단하게 끝날 일을 가지고 그동안 고생한 것을 생각하면 우습기는 했다. 그러나 김중택은 그 말을 입 밖으로 꺼내지 못했다. 대신 강물에 대고 내장이 다 올라올 만큼 격하게 토했다. 에드워드 영은 김중택의 고통을 아는지 모르는지 올 때와 마찬가지로 희미한 미소를 짓고 있었다.

제7장

배후

로코자(Lokoja) 인근 나이지리아 군부대에 트럭 3대가 들어간 것은 밤 10시가 조금 지나서였다. 빗줄기는 가늘어졌지만 밤에 이동하는 군 차량 대열을 가려주기에는 충분했다. 차량이 어두운 연병장에 멈췄을 때 김준태과 같은 트럭에 동승한 나이지리아 장교가 말했다.

"구출한 인질들은 군의관의 검진과 간단한 조사가 끝난 후 만날 수 있습니다. 양해해주십시오. 그리고 아직 한국대사관에는 연락하지 않았습니다."

물론 거짓말이었다. 나이지리아 군부는 체포된 마크 카투기를 통해 사건의 배후를 캐려고 할 것이다. 그래서 이를 위한 시간을 벌기 위해

수작을 부리는 것이다. 인질로 잡혀있던 5명이 빗속을 걸어가고 있었다. 좀 전의 그 장교가 에드워드 영과 김중택에게 말했다.

"자, 이제 나오셔도 됩니다. 우마루 대령님이 기다립니다."

김중택과 에드워드 영은 동행한 장교의 안내를 받아 식민지 시대 건설된 석조 건물로 들어섰다. 고풍스런 호텔이나 식당 같은 분위기의 건물로 아케이드는 어두웠지만 복도의 조명은 밝았다.

우마루 대령의 사무실은 에어컨이 가동되고 있었다. 비를 맞은 김중택은 약간 한기가 들었다.

"일이 무사히 끝나서 다행이오. 당신은 옷을 갈아입어야겠군."

우마루 대령이 에드워드 영을 향해 한마디 하자, 김중택은 그제야 에드워드 영을 바라보았다. 티셔츠 여기저기에 피가 묻어 있었다. 자신을 괴롭힌 매스꺼움의 정체가 바로 피 비린내와 진한 화약냄새였음을 확인한 김중택은 얼른 시선을 돌렸다.

에드워드 영이 아무렇지 않게 말했다.

"대령님, 칼리프사에서는 놈들 근거지에서 무선주파수가 포착됐다고 했는데, 막상 그 놈들은 어떤 통신장비도 운용하지 않았습니다."

우마루는 냉장고에서 캔 콜라를 꺼내 두 사람에게 건넸다.

"자주 오는 연락책이 있다는 말이군."

우마루가 말을 마친 후 자신의 책상으로 둘을 안내했다. 책상 위에는 백인 2명과 흑인 1명의 사진이 놓여있었다.

"우리가 감시하는 외국인들이오. 내부 반란을 획책하는 놈들이지. 이 중 1명이 마크 카투기와 관련이 있는 것 같소."

이제부터는 회사 차원의 일이 아닌 것 같았다. 외국의 내정에 간섭할 필요는 없을 것이라 생각한 김중택이 말했다.

"그럼, 우리 회사는 이제 빠져도 되겠군요. 우리 회사가 나이지리아 내정에 간섭하면 안 되겠죠? 마크 카투기를 죽이든 살리든 배후만 확인되면 직원들을 데리고 떠나겠습니다."

그 말에 에드워드 영과 우마루는 약속이나 한 듯 김중택을 멀뚱히 쳐다보았다. 김중택은 자신이 무슨 실수를 한 것인지 알 수 없었다. 일이 끝났으면 돌아가는 것이 옳다고 생각했을 뿐이었다.

우마루가 장황한 말로 상황을 정리했다.

"한국 사람들은 국제적인 상황을 파악하는 능력이 상당히 부족한 것 같군. 외국에서 발생한 납치사건을 너무 단순하게 생각하는 것 같소. 당신뿐만 아니라 한국 외교관들도 참 순진하더군. 몇 년 전에 대통령이 방문한 걸로 외교가 성공했다고 생각한다면 큰 오산이오. 한국이 나이지리아에서 사업을 계속하려면 협조하는 게 좋을 거요. 만약 적당히 이득만 챙기고 나갈 생각이라면 조만간 후회할 거요. 일단, 지하 취조실로 갑시다. 거기서 시작해야 하니까."

말을 마친 우마루는 취조실로 두 사람을 안내했다. 취조실은 음울한 분위기를 풍기고 있었다. 천정에 거꾸로 매달린 마크 카투기는 팔과 다리에서 여전히 피가 배어 나오고 있었다. 성한 곳이라고는 한 군데도 없어 보였다. 벌거벗긴 채 거꾸로 매달린 상태에서 전신을 구타당하는 게 어떤 기분인지 느끼느라 그의 감각기관은 쉴 틈이 없어 보였다. 자신의 민망한 모습을 보는 사람이 3명 더 늘었다는 것도 더 이상 신경쓰지 않는 듯 했다.

"자백할 준비가 됐나, 상사?"

담배냄새와 토사불냄새가 땀냄새와 섞여 역겨움이 극에 달했다. 김중택은 다시 메스꺼움을 느꼈지만 우마루와 에드워드 영은 아무렇지도 않은 것 같았다.

"다 불겠다는데 믿을 수가 없어서 계속 하고 있었습니다. 이제 시작해도 될 것 같습니다."

웃통을 벗은 근육질의 덩치 큰 상사가 부하들을 시켜 마크 카투기를 내려서 의자에 앉혔다. 몇 시간 전의 자신만만했던 마크 카투기의 모습은 찾아볼 수 없었다.

우마루는 사진을 차례로 보여주면서 물었다.

"연락책이 누군가?"

부어 오른 눈을 통해 간신히 사진을 확인하던 마크 카투기는 깨어진 턱과 터진 입으로 간신히 답했다.

"두, 두, 번 째."

"이름이 뭔가?"

"아, 앙, 드레. 앙, 드, 레."

우마루의 표정이 굳어졌다.

"지시가 있을 때까지 목숨은 살려둬."

부하들에게 짧게 지시한 우마루는 에드워드 영과 김중택을 데리고 다시 취조실을 나왔다. 비 오는 밤을 감상이라도 하듯 말없이 담뱃불을 붙인 우마루는 현재의 상황을 두 사람에게 설명했다.

"마크 카투기가 앙드레라고 지목한 사람은 프랑스 첩보원이오. 본명은 뛰로 지라르(Turiau Girard). 3년 전 이곳에 나타났소. 앙드레라는 이름으로 활동하면서 프랑스 자원개발 회사인 아쓸랭(Asselin)사를 위해 일한다고 알려졌소. 물론 아쓸랭에서는 부인하지만, 뛰로 지라르는 한국 회사뿐만 아니라 다른 몇 건의 생산시설 파괴와 납치사건의 배후로 의심받고 있소."

김중택은 자신의 귀를 의심했다. 아쓸랭사는 성창인터내셔널과는 비교도 안 되는 세계 최고의 자원개발 회사였다. 성창인터내셔널과 세계 여러 곳에서 경쟁을 했고, 특히 사건이 일어났던 사업장은 아쓸랭이 탐을 내던 곳이었다.

김중택은 그제야 상황이 파악됐다. 우마루 대령이 말했던 국제적인 상황파악 능력 부족은 바로 이런 것이었다. 그들의 눈에는 뻔히 보이는 것이 왜 자신에게는 보이지 않았는지 김중택은 스스로 부끄러웠다. 미국 유학까지 다녀온 한국 대기업 중역의 상황파악 능력이 나이지리아 군 대령보다 못한 것이다.

"위장한 프랑스 첩보요원이라. 검거명령은 내렸습니까? 아니면, 벌써 검거 했는지도 모르겠군요."

에드워드 영이 담배연기를 길게 내뿜으며 태연히 물었다. 그는 이미 대강의 상황을 파악한 것 같았다.

"물론 검거했소. 그는 정보를 미리 입수하고 차드 국경 쪽으로 도망치고 있었소. 국경경비대가 밀수범으로 몰아 국경 부근에서 체포했소. 아부자로 압송할 계획이었는데 차드 국경 부근에 폭풍이 불고 있어 헬기가 뜰 수 없었소. 그래서 안전지대인 마이두구리(Maiduguri)까지 차량으로 호송 중이오. 하지만 압송한다고 해도 프랑스 정부에서 가만 있지 않을 거요. 전에도 그 놈을 조사하려다 프랑스 대사가 나서서 못한 일이 있었소."

에드워드 영이 희미한 미소를 지으며 말했다.

"게다가 차드의 프랑스군도 문제군요."

"그렇소. 차드의 프랑스군이 움직인다면 정말 골치 아프지."

그 말에 에드워드 영은 잠시 생각에 잠겼다. 차드의 프랑스군 병력은 대략 1,200명 정도로 알려져 있었다. 그 중 지상 전투병력은 소수의 공정부대원으로 아프리카의 정규군과는 비교가 되지 않았다. 물론 최악의 상황일 때 만나겠지만 가능성은 무시할 수 없었다.

"무슨 말인지 알겠습니다. 우리가 가서 해결하죠. 나이지리아 정부도 그걸 원하죠?"

"물론, 하지만 우리 나이지리아 정부는 공식적으로는 뒤로 지라르 사건과는 관련이 없소. 납치범 소탕만 언론에 공개할 것이오."

김중택은 둘의 대화에 끼어들지 못했다. 기업이 외국의 정치문제에 끼어든다는 것이 생소하기도 했지만, 어떻게 하는 것이 좋을지 영 판단이 서질 않았다. 그저 흘러가는 대로 지켜볼 수밖에……. 비용을 지불하는 회사의 입장이 곤란해지지만 않는다면 장기적으로 봐 손해는 없을 것이다. 물론 에드워드 영이 깨끗이 처리해야겠지만.

"알겠습니다. 저희가 잘 해결하겠습니다. 하지만 비용을 지불하는 성창인터내셔널에는 사의를 표해주십시오."

그제야 우마루가 김중택을 돌아보며 말했다.

"우리 나이지리아 정부는 한국의 성창인터내셔널의 사업을 적극 지원할 것이오. 문제가 있으면 당장 내게 연락하시오. 군 정보국을 통하면 안 되는 일이 없으니까."

정부군 막사에서 누워 자던 에드워드 영의 대원들은 서둘러 전투준비를 마치고 칼리프사의 헬기를 기다리고 있었다. 에드워드 영은 최악의 경우 프랑스군과의 교전도 있을 수 있다고 했지만 별로 신경쓰지 않는 것 같았다. 대원들의 심정을 포르투갈 출신 블루가 요약했다.

"겁나는 건 프랑스 놈들이 아니라 수면 부족이야. 헬기를 타면 잠이나 자야겠군."

그리고 그 말은 현실이 되었다. 칼리프사의 UH-1 헬기 2대가 마이두구리를 향해 비행을 하는 동안 8명의 대원들은 모두 곯아떨어졌다. 헬기의 소음과 야간비행의 긴장감도 전투의 피로를 이길 수는 없었다.

"무전입니다. 캡틴을 호출합니다."

에드워드 영은 자신을 깨우는 소리에 눈을 뜨고 급히 헤드셋을 썼다. 우미루 대령이었다.

"마이두구리 북동쪽 60km 지점에 있는 마을에서 총격전이 있었다는 보고가 있다."

"뛰로 지라르가 있던 곳인가?"

"그렇다."

"이미 국경을 넘었으면 어떻게 하나?"

"가능하면 추격해서 제거하기 바란다. 물론 비공식적으로."

"알았다, 이상."

정체불명의 무장병력이 뷔로 지라르를 호송하던 국경경비대 병력을 기습한 것은 약 3시간 전인 새벽 2시 20분경이었다. 그들은 호송병력 7명을 전원 사살하고 차량 3대를 탈취한 후 폭풍이 부는 국경 쪽으로 갔다고 했다. 병력은 15명 정도라고 했다.

대원들을 향해 에드워드 영이 큰 소리로 외쳤다.

"적은 최대 15명 정도인 듯하다. 차량을 탈취해서 차드 국경 쪽으로 이동하고 있다."

포르투갈 출신 블루가 물었다.

"캡틴, 상대는 프랑스군이야? 아니면, 우리 같은 용병들인가?"

"아직 자세히는 몰라. 하지만 어떤 상대든 걸리면 쓸어버려야 해."

말은 간단하게 했지만 조금 긴장이 되었다. 어떤 경우든 오합지졸 무장단체는 아닐 것이다. 그 때 위성전화기가 울렸다. 칼리프 나이지리아 지국장이었다.

"차드의 은자메나 프랑스군 기지에서 헬기 2대가 국경 쪽으로 이동 중이다. 20분 정도 지나면 만날 수 있는 위치다."

"국경 부근의 날씨는 어떤가?"

"국경 부근의 폭풍우는 그친 상태다. 이동상황과 예상 랑데부 지점을 단말기로 보내겠다. 나이지리아군이 도로와 국경을 봉쇄했기 때문에 헬기 착륙 지점도 위성으로 어느 정도 예측 가능하다."

그 때 헬기 부조종사가 단말기를 손으로 가리켰다. 예상 랑데부 지점은 4군데였는데 그 중 하나를 향해 2개의 붉은 점이 움직이고 있었다.

"저 지점으로 갑시다, 조종사 양반."

"연료가 다 되가는데 가능할지 모르겠군요. 악천후에 저공비행을 하느라 연료 소모가 많습니다. 예비연료를 다 써도 이 정도인데……."

조종사가 밝아오는 아침 하늘을 쳐다보며 말했다.

"비용은 충분히 지불할 겁니다. 헬기가 못쓰게 되면 헬기비용도 드리죠."

그러자 조종사가 아무렇지도 않게 말했다.

"그렇겠죠. 어차피 같은 회사니까."

뒤돌아 가려던 에드워드 영은 그 말에 다시 돌아와 물었다.

"같은 회사라니, 그게 무슨 말입니까? 당신은 칼리프사 소속인줄 알았는데?"

"아직 연락 못 받았군요. 어제 날짜로 칼리프사는 트래비스 경비 서비스의 자회사로 인수 합병 되었습니다. 이제 같은 회사죠."

트래비스 중령이 사업 수완이 대단한 것은 익히 알고 있었지만, 도대체 무슨 돈이 있어서 칼리프사를 사들인 것일까? 한국 회사에 대한 경비 용역 계약도 아직 체결하지 않았고, 이번 인질사건의 대가도 받지 못했는데 어떻게 칼리프사를 사들였는지 알 수 없었다. 재정 후원자가 막강한 자금을 소유한 모양이지만 선뜻 이해되지 않았다. 그러나 지금은 그런 것에 신경쓸 때가 아니었다.

국경이 가까워지자 더 이상 비가 내리지 않았다. 2대의 UH-1은 낮은 고도를 지나면서 프랑스군 헬기를 찾기 시작했다. 단말기에는 근처에 있다고 표시되어 있었다.

"11시 방향 위쪽, 헬기가 보입니다."

조종사의 말에 에드워드 영과 대원들이 하늘을 올려다봤을 때 프랑스군의 푸마 헬기 2대가 유유히 창공을 날고 있었다.

"공격용 헬기가 없어 다행이군. 그런데 우릴 봤을까요?"

에드워드 영이 조종사에게 물었다.

"모르겠습니다. 운에 맡기는 수밖에."

UH-1 2대가 급하게 방향을 전환하기 시작하자 기체가 기우뚱했다. 에드워드 영이 중심을 잡고 다시 말했다.

"조용히 있다가 헬기 2대가 착륙을 하면 위에서 공격해야 합니다."

"우리 헬기에는 무기가 없습니다. 로켓도, 총도 없습니다."

"우리가 알아서 할 테니 지시대로만 움직여주시오. 그리고 나이지리아 정부군에게 위치를 알려주시오. 당장 병력을 출동시키라고 하고."

말을 마친 에드워드 영이 헤드셋을 쓰고 다른 헬기에 탑승한 대원들에게 지시사항을 전달하고는 단말기를 쳐다보며 중얼거렸다.

"이곳은 나이지리아 영토가 확실하군."

잠시 후 단말기의 두 점이 멈췄다는 신호가 나타났다. 국경 부근의 산 정상에 프랑스군 헬기가 착륙한 것이다. 이제 시간이 없다. 바로 밀고 들어가야 한다. UH-1 2대가 전속력으로 급상승하기 시작하자 프랑스군의 당황한 모습이 포착되었다. 그와 동시에 2대의 UH-1의 옆문으로 M-60과 M-249의 기관총 세례가 이어져 푸마 헬기의 테일 로터가 박살났다. 허공에서 잠시 정지한 사이 발사된 기관총탄은 20여 초 만에 2대의 헬기를 비행불능으로 만들었다. 곧이어 지상에서 응사하던 4명이 기관총탄에 쓰러지자 더 이상의 저항도 없어졌다. 더 이상의 교전의사는 없는 것 같았다.

히지가타가 자신이 타고 있는 헬기에서 확성기를 통해 프랑스어로 말했다.

"너희들은 나이지리아 영공과 영토를 무단 침입했고 범죄 용의자를 탈출시켰다. 우리는 더 이상의 교전은 원치 않는다. 내려가겠다."

헬기소리에도 히지가타의 프랑스어는 잘 들리는 모양이었다. 지상에서는 어떠한 움직임도 없었다. 부서진 헬기에 무장병력이 얼마나 있는지는 알 수 없었지만 밖에 나와 있는 병력은 기관총에 쓰러진 병력을 제외하고도 11명에 달했다.

에드워드 영을 비롯한 대원들이 UH-1 2대에서 내렸다. 하지만 기관총을 맡고 있는 레드와 블루는 계속 헬기에 남아 엄호를 하고 있었다.

"당신들은 나이지리아 정부군이 아니군. 용병인가?"

정글 위장복을 입고 소령 계급장을 단 백인 프랑스 군인이 다가와 말했다. 히지가타가 통역했다.

"영이로 말하라고 해. 프랑스 놈들은 저래서 재수 없다니까."

에드워드 영의 말에 백인 남자가 웃으며 영어로 말했다.

"우리는 프랑스 정부군이오. 용병들한테 당했다는 보고를 하면 본국에서 가만있지 않을 텐데?"

"우리는 나이지리아 정부군의 대리인이오. 뛰로 지라르만 내놓으면 당신들은 보내주지. 어떻소?"

그러자 그가 묘한 웃음을 지으며 말했다.

"안 된다면?"

"다 쓸어버릴 수밖에."

에드워드 영의 말에 그의 표정이 일그러졌다. 그 때 한 쪽에 서 있던 자그만 체구의 남자가 나섰다. 뛰로 지라르와 함께 유일하게 군복을 입지 않은 사람이었다. 정보요원이나 아쏠랭사의 간부인지도 몰랐다.

"잠깐, 당신은 뛰로 지라르가 우리에게 왜 중요한지 알고 있소?"

"뛰로 지라르가 나이지리아에서 무슨 짓을 했는지 대강 알고 있소. 아쏠랭사 직원으로 위장한 프랑스 정보요원으로 판단하고 있소. 군 정보국 우마루 대령이 열성팬이더군."

에드워드 영의 대답에 진지한 표정을 짓던 자그만 체구의 남자는 지휘관으로 보이는 남자와 뒤로 빠져 프랑스어로 말을 나눴다. 의견충돌이 있는 것 같았지만 곧 합의를 본 듯 했다.

자그만 체구의 남자가 돌아와 말했다.

"우리 프랑스 정부와 아쏠랭사는 뛰로 지라르 개인의 돌출행동에 대해 어떠한 책임도 없소. 물론 나이지리아 정부의 입장은 충분히 이해하지만 우리가 책임질 수는 없소. 한국 정부와 기업에 대해서도 마찬가지요. 인질들도 무사히 구출되었으니, 뛰로 지라르와 관련된 이번 사건은 그냥 묻어 두는 것이 좋겠다는 게 내 생각이오. 그래서 이렇게 하기로 했소."

말을 마친 남자가 손을 쳐들자, 지휘관으로 보이는 남자가 뛰로 지라르를 데리고 왔다. 뛰로 지라르는 영문도 모른 채 걸어 나왔다.

“이것이 현 상황에 대한 마지막 해결책이오.”

자그만 체구의 남자가 허리에 찬 리볼버 권총을 뽑자 뛰로 지라르의 얼굴이 공포로 휩싸였다. 총성은 단 2발 울렸다. 가슴을 맞은 뛰로 지라르는 뒤로 나가 떨어져 눈을 뜬 채 죽어갔다.

에드워드 영이 말했다.

“당신은 협상을 할 줄 아는군. 이제 가도 좋소.”

“여기서 우리 헬기를 기다리겠소. 나이지리아 정부에 사태가 해결되었으니 우리 헬기 월경을 허락해달라고 하시오. 부상자 후송에 필요하니까.”

남자가 히지가타를 돌아보며 프랑스어로 말했다. 히지가타 역시 프랑스어로 말했는데 말을 들은 남자가 웃으면서 고개를 끄덕였다.

에드워드 영은 뛰로 지라르의 시체를 헬기로 옮길 때 자그만 체구의 남자가 왜 웃었는지 알 수 있었다. 히지가타가 인디고, 그린과 함께 푸마 헬기의 연료를 열심히 퍼 나르고 있었던 것이다. 연료를 빼가도 될지 물어보았던 게 틀림없다. 과연, 히지가카다운 생각이었다.

‘이제 시체를 신고 갈 일만 남았군.’

혼잣말을 한 에드워드 영은 위성전화기를 들었다.

“뛰로 지라르는 사살했습니다. 시체를 신고 곧 출발하겠습니다. 기자회견 준비하고 한국대사관과 성창인터내셔널에도 통보하시오, 이상.”

제8장

암흑의 핵심

김중택은 나이지리아 한국대사관 직원의 말을 듣고 황당하기 그지없었다. 더운 날씨에도 넥타이까지 맨 정장차림의 30대 서기관은 한국대사관에서 나이지리아 정부에 여러 차례 압력을 넣은 것이 상당히 효과가 있었던 모양이라며 자화자찬했다. 거기까지는 들어줄만 했다. 문제는 그 다음이었다.

"공식 기자회견 없이 조용히 귀국 조치합시다. 항공편은 오후에 마련될 겁니다. 김 이사님도 가시겠습니까? 아니면, 아직 출장이 안 끝났습니까?"

"갑자기 무슨 말입니까?"

김중택이 황당한 표정을 짓자, 그의 기분을 아는지 대사관 직원은 친절하게도 다시 한 번 설명하기 시작했다.

"그러니까 인질사건이 완전히 해결됐으니, 기자회견 같은 공식일정은 접어두고 그냥 집으로 조용히 돌려보내자는 말입니다."

"왜 그래야 합니까? 소말리아 해적사건 같은 선례와 비교해도 이번 사건의 해결은 의미가 상당합니다. 그런데 언론에 공표하지 말라고요? 이곳 정부가 그렇게 한답니까?"

"나이지리아 정부에 이미 부탁했고, 그렇게 하겠답니다."

대사관과 국정원에서는 용병들을 고용해서 인질을 구출한 사실을 알지 못했다. 나이지리아군의 특수작전팀에서 구출했다고 알고 있었다. 모두가 우마루 대령의 철저한 사전 각본에 의한 것이었다. 한국 외교 망을 속였으니 어쨌거나 우마루는 뛰어난 사람이다. 그런데 왜 한국 정부가 조용히 사건을 마무리하려고 하는지 이해할 수 없었다.

"도대체 그 이유가 뭡니까? 왜 조용히 처리하려는 겁니까?"

김중택의 물음에 대사관 직원은 낮은 목소리로 설명하기 시작했다. 그 이유는 앞으로 있을지 모를 다른 사건에 영향을 줄 수 있다고 판단했다는 것이다. 즉, 나이지리아군에 의한 납치범 소탕작전이 성공한 것으로 알려지면, 앞으로도 무력으로 해결하려는 국내 여론이 높아질 수 있다는 것이었다. 나이지리아군도 성공했는데, 왜 우리 국군은 못하느냐고 여론이 솟구치면 골치 아프다는 것이다. 얼마전 해군의 청해부대가 파병되었지만 1차적인 목적은 선단의 보호를 위한 사전조치이지 이미 발생한 사건에 대한 구출작전은 아니라는 말도 잊지 않았다.

"게다가 더운 나라에서 고생했으니 집으로 빨리 보내는 것이 제일 좋은 선물이죠. 안 그렇습니까, 김 이사님?"

그러자 옆에서 이 모습을 지켜보던 우마루가 퉁명스럽게 말했다.

"기자회견은 없습니다. 그리고 인질로 잡혀있던 사람들은 건강상 문제가 없습니다. 과도한 긴장으로 정신적 스트레스가 있기는 하지만 며칠 쉬면 나아질 겁니다."

우마루는 이번 기회를 통해 자신의 능력을 과시할 수 있었는데 갑작스럽게 기회를 날린 것이 무척 못마땅한 듯 했다.

"고맙습니다, 대령님. 한국 정부를 대신해서 다시 한 번 감사의 말씀을 올립니다. 그럼, 사람들을 직접 만나보고 싶습니다만."

"그렇게 하시오. 부관이 안내해줄 거요."

우마루가 퉁명스럽게 답했다.

군병원에 누워있던 성창인터내셔널 직원 2명은 대사관 직원과 김중택의 출현에 적잖게 놀란 듯 했다. 30대 서기관은 서둘러 악수를 청했다. 김중택의 눈에는 외교관의 가식적인 인사치레에 2명의 직원이 압도된 듯 보였다. 그들은 진심으로 조국의 뛰어난 외교력을 실감한 듯 했다. 그러나 김중택은 자신이 이용당하고 있다는 생각이 들었다. 그런 기분이 사라지고 나서야 김중택은 현지인 근로자의 행방을 물었다. 그러나 그들은 이미 집으로 돌아가고 없었다. 인사조차 못했는데 이미 일이 마무리 돼 가고 있었던 것이다.

그 후의 일도 일사천리로 진행되었다. 잠시 후도착한 현지 지사 직원들과 만난 그들은 서기관과 함께 나이지리아군에서 제공한 차량으

로 아부자의 한국대사관으로 갔다. 그곳에서 간단히 식사를 한 후 한
국으로 가는 비행기를 탈 것이다. 그리고 아무 일도 없었던 것처럼 다
시 일상에 복귀할 것이다.

에드워드 영과 그 일행이 도착한 것은 오전 10시가 다 되었을 때였
다. 김중택의 설명을 다 들은 에드워드 영은 테이프를 건네며 담담하
게 말했다.

"얼마나 도움이 될지 모르지만 현장에서 녹음한 테이프입니다. 그
리고 트래비스 중령이 이번 건에 대한 지불 청구를 하겠다고 합니다.
같이 가시겠습니까?"

보잉 737에 몸을 실은 9명의 일행은 약속이나 한 듯 잠을 자기 시작
했다. 다른 사람들은 전투로 인한 피곤으로 곯아떨어졌지만 김중택은
긴장이 갑자기 풀려서인지 몸에서 식은땀이 났다. 승무원에게 부탁해
아스피린을 구해 먹은 후 곧 잠을 잤지만 몸이 영 편치 않았다. 비행기
가 네멩게에 도착하고 나서야 겨우 몸을 추스른 그는 트래비스 주둔
지로 이동할 때 몸에서 한기를 느꼈다.

왜 갑자기 이렇게 아픈 것인지 이유를 알 수 없었다. 풍토병에 걸린
것 같지는 않았다. 예방접종에다가 매 끼니 때마다 알약을 서너 개씩
먹었다. 그렇다면 단지, 긴장이 풀린 것 때문인가? 예전에도 인질석방
협상은 했었다. 그 때도 이렇지는 않았다. 못 볼 것을 보았기 때문일
까? 해서는 안 될 짓을 했기 때문일까? 인질을 구출하고 납치범을 사
살하도록 용병을 고용한 것이 법적으로 도덕적으로 문제가 될까? 자

신이 한 일이 인질구출인가? 아니면, 납치범을 재판없이 살해하도록 교사한 범죄행위인가? 이것은 철학적인 문제가 아니다. 이미 눈앞에서 발생한 엄연한 현실이다. 자신의 행위가 도덕적·법적으로 비난 받을 행위라면 이런 상황을 방치한 국가의 책임은 없을까? 이런 해답 없는 의문이 식은땀을 흘리는 김중택의 머릿속에서 끝도 없이 계속 맴돌고 있었다.

트래비스가 웃으며 김중택에게 물었다.

"우리 회사의 능력을 충분히 보셨으리라 생각하는데, 어떻습니까?"

김중택은 겨우 힘을 내어 말했다.

"이번 건에 대한 비용은 지불하겠습니다. 그리고 상세한 경비계획을 알고 싶습니다. 계약체결 전에 본사에서 검토해야 하니까요."

"이번 건에 대한 비용은 미화 45만 달러로 책정했습니다. 이 비용은 협상 불가입니다. 케이먼 군도의 은행에 입금해주시면 됩니다. 세부내역은 여기 있습니다."

트래비스가 A4용지에 깨끗하게 인쇄된 서류를 보여주었다. 상세한 장비 임차내역 및 사용금액, 탄약 소모량까지 상세하게 기록되어 있었다. 잠시 후 트래비스가 또다른 두툼한 서류뭉치를 건넸다.

"그리고 이것은 성창인터내셔널 사업장에 대한 기본적인 경비계획입니다. 잠정적인 계획이라 언제든 수정이 가능합니다. 예상비용은 1년에 미화 3백만 달러입니다. 물론 비상사태가 발생하는 경우의 비용은 추가부담을 하셔야 합니다. 그리고……"

트래비스가 말을 이었지만, 김중택은 의식이 흐릿했다. 비실대던 몸에서 남은 기운이 모조리 빠져나간 듯 머리를 가눌 수 없었다. 눈을 억지로 뜨려 했지만 그것도 여의치 않았다. 그리고 잠시 후사무실 벤치에 그대로 뻗어버렸다.

김중택이 다시 눈을 뜬 곳은 로간 박사의 병원이었다. 왼쪽 손등에 링거주사가 꽂혀있는 것을 보고 자신의 상황을 알게 된 그는 몸을 일으켜 침대에 앉았다. 머리는 맑았고, 다시 힘이 났지만 억지로 일어서려고 하지는 않았다. 방 문이 활짝 열려있었는데 밝은 불빛이 있는 것으로 보아 사람이 있는 것 같았다. 누군가 일어나서 김중택에게 오는 걸음소리가 들렸다.

"일어났군요. 몸은 좀 어떻습니까?"

목소리로 보아 60대 정도의 영국 남자인 것 같았다.

"예, 몸은 괜찮습니다. 그런데 주사기 좀 빼주시겠습니까?"

램프를 가져와 능숙하게 링거주사기를 제거한 남자는 김중택을 일으킨 후 밝은 방으로 안내했다. 나무벤치에 김중택을 편하게 앉힌 남자는 자신을 소개했다.

"인사가 늦었군요. 닥터 로간이라고 합니다. 네멩게에 정착한 의사입니다."

"김중택이라고 합니다. 한국의 성창인터내셔널 이사입니다. 치료해주셔서 고맙습니다."

닥터 로간이 빙긋 웃으며 말했다.

"치료라고 할 것도 없습니다. 과로로 인한 몸살인 것 같더군요. 그래서 주사를 2대 놓고, 혹시나 해서 혈액검사를 했습니다만 풍토병에는 감염되지 않았더군요. 다행입니다.”

“한국에서 출발 전에 예방접종을 했습니다. 약도 가져왔고요.”

로간 박사는 여전히 빙그레 웃으며 말했다.

“한국의 의료수준을 의심하지는 않습니다. 다만, 이곳 흑아프리카 (중부아프리카)에서는 인간이 만든 어떤 약도 통하지 않는다는 것이 문제죠. 이곳 말라리아는 키니네도 통하지 않습니다.”

로간 박사가 주전자에서 따스한 홍차를 따라 권했다.

“한국 사람들은 홍차를 레드 티(red tea)라고 하더군요.”

로간 박사의 말에 김중택은 웃음이 났다. 홍차는 영어로 black tea인데 유독 한국에서는 red tea로 알려져 있었다. 자신 역시 미국 유학시절 홍차를 red tea라고 했다가 주변 사람들과 의사소통이 잘 안 되었던 경험이 있었다. 당시 그는 커피를 좋아하는 미국 사람들이 차 문화를 잘 알지 못하는 것으로 착각했었는데 사실은 자신이 잘못 알고 있었다.

옛 경험에 혼자 껄껄대며 웃던 김중택이 물었다.

“그런데 박사님께서 어떻게 아시죠?”

“당신을 병원으로 업고 온 친구도 같은 실수를 했죠. 에드워드 영이라고 아시죠?”

홍차를 조금 마신 김중택은 에드워드 영에 대한 호기심이 발동했다. 로간 박사가 알고 있는 사실만이라고 알고 싶었다.

“어제, 오늘 이틀간 그 사람과 같이 돌아다녔습니다. 한국 사람인데 일과 관련된 말 밖에는 전혀 말이 없더군요. 같은 나라 사람을 봐도 전혀 반갑지 않은 모양입니다.”

김중택은 섭섭한 표정을 지으며 말했지만 로간 박사는 여전히 웃으며 말했다.

"이곳에 있는 사람들 중 사연 없는 사람은 없소. 말 못할 사정이 없다면 이런 저주받은 땅에서 살 수 없으니까."

에드워드 영에 대해서는 그것이 전부였다. 뭔가 알고 있는 것 같았지만 더 이상 말하지 않았다. 그러더니 잠시 후담배 파이프를 물고 불을 붙였다. 진한 담배냄새를 음미하는 로간 박사의 모습은 인간의 본질을 알고 있는 노회한 학자의 모습을 연상시켰다.

"아프리카에서 자원개발 사업을 하신다고요?"

갑작스런 질문에 컵을 떨어뜨릴 뻔 했다. 그러자 당황한 그가 허둥대며 말했다.

"예, 그렇습니다. 한국은 자원이 부족해서 대부분을 수입에 의존하고 있습니다. 요즘엔 그나마도 힘들죠. 국제적인 경제위기에 해외투자가 힘듭니다."

김중택은 말을 하면서 다시 치열한 현실 속으로 들어왔다. 그러자 로간 박사가 얼굴의 웃음을 거두고 담담한 표정으로 말했다.

"이곳에 빌을 들여 놓으면 빠져 나갈 수가 없소. 그리고는 자신도 모르는 사이에 서서히 미쳐가지. 이곳 흑아프리카는 암흑의 핵심(Heart of Darkness)이오."

김중택은 로간 박사가 무슨 말을 하는지 알 수 없었다. 조셉 콘라드의 소설은 예전에 읽은 적이 있고, 영화 〈지옥의 묵시록〉도 여러 번 봤다. 그런데 암흑의 핵심과 자신이 무슨 관계가 있다는 것일까?

"지금은 과학기술이 발전해서 옛날 같지는 않습니다. 박사님은 과학자니까 잘 아시지 않습니까?"

로간 박사는 파이프 담배를 피우며 답했다.

"과학은 가능성을 확장했지만 동시에 불가능이란 개념을 더욱 명확하게도 했소. 과학이 아무리 발전해도 또 인류가 아무리 평화공존을 외쳐도 이곳 흑아프리카와는 아무 관련이 없소."

김중택은 속으로 웃었다. 아프리카에만 너무 오래 머문 백인 의사가 스스로의 관념에 빠져 세상을 비웃고 있다는 생각이 들었다. 서서히 미쳐가고 있는 사람은 바로 로간 박사라고 생각한 김중택은 로간 박사의 말을 한 쪽 귀로 흘리며 남은 홍차를 비웠다. 그 때 밖에서 누군가 문을 두드렸다.

"박사님, 맥그루더 상사입니다. 들어가도 되겠습니까?"

로간 박사는 자신의 말을 끊고 서둘러 문을 열었다. 급하게 움직이는 모습에 김중택은 처음에 가졌던 박사에 대한 이미지가 완전히 사라졌다. 그의 눈에는 주책없는 늙은이로 보였다.

"참, 아직 말을 못 했는데. 어제 한국에서 연락이 와서 최대한 빨리 귀국하라고 하더군요. 회사 비행기가 곧 남아공으로 떠나니 그걸 타고 가십시오. 여기 있는 맥그루더 상사가 안내할 겁니다."

또 한 번의 황당한 상황에 조금은 놀랐지만 한국으로 돌아가는 것은 반가운 일이다. 김중택이 자리에서 일어났다.

"짧은 시간 고마웠습니다, 박사님. 부탁하실 게 있으시면 언제든 도와드리겠습니다."

"고맙소, 잘 가시오. 그리고 내가 한 말을 잘 생각해보시오."

3시간 남짓 전개된 전투에서 반군의 예봉이 꺾인 것은 순전히 돌비 소령의 공적이었다. T-54 4대를 앞세운 반군의 공세는 M47로 구성된 정부군 전차중대에 가로막혔지만 훈련이 덜 된 정부군 전차병들은 수적 우세에도 불구하고 반군을 쉽게 제압하지 못했다. 오히려 정부군의 피해가 확대되었다. 보다 못한 돌비 소령은 직접 자신의 소대를 이끌고 대전차 공격을 감행해 RPG와 M-72 로켓으로 적 전차를 모두 격파했다. 이 일로 소대 절반이 전사 또는 부상당했고, 자신도 왼쪽 다리에 부상을 입었지만 승기를 잡을 수 있었다.

"남은 전투는 자네와 만프레드에게 부탁하네."

모르핀을 맞아 흐릿한 정신으로 들것에 실려 헬기로 이송되는 모습은 자못 비장했다. 그 모습을 지켜보며 만프레드가 말했다.

"에드워드, 여기는 내가 맡을 테니, 자네는 트래비스 중령께 가 보게. 자넬 찾는다는군."

"큰 고비는 넘겼으니, 부탁 좀 드리겠습니다."

에드워드 영이 발걸음을 옮겼다. 만프레드 소령은 독일 육군 특수부대인 KSK 출신으로 각종 화포전술에 능했다. 박격포에서 전차포, 야포에 이르기까지 운용 못하는 것이 없었다. 트래비스 중령이 네멩게 정부군 포병대와 박격포 부대의 교육을 계약하려고 데려온 인물이었는데 아직 계약이 체결되지 않아 전투현장을 지휘하고 있었다.

어쨌든 만프레드 소령 덕에 용병들의 박격포 운용은 정확하고 치밀했다. 에드워드 영이 트래비스를 찾아가는 지금도 정확한 곳에 조명탄이 터지고 있었다.

"어서 오게 에드워드. 인사하게 탄지 장군이시네."

트래비스의 야전 지휘차량에는 낯익은 사람이 앉아 있었다.

"진급했군요, 축하합니다."

내전 당시 영관 장교로 있던 탄지는 에드워드 영과 몇 번 마주친 적이 있어 서로 얼굴은 알고 있었다. 간단히 악수를 나눈 에드워드 영은 자리에 앉았다.

"얼마 전 준장으로 진급했소."

"전투를 감독하러 오신 겁니까? 대령 하나가 책임자로 있습니다만."

에드워드 영의 질문에 트래비스가 나섰다. 이미 둘은 충분한 대화를 나눈 듯 했다.

"이곳 전투는 우리가 승기를 잡았으니 별 걱정 없네. 탄지 장군이 온 이유는 다른 문제 때문일세."

탄지가 말했다.

"본론부터 말하지. 우리나라 국부의 원천이기도 한 니켈광산이 반군에게 포위되었소. 함락 직전인데 사수하거나 폭파해야 합니다."

에드워드 영이 담배에 불을 붙이며 말했다.

"반군의 목표는 처음부터 니켈광산이었군요. 여긴 눈을 돌리기 위한 수작이었고."

트래비스와 탄지가 말없이 고개를 끄덕였다. 에드워드 영이 다시 입을 열었다.

“그럼 헬기로 침투하면 되겠군요.”

“현재로선 불가능합니다. 우리가 보유한 헬기 2대가 접근 중에 반군의 휴대용 대공미사일에 격추되었소. 더 이상의 헬기 피해는 용납 못합니다. 남아 있는 헬기는 대통령 전용기 하나 밖에 없소.”

반군이 휴대용 미사일까지 보유하고 있다면 문제가 심각했다. 회사 소속의 헬기는 물자수송과 부상자 이송에 바쁘고 그나마도 임차한 헬기라서 이런 상황에 쓰려면 당장 특별계약이라도 체결해야 했다. 그러나 이런 새벽에는 불가능했다.

“방법은 공수강하 밖에 없다네.”

트래비스의 짧은 말 한마디에 에드워드 영은 자신도 모르게 한숨이 새어 나왔다.

“낙하산으로 침투를 한다고 해도 어떻게 빠져 나오죠?”

세상에 죽을 것을 알면서 가는 사람은 없다.

“니켈광산이 적에게 넘어가면 어차피 당신들에게 돈을 지불하기 힘듭니다. 폭탄을 설치해도 최악의 경우 터트린다는 말이지, 가능하면 사수해야 합니다. 그것이 우리의 목표입니다.”

트래비스가 말을 받았다.

“일단, 침투에 성공하면 우리가 최대한 빨리 그 쪽으로 진격해서 구출할 걸세. 그러니 자네 팀과 탄지 장군이 같이 가면 돼.”

“탄지 장군과 같이 갑니까?”

“네멩게에서 낙하산 침투가 가능한 사람은 나 하나 밖에 없으니까.”

탄지가 자리에서 일어나 당장이라도 나갈 듯 전투모를 썼다. 영국제

전투복이 유난히 멋있어 보였다.

한국인 특유의 급한 성격은 이런 경우에 큰 도움이 되었다. 급히 서둔 덕분에 짧은 시간에 충분히 준비를 할 수 있었다. C-4와 도전선·도화선·도폭선·점화기 등 폭파장비와 포위된 병력에게 전달될 탄약과 식량은 낡은 C-123 수송기를 가득 채웠다. 아침이 오기 전에 모든 강하가 끝나야 했다.

오랜만의 야간강하에 조금 긴장이 되었다. 스테틱 라인 강하(생명줄 강하, 즉, 일반강하)의 경우, 원추형 낙하산을 사용하는데 문제는 어디 처박힐지 알 수 없다는 것이다. 이에 반해, 야간강하의 성공은 전적으로 지상 유도 요원과 조종사의 능력에 달려있었다. 그러나 네멩게 정부군의 지상 유도는 믿음이 가지 않았고 러시아인 조종사 역시 썩 내키지 않았다.

꼭 이렇게까지 해야 하는지 확신이 서지 않았다.

"후방에 미사일 한 발, 꽉 잡아!"

러시아인 조종사의 투박한 영어가 기내에 울려 퍼졌다. 비행기는 최고속력으로 급상승해 미사일을 떨어뜨려냈다. 너무 멀리서 발사된 휴대용 대공미사일은 어두운 밤하늘을 가르며 사라졌다. 운이 좋았다.

"1분 전!"

시간을 알린 러시아인 화물담당관이 출입구를 열고 화물투하를 준비하는 동안 낙하산 장비검사를 하며 탄지가 말했다.

"이번 작전은 마켓가든처럼 되지는 않을 거요."

에드워드 영이 답했다.

“내가 걱정하는 것은 디엔 비엔 푸입니다. 그게 더 끔찍하죠.”

화물이 먼저 투하되기 시작했다.

“1번 강하를 하시죠, 장군님.”

에드워드 영의 말에 하얀 이를 드러내며 웃은 탄지가 눈 깜짝할 사이에 비행기에서 떨어졌다. 곧이어 낙하산이 펼쳐졌다. 이어서 에드워드 영도 칠흑같이 어두운 흑아프리카의 하늘 위로 몸을 던졌다. 어두운 심연이 마치 그를 삼키는 듯 했다.

제9장

니켈광산 전투

지상으로부터 총탄이 날아오기 시작했다. 예전의 반군들은 일몰 후에는 건드리지 않는 한 대응이 없었다. 그러나 최근에는 달랐다. 낙하산의 실루엣을 어떻게 찾았는지 여기저기서 총탄이 날아들었다. 오합지졸은 아닌 듯 했다. 이런 식의 유산탄에 맞는 경우는 별로 없었지만 낙하하는 동안에는 어떠한 대응도 할 수 없기에 에드워드 영은 짜증이 났다. 그러는 동안 9개의 낙하산은 지상에서 비추는 빨간색 후레쉬 불빛을 좇아 조용히 내려오고 있었다.

탄지의 낙하산이 가장 먼저 지면에 도착했다. 어둠 사이로 지면이 보이자 배낭을 밑으로 길게 늘어뜨린 에드워드 영은 자신의 배낭이

지면에 떨어지자 곧이어 공수교육대에서 배운 측방낙법으로 충격을 완화한 뒤 일어섰다. 거미줄처럼 얽힌 교통호 앞에 떨어졌지만 어떤 부상도 없는 완벽한 야간강하였다.

"런던!"

"잭슨!"

형식적인 암구호가 오가자 탄지가 정부군 3명과 함께 걸어왔다. 낙하산을 접어 정부군에게 넘긴 에드워드 영은 서둘러 장비를 챙겼다.

"장군님, 광산으로 가서 폭약을 설치하겠습니다."

"폭탄은 부하들이 옮겨 놓을 거요. 일 끝내고 봅시다."

옐로우가 착지할 때 발목을 다쳐 걷기가 조금 불편했지만 광산 입구까지 뒤쳐지지 않고 잘 따라왔다.

내전 당시에도 치열한 격전이 벌어졌던 니켈광산은 트래비스 경비 서비스의 전 병력이 동원돼 치열한 전투 끝에 탈환한 적이 있었다. 지금 있는 대원들 역시 당시 전투에 참가했던 터라 이곳 지형에는 익숙했다. 한 가지 생소한 것은 3중으로 건설된 거미줄 같은 교통호와 참호였다. 내전이 끝난 후 네멩게 정부는 국부의 원천인 니켈광산을 보호하기 위해 방어막을 확충했는데 그것이 바로 거미줄 같이 얽힌 방어진지였다. 반군들이 아직 광산을 점령하지 못한 것만 봐도 상당한 효과가 있는 것 같았다. 기껏 2개 중대 정도로 보이는 정부군이 1,000명이 넘는 반군을 상대로 언제까지 버틸 수 있을지 누구도 알 수 없었다.

광산 입구에 다 다랐을 때 위성전화기가 울렸다. 트래비스 중령이었다.

"무사히 도착했나? 상황은 어떤가?"

"1명이 발목 부상을 입었습니다만 나머지는 이상없습니다. 상황은 아직 파악 못했고, 광산에 폭약을 설치하러 갑니다."

"폭약은 설치하지 말게. 설치하더라도 폭파되지 않게 해야 하네. 이유는 나중에 설명하지."

"알겠습니다. 그런데 언제 오실 겁니까?"

"최대한 빨리 가겠네. 정부군과 의견충돌이 있고 반군도 아직 저항이 심해. 게다가 탄지한테 속았어. 다시 연락하지."

트래비스는 서둘러 통화를 끝냈다. 민감한 사안의 경우 이런 식의 현장통화로 세부사항이 변경되는 경우가 많았다. 정치적인 문제일 경우 특히 그랬다. 이번에도 네멩게의 정치상황과 무관하지 않은 듯 했다. 그런데 탄지한테 속았다는 말은 무슨 뜻일까?

"부상자들이 가득한데, 캡틴."

인디고가 말했다. 갱도는 모두 3곳인데 입구에는 100여 명의 부상자들이 가득 차 있었다. 반군들이 이곳에는 포격을 가하지 않는 모양이었다. 보는 눈이 있으니 폭약을 설치하는 시늉이라도 해야 한다. 에드워드 영은 대원들을 불러 모아 지시했다.

"트래비스 중령의 지시다. 안 보이는 곳까지 가서 폭약은 설치하지 말고 시간만 적당히 때우다 돌아와."

트래비스의 명령이 이해가 안됐지만, 모두들 고개를 끄덕였다. 2인 3개 조로 3곳의 갱도로 이동하자 발목 부상을 입은 옐로우와 에드워드 영만 남았다. 에드워드 영은 장교로 보이는 부상자에게 다가갔다.

견장에는 중위라고 되어있었는데 복부와 다리를 심하게 다친 것 같았다. 허벅지를 감은 붕대에서 피가 조금씩 배어져 나오고 있었다. 그가 누운 채 말했다.

"용병이군요."

"그렇소."

에드워드 영이 담배를 권하고 불을 붙여주었다. 옐로우 역시 그 옆에 앉아 담배를 피웠다. 에드워드 영이 중위 옆에 앉으며 물었다.

"전투상황을 알고 싶소."

중위는 아직 전투의 긴장이 덜 풀린 듯 떨리는 손으로 담배를 피우며 천천히 입을 열었다.

탄지가 지휘하는 레인저대대는 3개 소총중대와 1개 박격포중대로 구성된 독립대대로 총 병력 1만 명에 달하는 네멩게 최고의 엘리트 부대였다. 그 중 1개 소총중대와 박격포 1개 소대가 이곳 광산을 경비하고 있었는데, 반군의 공격이 예상되자 남은 병력 모두를 니켈광산에 투입했다. 하지만 탄지가 현장에 없는 사이 반군과의 교전이 시작됐고, 포위당하고 만 것이다. 그는 세 차례에 이르는 반군의 파상공격으로 인해 방어선이 거의 붕괴됐으나 가까스로 막아냈다고 했다. 하지만 전사자가 70여 명에 부상자 100여 명이나 될 만큼 피해가 컸으며, 남은 병력으로 겨우 버티고 있지만 지원 헬기마저 격추 당해 보급품도 모자란 상황이라고 했다.

"그런데 보급품과 함께 당신들이 왔군요. 왜 왔습니까? 도망칠 곳도 없는데."

중위는 답변에 관심도 없다는 듯 멍한 표정으로 물었다.

"광산을 폭파하러 왔소."

에드워드 영의 말에 중위는 고개를 갸웃거리며 말했다.

"이상하군요. 광산 폭파는 우리도 할 수 있습니다. C-4, TNT도 충분합니다. 상부명령이 떨어지지 않아 설치하지 않고 있죠."

에드워드 영과 옐로우가 서로를 쳐다보는 사이 중위가 계속 말했다.

"대대장인 탄지 장군은 자기 부대가 전멸 당할지도 모르니까 같이 죽을 작정으로 왔다지만 당신들까지 올 필요가 있습니까? 우리나라에 충성할 필요도 없을 텐데요."

에드워드 영은 필터까지 타버린 담배를 집어 던지고 자리에서 벌떡 일어났다. 그제야 대강의 상황파악이 되었다.

탄지는 처음부터 니켈광산을 지키려고 온 것이 아니었다. 그에게 중요한 것은 자신의 대대였고 야간 공수강하까지 하면서 온 이유 역시 광산을 지키려는 것이 아니라 자신의 대대가 전멸 당하지 않게 하기 위해서였다.

에드워드 영은 탄지의 이력을 내전 당시부터 알고 있었다. 현 대통령의 사촌동생인 탄지는 영국 옥스퍼드대학과 샌드허스트를 나와 수년간 영국에서 군사훈련을 받은 엘리트 장교였지만 정치적으로 항상 견제당하고 있었다. 네멩게로 돌아온 후 자신이 맡은 대대를 최정예 전투부대로 만들었고, 내전 기간 동안 혁혁한 전공을 세운 후 준장으로 진급했지만 정적들의 견제로 인해 더 많은 병력을 맡지는 못했다.

모든 상황을 종합하면 탄지의 정적들은 분명 이곳에서 탄지의 대대를 전멸시키거나 일시적으로 광산을 빼앗겨 그를 정치적으로 거세시킬 생각인듯 했다. 상황이 그렇다면 당연히 정부군의 지원 병력은 없을 것이다. 헬기마저 격추됐으니 변명거리도 생긴 셈이다. 이에 탄지는 에드워드 영과 그의 팀을 끌어들여 트래비스 중령이 최대한 빨리 광산으로 병력을 보내도록 조치를 취한 것이다. 에드워드 영과 그 팀이 트래비스 경비 서비스의 중요한 특수전력이라는 것을 잘 알고 있는 그의 계략이었다. 트래비스 중령도 늦게나마 이 사실을 알게 된 모양이었다. 하지만 탄지의 계산대로 용병 8명을 구하기 위해 병력을 이곳으로 움직이지는 않을 것이다.

'염병할! 골치 아프게 됐군.'

나이지리아에서 돌아와 쉬지도 못하고, 게다가 목숨을 걸고 야간 공수강하까지 하면서 여기까지 온 결과가 완벽하게 속은 것이라고 생각하니 입 안이 바짝 말랐다. 수통의 물을 들이키는 순간, 바람을 가르는 소리가 들리더니 곧이어 폭음이 들려왔다. 반군의 공세가 시작된 것이다. 광산 입구 주변에 배치된 3문의 81mm 박격포가 불을 뿜었다.

에드워드 영은 총을 들고 자리를 떴다. 새벽 어둠이 서서히 걷히고 있어서 아래 상황이 어렴풋이 보였다. 탄지의 부하들은 조직적으로 맹렬히 반격을 하고 있었다. 반군은 병력은 많았지만 기갑차량이 손실되이 공격력이 많이 감소한 듯 했다. 양 진영에서 쏘아대는 각종 로켓이 화려하게 빛났다. 어떻게든 몇 시간은 끌어야 한다는 생각에 에드워드 영은 위성전화기로 트래비스를 호출했다.

"대강 상황 파악했습니다. 멋지게 속았더군요."

“자네도 이제 알았군. 나도 완전히 속았지. 현재 상황은 어떤가?”

“겨우 버티고는 있지만 오늘을 넘기기는 힘들 것 같습니다.”

“정부군은 광산을 포기하려고 해. 나중에 다시 공격하면 된다고 말이야. 이런 식으로 탄지를 제거할 생각이야. 그 문제 때문에 조금 전까지 정부군과 싸웠네.”

“우릴 구해줄 겁니까?”

“우리가 정부군 말을 따를 필요는 없지. 광산을 재점령한다고 해도 어차피 우리가 해야 하니까.”

“뭐든 지원해주십시오. 그렇지 않으면 길어봐야 몇 시간입니다.”

“걱정 말게. 자네와 자네 팀은 우리 회사의 확실한 돈줄이니까 절대 포기 못하네.”

전화를 끊고 다시 광산 입구로 올라오자 갱도로 들어갔던 대원들이 모두 나와 있었다. 포르투갈 출신 블루가 말했다.

“옐로우한테서 얘기 들었어. 캡틴 생각은 어때?”

“나도 잘 모르겠어. 트래비스 중령은 최대한 빨리 지원해준다는데 그동안 전투에 참가할지 여부는 각자 생각을 말해봐.”

영국 출신 인디고가 먼저 말했다.

“이왕에 이렇게 됐으니 전투에 참가하고 정부군에 특별수당을 청구하자고. 특수한 상황이니 최소한 각자 3천 달러는 더 받아야겠는데.”

용병으로서 당연한 결론이었다. 다른 대원들도 모두 수긍하는 눈치였다. 손발이 잘 맞는 대원들과 일을 하면 의사결정이 빨라서 좋았다.

“탄지 장군과 얘기해보지.”

　에드워드 영은 서둘러 81mm 박격포 진지로 가서 유선전화기로 탄지를 호출했다. 전투현장의 소음으로 시끄러웠지만 탄지는 자신을 원망하는 말을 참을성 있게 들어주었다.

　"그러니까 결론은 우리에게 각자 3천 달러의 특별수당을 지급하고, 장군이 보증하면 당장 전투에 가담하겠다는 겁니다. 그렇게 하겠습니까, 장군?"

　탄지는 껄껄거리며 큰소리로 웃었다. 웃음소리가 총소리와 폭발음보다 더 크고 선명하게 들렸다.

　"속일 수밖에 없었음을 이해해주니 고맙소. 좋소, 내가 각자 3천 달러의 지불을 보증하지. 밑에서 기다릴 테니, 당장 도와주시오."

　"믿어도 되겠죠?"

　"신사에게는 말로 한 약속이 더 무서운 법이오."

　"3천!"

　에드워드 영이 오른손 엄지손가락을 치켜세우며 외치자, 대원들은 그제야 본격적인 전투준비를 시작했다. 각자 전투조끼에 있는 탄약으로 인해 상체가 앞으로 기울어질 정도였다. 배낭에는 더 많은 탄약과 비상식량, 식수가 마련되어 있었다. 어떻게든 지원이 올 때까지 버텨야 했다.

　옆에서 부상병들이 용병들의 모습을 쳐다보고 있었다. 전투를 앞두고 가격을 흥정하는 모습은 그들에게는 낯선 풍경이었다. 에드워드 영은 주위를 둘러보았다. 모두들 심각한 부상을 입었지만 몇몇에게서는 정예병력답게 마지막까지 전투에 참가하고 싶은 눈빛을 읽을 수 있었다. 그것은 진정한 전사의 눈빛이었다.

에드워드 영은 자신의 FN-FAL을 쥐며 중얼거렸다.

'탄지가 대단한 군인인 것만은 확실하군.'

니켈광산은 네멩게공화국 북쪽에 자리 잡은 산맥에서 불쑥 튀어나온 지형에 있었다. 넓은 지뢰지대가 조성되어 있고 지형이 험해 반군의 접근이 사실상 불가능했다. 내전 당시에도 반군은 평야지대에서 삼면으로 포위 공격을 해서 광산을 공격했다. 이번에도 마찬가지였다.

당시와 다른 점이 있다면 반군들의 훈련상태가 눈에 띄게 달라졌다는 것이다. 그것은 지금 에드워드 영과 대원들이 직접 눈으로 확인하고 있었다. 새벽 어둠이 사라지자 100여 미터 전방에서 낮은 포복으로 사격을 하며 기어오는 반군들이 어렴풋이 보였다. 수차례의 교전에서 발생한 반군의 시체들은 훌륭한 은폐물이 되고 있었다. 그로 인해 사격이 쉽지 않았다. 단발 정조준 사격으로 하나 둘씩 움직임이 멈췄으나 나머지는 아랑곳 하지 않고 계속 거리를 좁혀오고 있었다. 적 후방의 박격포와 로켓공격도 정확히 방어 진지를 향해 날아왔다.

"누가 훈련시켰는지 한 번 만나고 싶군요."

에드워드 영의 말에 탄지가 답했다.

"포로를 잡으면 물어봅시다."

탄지가 M-16으로 신중하게 단발사격을 하는 사이 에드워드 영은 귀마개를 꺼내 오른쪽 귀를 막았다. 엄청난 소음으로 귀가 찢어질 것 같았기 때문이다.

그 사이 적은 더 가까이 와 있었다. 체구가 작은 10살 남짓 한 소년병들이 수류탄을 쥐고 계속 접근해 오고 있었다. 곧이어 정부군의 캘리버 30 기관총이 로켓에 날아가자 반군들이 기세 좋게 덤벼들기 시작했다. 적의 예봉을 꺾기 위한 화력 집중이 여의치 않자 탄지가 81mm 박격포 유도를 시도했으나 그마저도 신통치 않았다. 레드와 옐로우가 계속해서 기관총을 쏘고 있었지만 적의 진격을 막기에는 역부족이었다.

그 때 소년병 하나가 수류탄을 던졌다. 그러나 에드워드 영의 7.62mm 탄환이 그 소년병의 머리통을 날려버렸다. 수류탄은 10여 미터 전방에서 폭발했다. 대전차 수류탄이었다. 강한 파편과 먼지가 엄청난 폭음과 함께 지축을 흔들었다. 에드워드 영은 잠시 앉아서 스카프를 두르며 주변을 살폈다. 적들이 교통호로 들어오면 수적으로 우세한 그들을 막기란 불가능했다. 소년병들의 수류탄 공격을 어떻게든 막아야 했다. 그는 서둘러 C-4를 가지고 있는 그린에게 다가갔다.

"전자식 뇌관이 얼마나 있지?"

"20개는 될 거야, 왜?"

배낭 옆에 놓인 폭탄가방을 뒤집어 내용물을 쏟아낸 에드워드 영은 전자식 뇌관 20개와 종이로 포장된 C-4를 골라냈다.

"뇌관 활성화하고 던지면 기폭장치를 눌러. 던지기 전에 누르면 둘 다 죽으니까, 알았지?"

한 번도 시도한 적이 없는 방법이었지만 밑져야 본전이었다. 폭탄은 남겨봐야 먹지도 못한다. 소년병들의 돌격을 막는 방법은 이것 밖에 없었다. 수류탄은 아직 아껴야 했고, C-4 한 덩어리의 폭발력은 수류탄만큼 크기 때문에 충분히 효과가 있을 것 같았다.

C-4에 뇌관을 꽂고 활성화시키자 뇌관 꼭지에 빨간 불이 들어왔다.

"준비해!"

에드워드 영이 힘껏 던진 폭탄이 소년병들 사이에 떨어졌다. 엄청난 폭음과 흙먼지 사이로 인간의 육편이 공중으로 흩어졌다. 이를 시작으로 공격이 잠시 주춤한 사이 에드워드 영과 그린은 교통호를 이리저리 옮겨 다니며 반군의 주공에 폭탄을 퍼부었다. 적의 예봉이 겨우 잦아든 것 같았다.

"측면이 뚫렸다!"

히지가타가 외쳤다.

"내가 갈테니까, 이곳을 최대한 막아. 철수 신호는 황색 연막탄이야."

그린과 함께 배낭을 짊어지고 교통호를 달리면서 에드워드 영은 서둘러 25연발 탄창을 갈았다. 그는 자신의 총을 믿었다. 초보 용병 시절 5.56mm M-16 소총을 사용했지만 가슴과 복부에 3발이나 맞고도 죽지 않고 응사하던 적을 눈앞에서 보고부터는 더 쉽게 적을 보낼 수 있는 총을 찾았다. 그래서 선택한 총이 바로 FN-FAL이었다. 한국인 체형에 맞지 않는 무겁고 투박한 총이었지만 거칠게 다루어도 AK 소총만큼 튼튼하고 잔 고장이 없었다.

교통호를 따라 뛰어가자 곧 허둥대며 도망치는 정부군과 널려진 시체가 눈에 들어왔다. 첫 번째 방어망이 뚫리자 2선으로 후퇴하려는 정부군과 교통호로 뛰어든 반군이 뒤섞여 혼란스러웠다. 가말라가 말해준대로 반군들도 얼룩무늬 전투복을 입고 있었다. 철모를 제외하고는 정부군과 별반 차이가 없었다. 철모와 상의의 계급장을 보고 피아식별을 해야만 했다.

모퉁이를 돌자 반군이 눈에 들어왔다. 반군 소년병이 부상당한 정부군을 사살하는 동안 에드워드 영은 소년병의 입을 조준해 방아쇠를 당겼다. 7.62mm 탄환은 정확히 소년병의 이빨을 부수고 들어가 구강을 지나 소뇌와 뇌간을 박살냈다. 그리고 의식을 잃은 소년병의 몸뚱이는 뒤로 나가 떨어졌다.

1발에 하나씩 5명의 머리통을 박살낸 에드워드 영은 교통호에 숨어 저항하는 반군에게 수류탄을 던졌다. 반대편 교통호에서 탄지와 그 부하들이 진격해 오는 모습이 보였다.

반군들은 계속 병력을 밀어 넣었다. 에드워드 영은 소총을 점사 모드로 바꾼 뒤 달려드는 적을 향해 쏘기 시작했다. 이제 운에 맡길 수밖에 없었다. 적과 너무 가까워 정조준 단발사격은 불가능했고 백병전도 감수해야 할 상항이었다. 근처에서 수류탄이 터져 그린이 쓰러졌지만 다가갈 수 없었다. 반군들은 계속 덤벼들었다. 탄창을 갈아 낄 여유조차 없었다. 에드워드 영은 왼쪽 가슴에서 45구경 콜트를 뽑아 반군 둘을 사살했다.

"그린, 괜찮나?"

그린은 아무 반응 없이 엎드려 있었다. 그린에게 다가 가려는 에드워드 영에게 반군이 또 들이닥쳤다. 권총으로 둘을 더 사살했지만 탄창이 비워지자 Ka-Bar를 꺼내어 힘껏 휘둘렀다. 목이 반으로 잘린 반군은 에드워드 영의 얼굴에 피를 뿜어내며 쓰러졌다. 옆에 있던 반군들은 어디선가 날아온 기관총탄에 힘없이 쓰러졌다. 에드워드 영은 급히 권총의 탄창을 갈아 끼고 주변을 살폈다.

"갭딘, 나야 나!"

레드가 M249 기관총을 들고 서 있었다. 상황은 진정되고 있었다. 탄지와 그 부하들도 반격에 성공하고 있었다.

"그린이 당했어."

말을 마친 에드워드 영이 그린에게 달려가 몸을 뒤집자 그린의 가슴이 피범벅이 되어 있었다. 눈을 뜬 채로 숨은 이미 멎은 상태였다.

"젠장!"

큰 전력손실이었다. 에드워드 영은 말없이 그린이 남긴 수류탄과 실탄을 챙겼다. 시신을 수습할 여유가 전혀 없었다.

"에드워드, 광산으로 철수해야겠소."

탄지가 소리쳤다. 반군의 파상공세는 이제 진절머리가 날 정도였다. 에드워드 영은 자신의 배낭에서 남은 탄창을 꺼내 모두 조끼에 꽂았다. 수류탄 1개와 탄창 2개가 전부였다. 지독한 전투였다.

"조금만 더 버텨 봅시다."

말을 마친 에드워드 영은 트래비스 중령에게 연락하기 위해 허리에 차고 있는 위성전화기를 찾다가 깜짝 놀랐다. 위성전화기가 총알에 맞아 완전히 박살이 나 있었기 때문이다. 덕분에 목숨은 건졌지만 트래비스 중령과의 연락은 불가능했다. 지원이 언제 오는지, 어떤 형태의 지원인지 이제는 알 수 없게 되었다. 정부군의 무전기는 이미 배터리 부족으로 통신이 불가능한 상황이었다.

광산의 부상병들이 엄호사격을 한다고 해도 후퇴가 쉽지는 않았다. 근접 전투에서 꽁무니를 빼는 것은 최악의 결과를 초래할 수 있다. 이왕 끝이 났다면 적에게 조금이라도 타격을 더 주는 편이 좋았다. 에드워드 영이 FN-FAL의 탄창을 갈아 끼우다 말고 갑자기 달려든 적을 향해 권총을 쏘았다. 이제 권총탄도 바닥이 났다.

그 때였다. 멀리서 전투기의 굉음이 들렸다. 항공 지원이 시작되는 모양이다. 에드워드 영은 사격하는 틈틈이 하늘을 주시했다. 2대의 A-4 스카이 호크였다. 예전에도 몇 번 거래를 했던 에어로 아프리카사의 지상 공격기가 분명했다. 그 회사의 A-4 공격은 정확했지만 지금은 무전기가 없기 때문에 서둘러 공격 유도 표시를 해야 했다.

에드워드 영은 서둘러 적색 연막탄을 던지고 교통호를 따라 가면서 다른 대원들에게 명령을 전달했다. 곧 붉은 연막이 어느 정도 경계를 나타내자 A-4 1대가 고공에서 내려와 플레어를 뿌리며 폭탄 하나를 떨어뜨렸다. 집속폭탄이었다. 곧이어 수많은 자탄이 본채에서 쏟아져 나와 반군의 머리 위로 떨어졌다. 또 다른 A-4가 옆에서 똑같은 방식으로 공격을 하고 있었다. 무시무시한 폭탄들은 반군에게 도망갈 틈을 허락하지 않았다. 끊임없이 지상을 두드렸고 그 밑에 있는 인간의 육신을 갈가리 찢어놓았다. 첨단과학 기술이 만든, 언뜻 보면 아름답기까지 한 모습이었다.

이 짧은 항공 공격으로 인해 상황은 사실상 끝났다. 반군들은 더 이상 돌아갈 곳이 없자 그 자리에서 투항하거나 의미 없는 저항을 하다 사살될 뿐이었다.

"그린이 죽다니. 몇 년을 같이 일했는데."

오렌지가 땅바닥에 앉아 담배를 피우며 말했다. 남아공 32대대 출신인 레드, 오렌지와 나미비아의 경찰특공대 쾨베트 출신인 그린은 에드워드 영을 만나기 전부터 같이 활동해왔었다. 그들은 용병으로 활동하기 전 현역시절부터 같은 전투에 참전한 관계로 서로 죽이 잘 맞는 친구들이었다. 그러니 오렌지와 레드의 기분이 좋지 않은 것은 당연했다. 그 모습을 지켜보는 다른 대원들 역시 마찬가지였다.

찢어진 판초우의를 이어서 만든 차일(遮日)은 뜨거운 정오의 태양을 조금이나마 가려주었다. 그 아래 그린의 시체를 반듯이 눕혀놓고 그 주위에 남은 대원들이 앉거나 누웠다.

에드워드 영은 그제야 오른쪽 귀를 막은 귀마개를 빼고 수통의 물로 얼굴을 씻었다. 피와 먼지로 범벅이 된 얼굴이 따끔거렸다.

"캡틴, 탄지가 불러. 포로 때문이래."

영국 출신 인디고의 말에 에드워드 영은 지친 몸을 일으켜 다시 총을 들었다.

"같이 갈 사람 있나? 반군 포로 취조하는데 관심 있으면 같이 가자고."

포로를 학대한다고 죽은 자가 살아오지는 않지만 살아남은 자들의 기분은 좋아질 수 있다. 어차피 반군 포로들은 처형당할 테니까. 예상대로 레드와 오렌지가 일어섰다. 그러자 누워있던 블루도 몸을 일으켰다.

10여 명의 반군 포로들 역시 녹초가 된 채로 앉아 있었다. 손과 발이 묶여있었고 더 이상 저항할 의사가 없는 눈빛이었다.

탄지가 에드워드 영을 향해 말했다.

"투항한 반군은 더 많았지만 부하들이 다 쏴 죽였소. 어차피 이놈들도 죽겠지만 먼저 궁금한 점을 풀어야지."

탄지의 부하가 간부로 보이는 포로 하나를 끌고 오자 레드가 포로의 배를 걷어찼다. 포로는 숨이 막혀 비명도 지르지 못했다. 탄지가 물었다.

"너희들을 훈련시킨 놈이 누구냐?"

포로가 반응이 없자, 레드가 다시 한 번 걷어찼다. 이번에는 얼굴이었다. 레드의 계속된 발길질로 포로의 얼굴은 피투성이가 되었다. 하지만 고통스러워만 할 뿐 대답은 하지 않았다.

에드워드 영이 포로들을 향해 외쳤다.

"너희들은 어차피 죽는다. 하지만 우리 질문에 대답을 하면 큰 고통 없이 죽여주지. 고통만 받다가 죽는 것보단 낫지 않나? 게다가 운이 좋으면 살려줄 수도 있어. 어떤가?"

오렌지는 자신의 AK 소총 개머리판으로 마치 곡괭이질을 하듯 누워 있는 포로의 몸을 찍어댔다. 포로의 몸이 산산이 부서질 정도였다. 포로가 비명을 질렀지만 오렌지는 멈추지 않았다.

"이게 너희들이 원하는 거야? 고통스럽게 죽는 거? 네 놈들을 훈련시킨 놈이 누구야? 휴대용 지대공 미사일은 어디서 났지? 전투복은 또 어디서 났고?"

에드워드 영은 포로들은 계속 다그쳤다. 블루가 어디서 가져왔는지 디젤유를 포로 한 명에게 뿌린 후 지포 라이터를 꺼내 담뱃불을 붙였다. 산 채로 태워 죽일 심산인 모양이었다.

오렌지는 9mm 베레타를 꺼내 바로 앞에 앉아있는 포로의 정수리에 갖다 댔다.

"한 놈씩 보내주지."

오렌지가 방아쇠를 당기려는 순간, 포로들 중 하나가 외쳤다.

"당신 같은 동양인이었소."

포로들 가운데 하나가 에드워드 영을 똑바로 쳐다보며 말했다. 그가 일어나려 했지만 손과 발이 묶여있어 일어나는데 시간이 걸렸다.

"휴대용 미사일과 전투복도 그들이 가져왔고 훈련도 그들이 시켰소."

"너는 계급이 뭔가?"

탄지가 물었다.

"중사요. 다 말 할 테니 깨끗이 보내주시오."

탄지가 눈짓을 하자 부하들이 포로를 끌고 왔다. 에드워드 영이 물었다.

"나 같은 동양인들이 훈련을 시켰다고? 더 자세히 말해봐."

"그들은 수단에서 왔고 무기 공급에서 훈련까지 맡았소. 가혹한 훈련이었지만 어쩔 수 없었소. 수단의 지원이 없으면 힘드니까."

탄지가 물었다.

"수단 쪽은 이슬람 세력이지만 너희들은 아니잖아, 안 그래?"

"우리는 지도부가 수단과 어떤 관계인지는 모릅니다."

다시 에드워드 영이 물었다.

"중국인들인가?"

“동양인들이었는데 중국인들도 있었던 걸로 알고 있습니다. 하지만 더 자세히는 모릅니다. 아는 대로 말했으니 깨끗이 보내주시오.”

말을 마친 포로는 눈을 감았다. 죽음을 각오한 모습이었다.

“사실인 것 같군요, 장군님.”

에드워드 영의 경험상 이 포로는 아는 대로 다 말한 것 같았다.

“중국까지 개입했다면…… 정말 골치 아프게 됐군.”

탄지는 잠시 허공을 바라본 뒤 다시 말을 이었다.

“에드워드, 지금 들은 정보는 우리들만 아는 걸로 합시다. 나도 상부에는 보고하지 않겠소. 단, 트래비스 중령에게는 말해도 좋소.”

“알겠습니다. 포로는 알아서 처리하시죠.”

에드워드 영은 레드, 오렌지, 블루와 함께 그 자리를 빠져 나와 담배를 물었다. 곧이어 총성이 울렸다. 교통호에 몰아넣고 집중사격을 가한 다음 기름을 뿌려 태운 후 흙으로 덮을 것이다. 인간의 피와 살로 나날이 비옥해지는 네멩게의 평야지대, 죽음이 일상사인 이곳에 전투에서 살아남는 것이 어떤 의미가 있을까?

아프리카에서의 소년병 양성은 그 자체가 잔악행위였다. 강제로 같은 마을 주민을 죽이게 하고 여자를 욕보임으로써 탈출해도 돌아갈 고향이 없게 만들고 살인교육을 시켰다. 술, 여자, 마약에 찌들게 해서 살아갈 희망이 없게 만들어 복종시키는 것이다. 그렇게 만들어진 소년병들은 열 대여섯이 되면 두려움을 모르는 최강의 전사가 되어 매독, 에이즈에 걸려 몸이 썩어가면서도 최강의 잔인함으로 전장을 누빈다. 그들은 더 이상 인간이 아닌 두려움 없는 전투기계다. 인권을 운운하는 사람들은 소년병을 쏘아 죽이는 일에 반대하겠지만 전투현장에 있었던 사람들은 결코 그렇게 생각하지 않는다. 게다가 외부인들이 소년병에 대해 아무리 인권을 운운하며 반대를 해도 상황은 나아지지 않을 것이다. 모든 것은 그들의 운명일 뿐이다.

불붙은 반군들의 시체더미에 뜨거운 오후의 열기가 더해졌다. 그 열기의 아지랑이 너머로 멀리서 트래비스 경비 서비스의 병력을 태운 장갑차와 무장 트럭들이 흙먼지를 날리며 달려오고 있었다.

"이제 한동안 조용하겠군."

레드가 담배연기를 뿜으며 중얼거렸다.

"어디 보세. 앉아보게."

샤워를 하고 깨끗한 전투복으로 갈아입은 에드워드 영이 로간 박사를 찾았을 때 병원은 아침부터 몰려온 피난민들로 가득 차 있었다. 저녁에도 피난민 치료에 여념이 없던 로간 박사는 바쁜 와중에도 에드워드 영의 귀를 살펴주었다.

"군용 총기의 발사음은 보통 140 데시벨을 넘기 때문에 계속 노출되면 영구적인 청각손상을 가져올 수 있네."

귀에 통증을 느껴 로간 박사를 찾아 갔을 때마다 항상 듣던 말이었지만 이 날 만큼은 바빠서인지 같은 말을 되풀이 하지 않았다. 에드워드 영은 로간 박사가 그런 말을 할 때마다 의사들은 이율배반적이라고 생각했다. 한동안 편안히 쉬라고 해놓고, 편하게 쉬어서는 도저히 감당할 수 없는 금액을 청구하거나 전투가 직업인 용병에게 총성으로 인한 영구적 청각손상을 경고하는 것이 과연 합당한 행동일까? 물론 지금처럼 아프면 무조건 의사에게 달려가야겠지만.

"귀는 괜찮네. 하지만 항상 조심하게. 다행히 다른 부상은 없는 것 같군."

로간 박사는 다른 부상자들을 살피기 위해 다시 발걸음을 옮겼다. 정말 바쁜 것 같았다.

"박사님, 남아공으로 휴가를 갈까 하는데 부탁하실 일이라도 있습니까?"

아직 트래비스 중령에게 요청하진 않았지만 안 보내줄 이유가 없었다. 로간 박사가 웃으며 돌아섰다.

"당장은 없네. 그래도 혹시 모르니 연락처라도 남겨주게. 물어봐줘서 고맙군."

박사는 다시 환자들 속으로 들어갔다. 전투의 고단함을 잠시라도 잊게 해주는 로간 박사였지만 바쁜 사람을 귀찮게 할 수는 없었다. 에드워드 영은 병원 밖으로 걸어나왔다.

고통에 무감각해진 어린아이들과 여자들, 노인들이 한데 어우러져 아무렇게나 널브러져 있었다. 팔다리가 잘린 아이들의 모습을 애써 피하면서 피 비린내가 소독용 알코올 냄새를 압도하는 병원을 빠져 나온 그는 트래비스 중령의 사무실로 향했다.

바깥 공기는 넙넙하기 그지 없었다. 네멩게의 우기가 본격적으로 시작될 모양이었다.

"어서 오게. 차나 한 잔 들지."

목이 마른 듯 미지근한 홍차를 단숨에 들이켠 에드워드 영은 한 잔을 더 부어 마시고서야 잔을 내려놓았다.

"칼리프사의 정보도 이젠 형편없는 모양입니다. 그런 회사를 왜 인수했죠?"

짧은 질문이었지만 그간의 모든 상황을 담고 있는 물음이었다. 나이지리아에서 헬기 조종사에게 들은 칼리프사의 인수 소식은 그 자금의 출처를 궁금하게 했다. 그러나 지금은 반군에 대한 정보를 사전에 알지 못한 정보 실패의 이유가 더 궁금했다.

"갑작스럽게 칼리프사를 인수하게 되어 미처 알리지 못했네. 그렇다고 섭섭해 하진 말게. 병력규모는 작지만 외부활동을 많이 하려면 정보회사가 필요하다고 판단해서 재정후원자를 설득했지. 1,400만 달러를 들여 인수했지만 인수 후 바로 반군의 공세가 시작돼서 정보가 늦게 도착한 거야."

트래비스는 홍차 잎을 주전자에 더 넣고 불에 올렸다.

"일전에 반군들이 마을을 장악하고 UN 직원들과 성직자들을 인질로 잡은 적이 있었지? 자네 팀이 구출했던 그 전투 말이야."

"한 달 전쯤이었죠."

"당시 마을을 장악했던 반군들은 이번 전투를 이끈 반군 지도부로부터 축출당한 놈들이었네. 수단과 중국을 등에 업은 현재 반군 지도부와의 내분으로 쫓겨났었지. 그런데 현재의 반군 지도부는 수단과 중국의 도움으로 네멩게를 노리고 있다고 하는군. 수단의 중개로 중국의 도움을 받고 자신들이 승리하면 지하자원으로 갚을 생각인 거지."

다시 미지근해진 홍차를 잔에 채운 트래비스가 의자에 앉아 계속 말을 이었다.

"칼리프의 정보가 너무 늦게 도착했어. 나도 자네에게 듣기 1시간 전에야 보고 받았네. 군사 고문단과 장비 공급자가 중국인들이라고는 하는데 증거가 없으니 네멩게 정부에서도 할 말은 없지. 반군 몇몇의 증언만으로는 외교적으로 힘들 거야."

"중국과 수단은 어떻게 나올까요?"

이번 전투에서 트래비스 경비 서비스의 병력 244명 중에서 57명이 전사하고 112명이 부상당했다. 결코 적은 피해가 아니었다. 몇 달 후 반군이 재정비해서 공격해온다면 장담할 수 없다. 군사기업인 트래비스 경비 서비스야 철수해버리면 그만이지만 당장 돈을 벌 수 있는 곳은 네멩게공화국뿐이다. 그래서 현재의 정치환경에 관심을 갖는 것은 어쩌면 당연하다.

"더 두고 봐야겠어. 공개적으로 압박해오지는 않을 거야. 중국, 수단 모두 내부사정이 복잡하니까."

중국은 아프리카의 자원을 싹쓸이 한다는 말을 들을 정도로 국제적인 관심 대상이고, 수단 역시 다르푸르 사태로 인해 국제적으로 비난을 받고 있었다. 그런 가운데 중국이 지하자원을 노리고 네멩게 내전까지도 영향력을 행사한다면 국제사회의 비난은 더욱 거세질 것이 분명했다. 이런 이유로 당장은 수단과 중국이 당장 모험을 하지 않겠지만 언제까지 불안한 상황이 계속될지 알 수 없다.

트래비스가 홍차를 한 모금 마신 뒤 말을 이었다.

"탄지의 병력이 3분의 1로 줄었다더군."

"네넹게 정부는 힌시름 놓았군요. 탄지의 쿠데타를 염려했으니까요."

이번 일로 네넹게 정부는 소기의 목적을 달성했다. 나라가 망할지도 모르는 상황에서도 내부 쿠데타에 신경써야 하는 것이 아프리카 국가의 현실이었다.

"소인국에 묶여있는 걸리버 꼴이지."

적절한 표현이었다. 네넹게 정부는 항상 용병회사와 탄지의 쿠데타를 경계해왔는데 이번 전투로 양쪽 모두 병력손실이 심해 쿠데타 걱정을 덜게 되었다. 무능한 권력자와 유능한 장교 사이에는 언제 무슨 일이 벌이질 지 알 수 없을 정도로 긴장감이 팽배해 있었다.

에드워드 영이 담배를 비벼 끄며 말했다.

"우리 팀 전원이 휴가를 원합니다. 히지가타는 일본에 다녀오고 싶다더군요."

회사의 피해가 막대해서 새로운 병력을 모으고 훈련을 하려면 시간이 걸릴 것이다. 따라서 휴가를 가기에는 안성맞춤이었다.

"그렇게 하게. 히지가타는 4주, 나머지는 2주의 휴가를 주지. 지금 상황에서는 아무것도 할 수 없으니까."

그 때 에드워드 영은 잊고 있었던 한 가지가 떠올랐다. 휴가 전에 꼭 확인하고 싶었다.

"그런데 성창인터내셔널과의 계약은 어떻게 돼 갑니까?"

"기본적인 계획안을 서울로 보냈으니 조만간 연락이 올 거야. 그 때 김 이사가 다시 와서 세부 협의를 하고 계약할 생각이네. 사업장 몇 곳을 직접 봐야 할 테니, 준비하도록 하게."

에드워드 영이 자리에서 일어났다. 대원들에게 휴가 소식을 전하고 자신도 호텔 예약을 해야 했다.

"이번에도 케이프타운으로 갈 건가?"

"예, 항상 가던 호텔에 묵을 생각입니다."

"아마 휴가 중에 그 근처에서 중요한 사업상 모임이 있을 거야. 연락할 테니 자네도 참석하도록 하게."

"예, 알겠습니다."

간단히 답하고 나가려던 에드워드 영이 문을 열다말고 다시 물었다.

"그런데 우리 회사의 재정후원자가 도대체 누구죠?"

항상 궁금했었다. 신생 군사기업에 이렇게 거액을 투자하는 존재가 누구인지.

"그건 아직 말 할수 없네. 나만의 경영비법이라고 해두지. 휴가 잘 다녀오게."

트래비스가 빙긋이 웃으며 얼버무렸다.

한은시가 코를 골기 시작하자 김중택은 침대에서 살며시 일어나 가운을 걸쳤다. 홍콩에서 한국행 비행기에 오르기 직전 그는 한은지에게 전화를 걸어 모든 스케줄을 취소하고 시간에 맞춰 호텔 스위트로 오라고 했다. 왜 이렇게 욕정에 몸이 달았는지 모르지만 그에게는 당장 여자가 필요했다.

서울 도착 후 2시간 만에 지방에서 촬영을 마치고 올라온 한은지를 만났다. 그리고 험난했던 출장의 피곤함도 잊은 채 두 차례 관계를 가졌다. 최근 드라마와 쇼 프로그램에 출연하게 되면서 빡빡해진 스케줄로 피곤해하던 그의 연인은 코를 골며 달게 잠을 자고 있었다.

연인의 뺨을 부드럽게 쓰다듬은 그는 냉장고로 걸어가 생수 한 병을 꺼내 시원하게 들이켰다. 창가로 다가간 그가 창문을 조금 열자 익숙한 도시의 갑갑한 공기가 얼굴을 핥고 지나갔다. 다시 생수를 들이킨 그는 물조차도 마음껏 사 마실 수 없는 아프리카보다 훨씬 살기 좋은 대한민국의 수도 서울을 내려다보았다.

자정이 다 된 시간에도 가로등이 대낮처럼 밝게 빛나고 사람들의 왕래가 활발한 곳, 총기가 엄격히 통제되어 밤늦은 시간에도 총기강도 걱정을 하지 않아도 되는 곳, 대형유통망과 백화점, 24시간 편의점, 인터넷 상거래로 원하는 상품을 언제 어디서든 살 수 있는 곳, 지하철과 버스, 택시 심지어 자가용으로 언제 어디든 이동할 수 있는 곳……. 경제위기니, 불황이니 말은 많지만 이것이 대한민국의 현주소였다. 그러나 멀리 보이는 저 사람들은 자신들이 쓰는 물건이 어떠한 원료로 만들어지는지, 그 원료가 어디서 어떻게 채취되는지 알고나 있을까? 그들이 타고 가는 지하철과 자동차가 무엇으로 만들어지고 그 연료는 어떻게 만들어지는지 관심이나 있을까? 초고속 인터넷을 가능하게 하는 광케이블이 무엇으로 만들어지는지 알고 싶어 할까? 김중택이 그들의 삶에 관심없듯 그들 역시 마찬가지일 것이다. 그러면서도 원료가격이 오르면 정부와 기업을 성토할 것이다.

에드워드 영이 건넨 카세트테이프에는 프랑스인과 영어로 나눈 대화가 녹음되어 있었다. 테이프의 주인공은 프랑스가 근로자 납치사건과 연관되어 있음을 알 수 있는 말을 했다. 자유 · 평등 · 박애를 부르짖는 프랑스도 자신의 이익을 위해서 추잡한 짓을 마다하지 않는데, 대한민국은 자국민이 납치되어도 수수방관만 할 뿐이다. 나아가 희소자원을 구하기 위해서 아무 일도 하지 않는다. 오직 기업만 닦달할 뿐이다.

세계 자원전쟁! 전쟁이라는 표현을 언론에서 자주 쓰는 것은 단지 비유적인 표현이라고만 생각했는데, 현실은 전쟁 그 자체였다. 입사 후 20년 가까이 해외자원개발을 담당했지만 외국 정부가 직접 개입하고 용병이 등장하는 그야말로 '전쟁'을 겪은 것은 이번이 처음이었다. 외국 거대기업들이 용병을 고용해왔다는 사실을 잘 알면서도 왜 이제야 깨닫게 된 것일까? 우마루 대령의 말대로 김중택 자신도 현실을 너무 안이하게 생각해왔던 것은 아닐까?

기업도, 정부도, 일반 국민도 국제적인 인식이 부족하고 관심이 없다. 그러면서도 착하고 성실하면 치열한 국제문제를 해결할 수 있다고 착각하고 있다. 하지만 말이 통하지 않는 마크 카투기 같은 자들에게 착하고 성실한 것이 통할 수 있을까? 인간에 대한 성실과 연민의 정을 상실한 그들에게 생명의 존엄과 평화의 가치를 어떻게 전할 것인가? 차라리 총알을 박아주는 것이 더 합당하지 않을까?

유능한 특수부대가 있고, 이지스함이 있으면 뭐 하는가? 재외국민 보호와 자원 획득은 인력의 문제도, 장비의 문제도, 예산의 문제도 아닌 의지의 문제이다. 뒷짐지고 양반흉내나 낸다고, 도덕적인 국가가 된다고 모든 문제를 해결할 수 있는 것은 아니다. 무역규모 10위권의 산업국가가 언제까지 변방의 조용한 나라로 남을 수 있다고 생각하는지 알다가도 모를 일이다.

세상을 관리하고 유지하는 것은 생각보다 추잡하고 더러운 일들이다. 흰 셔츠에 넥타이를 매고 앉아서는 세상의 진면목을 볼 수 없다. 에드워드 영이 상대의 머리에 300달러짜리 워터맨 만년필을 꽂은 것처럼 때로는 잔인해야 한다. 그렇다, 잔인해야 한다. 필요를 충족할 때까지. 원하는 것을 얻을 때까지, 어떻게든 잔인해야 한다. 힘과 잔인함, 그것이야말로 동서고금을 막론하고 승자의 조건이다.

생수를 다 비우자, 그는 또다시 욕정을 느꼈다. 배도 고프지 않았고 화장실에 가고 싶지도 않았다. 그저 욕정을 채우고 싶었다. 잠을 자는 연인을 억지로 깨워서라도 자신의 욕정을 채우고 싶었다. 가운을 벗고 침대로 다가간 그는 잠자는 연인의 몸을 거칠게 탐닉하기 시작했다.

긴급 암호 전문

수신 : 해외담당 1차장님

발신 : 나이지리아 주재 한국대사관 참사관 박용득

분류 : 2급기밀

제목 : 나이지리아 근로자 구출에 관한 사후 정보 보고

현지의 정보에 의하면 성창인터내셔널 근로자 구출작전은 나이지리아 정부

군 특수부대가 아닌 민간군사회사 직원들이 했다고 함.

주요국 군무관들과 외교관들은 민간군사회사의 구출작전을 기정사실로 믿고 있으며, 나이지리아 정부군 능력으로는 특수작전이 힘든 것으로 알려지고 있음.

정황상 성창인터내셔널이 민간군사회사와 계약했을 가능성이 크며, 그 근거는 다음과 같음.

- 성창인터내셔널의 현지 지사장 박윤근에 의하면, 본사의 김중택 이사가 외국인 8명과 함께 현지로 왔고, 박윤근에게 이들을 협상전문가라고 소개하며 함구할 것을 요구함.
- 외국인 8명은 동양인 · 백인 · 흑인이 모두 섞여 있었음.
- 성창인터내셔널 아프리카 사업장이 최근의 피랍사건의 주요 대상이었으며, 그동안 회사는 최소 1천만 달러 이상의 비용을 지출해왔음.
- 민간군사회사를 고용할 경우, 이번 사건은 30~50만 달러에 계약 가능하다고 함.

또 다른 미확인 첩보에 의하면, 프랑스 정보요원이 근로자 납치사건을 사주했다고 알려지고 있으며, 어제 나이지리아에서 발생한 프랑스군 헬기 추락사건은 훈련 중 발생한 사고가 아닌 성창인터내셔널이 고용한 민간군사회사 직원들과의 교전으로 인한 것으로 알려짐.

제10장

조용한 미국인

숨이 목구멍까지 차올랐다. 시원한 해풍이 불어오고 있었지만 1시간째 해변을 달리고 있는 에드워드 영의 열기를 식히지는 못했다.

휴가 첫날, 요하네스버그에 도착한 그는 그린의 시신을 유가족에게 전달했다. 장례를 같이 치르지 않은 것은 유가족들의 용병에 대한 좋지 않은 감정 때문이었다. 나미비아에서 남아공으로 이주한 그린의 가족에게 각자 2천 달러를 모아 전달한 후 죽어서도 환영 받지 못하는 용병들은 걸음을 돌렸다.

먼저 간 동료를 추억하며 실컷 술을 마신 일행은 다음날 뿔뿔이 흩어져 가족의 품으로 돌아갔다. 히지가타 역시 홍콩을 거쳐 일본으로 날아갔다. 홀로 남은 에드워드 영은 부상으로 후송된 돌비 소령을 만나려고 했지만 본사에서는 현재 그가 어디 있는지 알 수 없다고 했다.

에드워드 영은 케이프타운 외곽의 한적한 바닷가 호텔로 들어왔다. 혼자 있어야 쉬는 것 같아 조용한 호텔을 잡았고 오랜만의 휴식을 즐겼다. 노트북에 저장된 일본 포르노 영화를 켜놓고 여배우의 신음소리를 들으며 기분 좋게 잠을 잤고, 아침에 일어나면 미지근한 물로 목욕을 했다. 호텔 수영장에서 수영과 일광욕도 즐겼다. 부드러운 빵과 일본인 요리사의 초밥과 한국산 김치도 먹을 수 있었다. 모든 근심을 잊을 수 있었다. 가말라가 찾아오기 전까지는.

가말라가 그를 찾아온 것은 호텔 수영장에서 일광욕을 하던, 이틀 전 점심 무렵이었다. 호텔에 여장을 풀자마자 혹시나 해서 가말라에게 연락을 했는데 정말로 그가 찾아온 것이다. 호텔 식당으로 자리를 옮긴 두 사람은 이런저런 이야기를 나누다 반군과의 전투를 화제로 삼았다. 그러자 가말라는 자신이 입수한 정보에 대해서 얘기를 꺼냈다.

"반군을 훈련시킨 놈들 말이에요."

"그 중국 놈들이 왜?"

"중국인들 말고 다른 동양인들이 있었다는 말이 있어서요."

"다른 동양인들이라니 무슨 얘기야?"

"동양인들 사이에 통역이 있었다고 해서요. 모두 중국인들이라면 통역이 필요했을까요?"

"중국도 땅덩어리가 넓어서 지역마다 언어가 달라. 통역이 필요할 수도 있지. 혹시 자네?"

가말라는 미안해하며 서둘러 화제를 바꿨지만, 그가 돌아간 후 비로소 의심이 되기 시작했다. 가말라의 말처럼 같은 중국인들이라면 통역이 필요 없을 것이다. 그러나 통역이 있었다면 그들 중 일부는 중국인이 아닐 가능성이 높다. 그렇다면 그들은 과연 누구일까? 에드워드 영은 대충 알 수 있을 것 같았다. 그 후 휴가 같지 않은 휴가가 이어졌다.

지금쯤 육사 동기들은 중령 진급을 눈앞에 두고 있을 것이다. 아니, 벌써 중령을 달았을 수도 있다. 그런데 나는 여기서 뭘 하고 있는가? 대위 2년 차에 아프리카로 온 그는 자신이 아직도 한국에 군적이 남아 있는지, 남아있다면 휴직 · 파견 · 실종 · 전역 · 사망 중 어떤 것으로 처리되었는지 궁금했다.

같이 파견된 동료 4명이 죽었고, 대사관 직원도 1명 죽었다. 아니, 그 대사관 직원은 자신이 직접 죽였다. 그 후 본국에 딱 한 번 연락할 수 있었다. 그러나 한 달 후 가말라를 통해 돌아온 명령은 간단명료했다.

어떠한 형식의 접촉도 시도하지 말 것.

위치가 발각되는 즉시 제거될 것임.

사태가 안정될 때까지 무기한 대기할 것.

그것이 마지막이었다. 그렇게 버려진 공작원이 된 후 트래비스 중령을 만나게 되었고 용병생활을 시작했다. 트래비스가 지어준 에드워드 영으로 이름을 바꾼 그는 자신의 위장 사업체인 구제의류 사업을 가말라에게 맡기고 한국을 완전히 잊기로 마음을 다잡았다. 그렇게 7년

이 지났다. 한국 기업 사업장에 대한 보호는 사업상 어쩔 수 없는 일이지만 네멩게에서 반군을 통해 또다시 과거와 연결되리라고는 미처 생각하지 못했다. 너무 순진한 생각이었을까? 이제 용병이 된 자신과는 아무 관계도 없는데, 왜 자꾸 신경이 쓰이는 것일까?

심장이 터질 것 같아 달리는 속도를 조금씩 줄인 에드워드 영은 천천히 걸으며 숨을 골랐다. 정오의 태양이 선글라스를 뚫고 눈을 부시게 했다. 잔잔히 부서지는 파도와 파란 하늘, 평화롭게 산책을 즐기는 사람들……. 이런 곳에서 평생 살 수는 없을까? 은행 잔고는 85만 달러였다. 모든 걸 잊고 이곳에 정착해서 살까? 하지만 억울하게 죽은 동료들은 어떻게 하지? 또 사건의 진상은 어떻게 하나?

생각이 끝없이 이어지자 너무 많이 휴식을 취한 부작용이라는 생각이 들었다. 현실은 투박하고 진실은 단순하다. 복잡한 생각은 나약함의 증거다. 샌들을 벗어 모래를 턴 그는 호텔 앞 수돗가에서 발을 씻고 호텔로 들어갔다.

"전화가 왔었습니다."

카운터의 지배인이 메모지를 들고 그에게 다가왔다. 메모지에는 타이프로 깨끗하게 친 문장이 적혀있었다.

오늘 오후에 사업상 모임이 있음.

오후 2시에 차를 보낼테니 대기할 것.

– 알버트 트래비스

메모를 본 에드워드 영은 자신의 현실은 여전히 네멩게공화국의 트래비스 경비 서비스에 있다는 것을 다시 한 번 깨달았다.

광택이 번쩍이는 회색 BMW가 호텔 앞에 들어섰다. 차의 운전수가 맥그루더 상사라는 것을 단번에 알 수 있었다. 맥그루더의 황소 같은 옆얼굴은 언제 봐도 믿음이 갔다. 에드워드 영이 조수석에 냉큼 올라타자 BMW는 다시 미끄러지듯 출발했다.

"좀 쉬었습니까, 캡틴?"

잘 웃지 않는 맥그루더가 에드워드 영을 슬쩍 돌아보며 웃어 보였다.

"너무 쉬어서 몸이 근질거리는군요. 상사는 좀 어땠소?"

한때 한국에서 근무하기도 했다는 맥그루더 상사는 미 육군 특전단 출신으로 용병생활을 한 지 4년 정도 된 에드워드 영과도 잘 아는 몇 안 되는 고참 멤버 중 하나였다. 그는 행정업무에도 뛰어나서 몇 달 전부터 트래비스 중령의 부관 역할을 겸하고 있었다.

"중령님과 함께 유럽과 아프리카 전역을 돌아다니고 있죠. 장비는 어떻게든 구할 수 있지만 쓸 만한 병력을 모으는 게 힘듭니다. 능력 있는 친구들은 이미 전투불능이죠."

전투불능. 즉, 죽거나 다치거나 늙었다는 의미다. 게다가 이제는 사람과 사람을 연결하는 확실한 끈도 없다. 냉전시대의 아프리카는 적과 아군이 그나마 구분 가능했고, 자금원도 확실했지만, 이제는 무엇도 확실한 것이 없었다. 에드워드 영은 냉전 당시의 아프리카는 잘 모르지만 지금의 혼란은 잘 알고 있었다. 돈과 지하자원과 종교와 국제정

치가 어우러져 한 치 앞을 내다볼 수 없는 정치환경을 가진 곳이 지금
의 아프리카였다.

야구모자를 벗은 에드워드 영은 오후의 햇살을 가리려고 선글라스
를 쓰면서 물었다.

"오늘 모임도 병력 충원과 관련된 겁니까?"

"자세한 건 나도 모릅니다. 미군들이 와 있던데요. 같은 미국인이라
고 말을 걸어봤는데 얘길 안 해주더군요."

차는 해안도로를 40분 가까이 달리다 다시 내륙으로 20여 분을 더
달렸다. 그리고 농장지대로 들어서더니 속도를 조금 줄였다. 이윽고
목적지에 다 왔는지 선글라스를 낀 건장한 체격의 사내들이 보였다.
평상복 차림이었지만 무장을 하고 있었다. 안면이 있는 같은 회사 직
원도 서너 명 있었지만 나머지는 처음 보는 사람들이었다.

에드워드 영이 말했다.

"저 둘은 우리 회사 직원은 아닌 것 같고, 아까 말 한 미국인들 같군
요."

맥그루더가 말을 받았다.

"예, 미군들입니다. 군바리는 뭘 입어도 티가 나죠."

포도농장 안의 작은 별채는 외부의 눈을 피하기에 안성맞춤이었다.
차고로 쓰이는 대형 창고에는 이미 다른 차량 5대가 들어서 있었다.
맥그루더의 안내로 작은 별채로 들어섰을 때 반가운 목소리가 들렸다.

"이봐, 에드워드 잘 지냈나?"

전동휠체어를 탄 돌비 소령이었다.

"소령님, 다리는 좀 어떻습니까? 언제 퇴원하신 거죠?"

"일주일 만에 나왔네. 근육이 많이 찢어졌다는군. 신경과 혈관에는 문제가 없으니 휴식을 취하면 된다고 해서 그냥 쉬고 있었지."

돌비 소령은 평소 모습대로 활기차게 전동휠체어를 운전하며 그를 거실로 안내했다. 트래비스 중령은 미국인으로 보이는 사람들과 담소를 나누고 있었다.

"어서 오게, 에드워드. 이 친구가 우리 회사의 기둥인 에드워드 영입니다. 일명, 캡틴으로 알려진 친구죠. 한국 특수부대 출신입니다."

미국인들도 1명씩 손을 내밀며 각자 소개를 했다.

미국 국무부의 댄 맥닐, CIA의 폴 헤스터, 신설된 아프리카사령부의 부르스 칼슨 소장 그리고 육군 특수전사령부의 윌리엄 닐랜드 소령으로 모두 백인이었다.

국무부의 댄 맥닐이 먼저 입을 열었다.

"돌비 소령과 그동안 많은 얘기를 나눴고, 오늘 최종 합의를 했으면 합니다."

"일찍 퇴원한 이유가 있었군요."

에드워드 영이 돌비를 돌아보며 말하자 돌비가 익살스러운 표정으로 답했다.

"비즈니즈맨은 이렇다네. 마음 놓고 쉴 수가 없지. 앞으로는 자네도 그럴 거야."

"아프리카사령부는 아직 위치도 잡지 못했다고 알고 있는데요?"

에드워드 영의 질문에 부르스 칼슨 소장이 말했다.

“그래서 골치 아픕니다. 하지만 곳곳에 전술작전 기지를 만들고 있고 이미 운용하는 곳도 있소. 문제는 네멩게에 전술기지를 만들고 싶은데 네멩게 정부가 우리 제안을 거절하고 있다는 거죠.”

트래비스 중령이 거들었다.

“그래서 우리 주둔지에 슬쩍 둥지를 틀고 네멩게 정부에 비밀로 하자는 거지.”

에드워드 영은 적당한 대안이라고 생각했지만 한 가지 걸리는 문제가 있었다. 네멩게 정부는 용병 쿠데타를 방지하기 위해 내전이 끝난 후 네멩게 내에 둘 수 있는 회사의 전투병력을 3백 명 이하로 제한했다. 물론 전시가 아닌 평상시일 경우에 한정된 얘기였지만 만일 미군 병력이 들어온다면 그 계약조건을 맞추지 못할 수도 있었다.

에드워드 영이 자신의 생각을 말하자 돌비 소령이 답했다.

“자네가 맡을 한국 기업 경비 병력을 가능한 많이 고용할 생각이네. 그래야 이번 전투 같은 꼴을 안 당하지.”

좋은 방법이었다. 들어오는 미군 병력만큼 외부에 주둔시키면 문제는 해결된다. 그리고 이번 전투에서도 당장 끌어올 외부병력이 있으면 손쉽게 상황을 안정시킬 수 있을 것이다. 비용은 나중에 청구해도 되니까.

CIA의 폴 헤스터가 말했다.

“계약이 성사되면 회사의 남은 주둔기간인 6개월 동안 총 600만 달러를 지불할 것이오. 그 외의 작전 관련 계약은 따로 비용을 지불하겠소. 그리고 필요한 최신 장비도 함께 지원하겠소.”

“조건이 좋은데, 네멩게 정부는 왜 거절했죠?”

에드워드 영의 질문에 국무부의 댄 맥닐이 나섰다.

"중국과 수단 눈치를 보는 것 같소. 반군에게 저렇게 당하면서도 협상을 통해 평화를 이룰 수 있다고 생각하는 거죠. 순진한 생각이지요."

계약서에 서명을 함으로써 계약은 간단히 끝났다. 계약 후 6명의 남자들은 포도주 잔을 들고 건배를 함으로써 상호이익을 축하했다. 에드워드 영은 담배를 피우려고 밖으로 나왔다. 오늘 자신이 이 자리에 참석한 것은 일종의 교육 차원이었다. 에드워드 영은 군사 비즈니스에 본격적으로 뛰어든 것을 실감했다. 국제 정치와 돈 그리고 용병, 자신이 이런 삶을 감당할 수 있을지 확신이 서질 않았다. 물론 예전보다 재미는 있겠지만.

그때 갑자기 뒤에서 인기척이 났다. 육군 특수전사령부의 윌리엄 닐랜드 소령이었다.

"조만간 내가 병력을 이끌고 가게 될 거요. 잘 부탁합니다."

"미군 티만 안내면 됩니다. 네멩게 정부군이 항상 우리를 감시하고 있죠. 잘 해봅시다."

저녁식사를 앞두고 미국인들은 돌아갔다. 전세계 어디에서도 환영받지는 못하지만 미국인들은 언제나 바쁜 것 같았다. 에드워드 영은 저들이 '조용한 미국인'이 되기를 원하는지, '람보'가 되기를 원하는지 알 수 없었다. 어쨌든 6개월 동안 6백만 달러를 투입하면서 비밀리에 둥지를 튼다는 것은 회사 입장에서는 좋은 일이었다.

최근 몇 년 사이 아프리카 지역에서 중국과 함께 알-카에다 같은 이슬람 무장세력이 세력을 급속하게 확장하고 있었다. 네멩게는 이슬람과 비이슬람의 접경지대이니 미국으로서도 중요한 요충지인 셈이다.

"주둔지에서는 무인정찰기를 띄우기 힘들 텐데요."

주둔지에서는 200m 정도의 활주로도 확보되지 않아 고작 헬기나 경비행기 정도 밖에는 이착륙이 안 된다. 미국인들도 모를 리 없었다. 게다가 활주로에는 정부군 경비 병력들이 있어 무인정찰기라도 띄운다면 바로 들통날 것이다.

가만히 듣고 있던 트래비스가 말했다.

"무인정찰기를 활주로에서 띄울 생각이야. 그 비용이 포함된 금액이네. 탄지 장군의 부대가 활주로를 맡게 됐다네. 탄지로서는 안 된 일이지만 우리로서는 반가운 일이지."

이어진 트래비스의 설명은 에드워드 영의 휴가기간 동안 있었던 일을 잘 말해주었다.

자신의 병력을 1/3로 감소시키면서 니켈광산을 방어한 탄지는 끝내 병력 손실에 대한 책임을 지고 해임 당했으며, 부대 지휘는 그의 동생인 무라키 중령에게 넘어갔다고 했다. 무라키의 레인저대대는 활주로 경비대로 전환됐다는 말도 덧붙였다. 손실된 병력을 다시 대대 병력으로 증강시킬 수는 있지만 엘리트 부대가 네멩게에서 큰 역할을 하지 못하는 활주로를 경비한다는 것은 분명 수치스런 일이었다.

"탄지는 끝난 겁니까?"

"글쎄, 그렇게 쉽게 끝나지는 않을 서야. 조만간 경제장관에 기용한다는 말이 있더군."

대통령의 사촌동생이라는 자리가 쉬운 자리는 아닐 것이다. 트래비스가 말을 이었다.

"그래서 탄지와 무라키 중령에게 협조를 구했지. 그는 활주로 경비대로 있으면서 병력을 다시 정예화 한 생각이더군. 우리가 비용을 비밀리에 지원하고 편의를 봐달라고 부탁했지. 잘 될 거야."

"미국인들 일이라고 말 했습니까?"

"우리가 인수 합병한 칼리프의 장비라고 둘러댔지. 무라키가 도와주면 문제없네."

"휴가에서 복귀하면 재미있겠군요."

트래비스는 빙긋이 웃으며 포도주를 한 모금 들이켰다.

차가운 콜라가 목을 타고 내려가자 온 몸이 떨렸다. 평소 탄산음료를 잘 마시지 않지만 갑갑한 속을 풀기에는 탄산음료만 한 것이 없었다. 그렇다고 대낮부터 술을 마실 순 없었다.

며칠 전 자원개발 담당 간부회의는 해외사업장 경비계약으로 바쁜 김중택을 더 피곤하게 만들었다. 회의의 목적은 단순한 간부회의가 아닌 성창물산과 성창인터내셔널의 사업영역 조정에 관한 것이었다. 하지만 그룹 총수의 지시로 이미 결론이 난 뒤였다. 일방적인 통보를 회의 형식을 빌어서 한 것일 뿐이었다. 그 회의에서 성창인터내셔널은 성창물산에 판정패했다.

석유와 천연가스 · 철광석 · 유연탄 등 잘 알려진 주요 자원은 성창물산으로 넘어갔고, 희소금속을 비롯한 난감한 분야는 성창인터내셔널이 떠맡았다. 곽정태 사장의 표현대로 힘든 일은 자신들이 다하고 성창물산은 그저 삼키기만 한 것이다. 그나마 다행인 것은 희소금속 분야에 대한 그룹 차원의 대규모 자금지원이 있을 것이라는 거였다. 이는 성창그룹 회장이 성창인터내셔널이 해외 자원개발의 최일선에 있는 회사라는 것을 인식하고 있다는 것을 의미했다. 하지만 그룹 계열사에서 분산되어 있던 희소금속에 대한 개발과 투자를 통폐합해서 관리하는 것은 결코 쉬운 일이 아니었다. 김중택이 갑갑한 이유가 바로 그것 때문이었다. 맨 땅에 헤딩한다는 시쳇말이 이런 상황을 묘사하는 가장 적절한 표현일 것이다.

그 날 도착한 산자부의 통보내용 역시 별게 없었다.

- 정부는 원자재 가격이 다시 앙등할 것에 대비해 희소금속에 대한 전략적 비축사업을 올해부터 본격 실시키로 했다.

- 해외 광물자원 개발을 위한 투자액을 지난해 보다 80% 이상 늘리고, 하반기에는 2천억 원 규모의 광물펀드를 출시할 예정이다.

- 중소기업의 원자재 구입 부담을 줄이기 위한 자금지원에도 나선다.

- 니켈 등 주요 희소금속 15개 품목을 전략적 비축할 계획이다.

여기에 넛붙여 해외 광물자원 개발을 위해 체결한 MOU 현황을 보내왔다. 그것으로 끝이었다. 김중택이 지난 며칠간 동안 모을 수 있는 자료두 별 게 없었다. 그래도 산지부에서 보내온 자료보다는 쓸 만한 것이 많았다.

미국은 1939년부터 희소금속을 비롯한 주요자원 1~3년분을 확보하기 시작했고, 그 업무를 현재 국방조달본부와 국방비축본부에서 담당하고 있었다. 일본의 경우 석유·천연가스·금속광물기구(JOGMEC)와 특수금속비축협회에서 60일분의 희소금속을 비축하고 있었다. 중국 역시 국가물자비축국에서 원유·비철금속·희소금속을 최대 3~4년분을 비축하고 있었고, 전세계 공급의 90%를 차지하고 있는 희토류를 전략적으로 관리하고 있었다. 현재 전세계 희토류·희소금속 수요는 연 12만4,000톤이며, 2015년까지 2배 이상 늘어날 것이라는 전망도 있었다.

이에 반해 한국은 희토류·희소금속의 수입과 소비, 재활용 등에 관한 통계조차 아직 없었다. 향후 10년간 예상되는 희소금속 수입액은 3백억 달러(28조 원)에 이를 것으로 추정되지만, 현재 정부에서 책정한 예산은 약 1% 정도인 2,080억 밖에 되지 않았다. 그야말로 욕 듣기 싫어서 생색내기용으로 만든 것이다.

희토류, 희소금속이 없으면 하이브리드자동차·초전도체·초정밀무기·전기·전자 IT산업은 끝장이었다. 특히 희토류의 전세계 공급은 중국이 90% 이상을 차지하고 있고, 중국 정부는 이를 자원 무기화할 움직임까지 보이고 있었다. 이에 중국은 고효율 전등에 들어가는 테르븀, 핵발전에 쓰이는 디스프리슘, LED 제조에 쓰이는 이트륨, 자동차 배기가스를 줄이는 데 쓰는 셀레늄, 하이브리드와 전기차에 들어가는 란타넘 등의 희토류 금속 수출량을 연 3만 5,000톤 수준으로 제한할 방침인 것으로 알려졌다.

자원이 없으면 고순도화 정제기술이라도 있어야 하는데, 한국의 정제기술은 선진국 기술의 50% 정도 밖에 되지 않았다. 갈륨의 경우 정제기술이 떨어져 일본에서 100% 수입해 쓰고 있는 실정이었다. 한국 기업의 철강제품·휴대폰·PDP·LCD·노트북 등 첨단제품 수출이 늘면 늘수록 일본 기업이 앉아서 떼돈을 버는 것이다. 이러한 첨단산업용 희소금속 중 무려 70%가 일본산이기 때문이다. 이를 반증하듯, 일본의 5대 종합상사는 희토류와 희소금속으로 상당한 수익을 올리고 있었다. 대일 무역적자의 상당부분이 바로 여기서 발생했다. 하지만 정제, 가공기술은 나중 문제다. 당장 급한 것은 원료의 확보였다.

결론은 아프리카에 대한 대대적이고 공세적인 진출뿐이었다. 김중택은 아프리카 국가들에 대한 전방위 로비전을 설명하기 위해 며칠 전 외교통상부를 찾았다. 김중택이 정부 담당자를 찾아가 도와달라고 설명한 내용은 지극히 기본적인 것들이었다.

– 교육지원 : 현지 교육시설 제공 및 국비 유학생 유치
– 문화교류 : 문화기금 조성 및 아프리카 문화행사 지원
– 경제지원 : 대외경제협력기금 및 차관 제공, 인프라 건설(각종 플랜트·발전소·댐 등)
– 정치교류 : 정상·3부요인·국회의원 방문 및 초청
– 군사교류 : 군사훈련 및 장비 지원

그러나 산자부도, 외교통상부도 답답한 것은 마찬가지였다. 업무협조 차원에서 만난 외교부 사무관은 김중택의 설명을 다 듣더니 난감

한 표정으로 이렇게 말했다.

"한미 FTA에 한·EU FTA, 게다가 개성공단 문제에 PSI 참여 문제까지 겹쳐서 공직사회 전체가 바빠요. 그런데 여태 뭐하다가 지금 이럽니까? 아프리카 오지에 갈 외교부 직원도 없어요. 작년에 재외공관 10개가 신설되고 인원도 더 뽑았지만 아프리카에는 앙골라 말고는 신설되는 곳이 없어요. 외무고시 합격자 상당수가 여자인데 어떻게 그 험한 곳에 보냅니까? 여자를 보냈다가 사고라도 나면 여성단체와 정치권에서 가만있지 않습니다. 누구나 선진국이나 국제기구에 가려고 하지, 누가 그런 오지에 가려고 합니까? 그런 곳에 가면 차라리 사표를 쓰는 게 현실입니다. 게다가 영어는 좀 해도 프랑스어, 포르투갈어 같은 제2외국어는 못해요. 경제 살리기 때문에 예산도 없는데, 우리 사정 뻔히 알지 않습니까? 좀 도와주세요."

김중택은 공직사회를 잘 알고 있었다. 그들은 여론 동향을 살피고 정치권 눈치를 살피는 데는 일가견이 있었다. 이해 못할 바는 아니었다. 교활한 정치인들이 인사권과 예산 편성권을 쥐고 있는 한 어쩔 수 없을 것이다.

게다가 일반 국민들도 무능한 공무원보다 부패한 공무원을 더 싫어한다. 대기업의 해외 진출을 돕다가 언론에 잘못 보도되기라도 하면 뇌물 받았다고 감옥에 가야 하는데 그럴 바에야 복지부동 하는 것이 더 나았다. 그나마 연금도 받을 수 있고 퇴직 후 재취직하기도 쉽기 때문이다. 그리고 온 나라가 경제 살리기에 혈안이 되어 있어 미래를 위한 투자에는 아무도 신경쓰지 않았다. 하지만 아프리카에 대한 무관심도 이 정도면 지나친 것이다. 현실이 급하다고 미래를 위한 투자를 게을리 하면 한국은 절대 선진국이 될 수 없다는 게 그의 생각이었다.

답답한 마음에 다시 콜라를 들이키려고 할 때였다. 인터폰이 울렸다.

"무라트 고크타스 씨 입니다. 연결할까요?"

카타르 금융 컨설팅이라는 회사에서 근무한다는 무라트 고크타스는 2~3개월 전에 몇 번 만난 적이 있었다. 그는 한국의 해외 자원개발 업체에 투자를 하거나 지분을 매입하고 싶어 했고, 특히 대기업 계열사인 성창인터내셔널에 관심이 많았다. 아프리카 국가에 대한 투자를 대규모로 하고 싶다고 말 한 적도 있었다.

"연결해."

콜라를 마저 들이킨 김중택이 스피커폰을 연결하자 무라트의 목소리가 들려왔다.

"김 이사님 반갑습니다. 한국 기업들이 콩고와 앙골라에 투자를 많이 하던데 성창인터내셔널도 하는 곳이 있죠?"

"예, 광산 몇 곳에 투자하고 있습니다."

"투자계획이 있다면 우리도 같이 투자했으면 합니다."

"좋습니다. 하지만 제가 업무차 콩고와 앙골라로 직접 가봐야 하기 때문에 자세한 사항은 다녀온 후 나누도록 하죠."

"아프리카에 오신다고요? 제가 지금 요하네스버그에 있습니다. 오늘 도착했죠. 한 달 정도 있을 예정인데 조만간 만날 수 있겠군요."

"요하네스버그에 계신다고요? 그럼 좋습니다. 제가 도착하면 연락 드리죠. 같이 사업장으로 갈 수도 있겠군요."

"예, 잘 알겠습니다. 비서에게 연락처를 남기겠습니다. 그 때 뵙겠습니다."

땅만 파면 쓸 만한 지하자원이 나온다는 앙골라와 내전이 진정 국면에 들어선 콩고민주공화국(옛 자이르)은 이미 한국 기업들이 진출해서 본격적인 사업을 벌이고 있었다. 그러나 김중택이 출장을 가는 이유는 성창물산과의 업무조정을 위해서였다. 무라트 고크타스가 이번에는 어떤 제안을 할 지 모르지만 출장에 동행하는 것도 적적하지 않을 것 같았다.

오후 4시가 넘어있었다. 피곤함이 몰려왔다. 밤에 연인을 안고 고독을 달래고 싶었다.

제11장

Kilroy was Here

미국인들의 일 처리는 매우 인상적이었다. 휴가를 마치고 복귀했을 때 주둔지는 아주 조심스럽게 달라져 있었다. 케이프타운에서 미국인들과 만난지 나흘이 지났을 뿐인데 일이 거의 마무리 단계에 이르고 있었다. 특히 트래비스 중령 사무실 뒤편의 벽돌로 만든 3동의 허름한 창고에 들어선 전술기지는 이미 기초적인 보수공사를 끝낸 뒤였다.

그 중 창고 하나는 가로 세로 넓이가 30m가 넘는 큰 창고로 식민지 시절 영국군의 물품 저장소로 쓰였다. 그러나 너무 낡고, 일부 무너진 곳도 있어 활용하지 않고 있었는데, 미군에 의해 다시 살아나고 있었다. 그들은 그 표시로 – 과연 미국인들답게 – 익살맞은 그림과 함께

'Kilroy was Here.'를 흰색 페인트로 그려 놓았었다. 나머지 두 동의 벽돌 건물은 숙소로 쓰일 모양이었다.

"식사는 좋은데 커피는 별로더군요."

윌리엄 닐랜드 소령이었다. 특수부대원 특유의 은밀한 접근이었다.

"스타벅스라도 있는 줄 알았소?"

에드워드 영이 웃으며 응대하자 소령이 껄껄거렸다.

"그냥 빌이라고 하시오. 우리 사무실 이사가 끝나면 언제 술이라도 한 잔 합시다."

그러나 에드워드 영은 윌리엄 소령을 빌이라고 부르고 싶지 않았다. 사업상 관계에서 시작된 개인적 친분은 에드워드 영에게 아직 낯설었기 때문이다.

"무인정찰기를 띄울 때 말 좀 해주시오. 구경 좀 하게."

윌리엄 소령이 다시 웃으며 답했다.

"그러죠."

조용히 나타났던 윌리엄 소령은 쏟아지는 비를 맞으며 공사 중인 자신들의 둥지로 걸어가고 있었다. 그 모습을 지켜보던 에드워드 영은 미국인들이 빠르게 현지에 적응하고 있다는 생각이 들었다.

윌리엄 소령을 비롯한 미군 특전단의 복장은 정글 타이거와 우드랜드 정글복을 비롯해 각양각색이었고, 그들의 행동 역시 현역 군인이라기보다 용병들에 가까웠다. 개인장비도 M-4 카빈 몇 정을 제외하면 미군이라고 생각할 수 없었다. 차량 역시 낡은 도요타 픽업차량과 랜드로버 등으로 다채로웠다. 새로 충원해서 훈련 중인 용병들과 자연스럽게 어울릴 수 있는 상태였다. 물론 미군들은 식사만 같은 식당에서 해결하고 모든 것은 따로 할 것이다. 그리고 다른 용병들 역시 그들을 칼리프사의 직원으로 알고 대할 것이다. 6개월 동안 비밀은 잘 지켜질 것 같았다.

"이 놈의 아프리카에는 제대로 된 게 하나도 없군!"

트래비스는 커피를 마시고 있었다. 미국인들의 입맛을 생각해서 커피를 공수해왔는데, 그들은 커피가 맛이 없다며 투덜거렸다.

"정부군이 또 일을 맡겼네. 자네가 좀 가 봐야겠어."

트래비스는 맛없다던 커피를 계속 마시면서 말을 이었다. 에드워드 영도 컵에 커피를 따라 나무의자에 앉았다.

"반군들이 또 설쳐대는 모양이죠?"

"투치아키 부족에 문제가 생긴 모양이야. 정부군이 파견되었는데도 해결이 안 된다는군. 자세한 사항은 말해주지 않아서 나도 잘 몰라."

투치아키족은 서부 국경의 밀림지대에 거주하는 원시부족으로 영국 식민지 시대와 현 네멩게 정부에 걸쳐 중앙정부와 친밀한 관계를 맺고 있는 부족이었다. 영국 식민지 시절 투치아키족은 최신 라이플로 무장한 영국군에 맞서 활과 창으로 전투를 벌였고, 영국군에게 심각한 타격을 입힌 전력을 가지고 있었다. 전설처럼 전해지는 이야기로는 당시 영국군 1개 대대가 전멸 당했다고 한다.

투치아키족을 굴복시긴 영국 식민정부는 용맹한 적을 친구로 삼는 정책에 따라 투치아키족에게 관대한 대우를 했고, 그 전통은 계속 이어져 네멩게 내전 당시에도 영국 식민정부를 승계한 현 정부를 도와 반군과 전투를 벌였다. 활과 창에서 최신 라이플총으로 무장한 그들은 지금도 최강의 전사들이었다.

"투치아키족이 해결 못하는 문제를 우리가 해결할 수 있겠습니까?"

그것이 솔직한 심정이었다. 정글에서 일어나는 일은 원주민들이 최고전문가였다.

"정부군이 불렀으니 이유가 있겠지. 대원들을 이끌고 가 보게. 별 일은 아닐 거야."

"상황이 파악되면 연락드리죠."

에드워드 영은 일어나 남은 커피를 다 마셨다. 커피 맛이 너무 썼다.

한은지는 조석태를 만나기 싫었다. 연예부 기자도 아닌 방송국 사회부 기자가 자신의 연인인 김중택에 대해서 꼬치꼬치 캐묻는 것도 싫었다. 사실 한은지와 김중택의 관계는 아무 문제가 없었다. 김중택과 나이 차가 좀 날 뿐 엄연히 미혼남과 미혼녀의 만남이었다. 요즘 세상에 미혼남녀가 몸을 좀 섞었다고 문제가 되진 않는다. 유별난 로맨스일 뿐 불륜은 결코 아니고, 간통은 더더욱 아니었다. 젊은 여자 연예인과 대기업 중역의 로맨스는 TV 드라마나 영화에도 자주 나오는 이야기 아닌가?

그렇게 싫으면서도 조석태의 질문에 대답해야 하는 이유는 소속 기획사 사장과 방송국 PD 그리고 조석태의 관계 때문이었다. 조석태는 자신을 도와주면 드라마에 출연시켜주겠다고 약속했다. 그리고 실제로 얼마전부터 조석태가 근무하는 방송국의 드라마에 출연하게 되었다. 그 후 담당 PD와 기획사 사장으로부터 조석태를 잘 도와주라는 말을 직접 들었다. 한은지에게 선택의 여지는 없었다.

"이틀 뒤에 다시 아프리카로 가야 한데요. 성창물산과 업무조정해야 한다고."

"요하네스버그로?"

국제지리에 어두운 한은지는 머리를 갸웃거리며 더듬거렸다.

"요, 하… 몰라요. 남아프리카, 무슨 공화국인가, 뭔가 하던데요?"

안경너머로 조석태의 눈이 날카롭게 번득였다. 이제 정확한 출발시간을 알아야 했다. 그는 서둘러 이 자리를 마무리짓고 싶었다.

"알았어요, 은지 씨. 드라마 담당 PD가 친한 대학선배라서 자주 만나는데 은지 씨 칭찬이 자자하던데요."

한은지의 표정이 환해지며 목소리가 높아졌다.

"어머, 그래요? 그런데 평소에는 항상 인상만 쓰시고 타박만 하시는데요?"

"그 양반 겉으로는 그래도 은지 씨 칭찬이 끝도 없어요. 며칠 전에 술 한 잔 했는데……."

조석태는 적당한 거짓말로 한은지를 안심시켰다. 담당 PD와 친한 선후배 사이라는 것은 맞는 말이었지만 한은지의 연기에 만족한다는 것은 그가 지어낸 이야기였다. 서둘러 말을 마친 조석태는 다음에 또 만나사는 말을 남기고 한은지의 이동용 밴에서 나왔다.

'아프리카로 꼭 가야 하나? 출장이나 휴가나 허락 받는 것도 며칠 걸릴 텐데…….'

중얼거리며 방송국으로 돌아가는 조석태의 뒤로 한은지의 밴이 빠르게 방송국을 빠져나가고 있었다.

김중택은 김종근 실장과 저녁을 함께한 후 다시 사무실로 돌아왔다. 집에 가서 편히 쉴 수 없었다. 서류뭉치를 책상에 올려놓은 그는 의자에 앉지도 않고 책상 앞에서 서성이고 있었다. 이러한 긴장은 저녁을 마치고 나오면서 계속되었다. 대한민국 정보기관이 아직도 사건의 진상을 파악하지 못하고 있을 리 없었다. 분명, 첩보라도 입수했을 것이다. 언론이야 냄새를 맡는다고 해도 적당히 얼버무릴 수 있지만 정보기관은 그럴 수 없다. 그러나 김종근 실장은 아무 말도 하지 않았다. 민간군사기업이나 용병이라는 단어는 한마디도 꺼내지 않았다.

그렇다고 먼저 이실직고할 수도 없는 노릇이었다. 곽정태 사장 역시 김 실장이 먼저 말을 꺼내지 않는 한 절대 먼저 말하지 말라고 단단히 일렀었다. 인질이 무사히 구출되어 잘 되었다는 말과 수고했다는 말 그리고 도와드리지 못해서 미안하다는 말뿐이었다. 나머지는 평소와 같이 다른 이야기를 나눴다.

식사가 끝나갈 때쯤 김종근이 불쑥 얘기를 꺼냈다.

"언젠가는 김 이사 같은 분들이 크게 성공하실 겁니다. 아, 그리고……"

김종근은 갑자기 가방에서 서류뭉치를 꺼내놓았다.

"메일로 보내드렸습니다만 직원 보고 새로 프린트 하라고 했습니다. 대외경제협력기금 관련 자료입니다."

예상치 못한 자료였다. 예전에 한 번 지나가는 말로 부탁한 적이 있는데 계속 잊고 있었다.

김중택은 멋쩍게 웃으며 서류를 건네받았다.

"고맙습니다. 제가 잊고 있었군요."

"공개되지 않은 상세한 내용이지만 사실 별 거 없습니다. 그나저나 이번에 정부에서 대외경제협력기금을 5,500억 규모로 확정했다는데 규모가 작아서 걱정입니다."

남북경협에 더 큰 관심과 자금을 쏟아 붓고도 별 소득이 없는 것에 비하면, 이 정도 자금이라도 있는 것이 좋다. 문제는 적은 자금이라도 집중적으로 한 두 곳에 지원을 해야 하는데 소규모로 지원하는 것이었다.

"조만간 또 아프리카로 가신다죠? 잘 다녀오십시오."

그 날 두 사람의 대화는 그것으로 끝났다. 바쁜 일이 있다며 김종근이 먼저 자리에서 일어났고 자신도 같이 나왔다. 그리고 그 때부터 계속 긴장감이 따라 다녔다. 식사시간 내내 표정관리를 하며 김종근을 관찰했는데 정보기관원 답게 어떠한 이상도 감지할 수 없었다. 그 때문에 그가 무엇을 어디까지 알고 있는지 전혀 짐작조차 할 수 없었다.

괜한 걱정인지도 모른다. 정말로 모르고 있을 수도 있다. 하지만 예전에 대실패로 끝난 '가벼운 발걸음'이 국정원에 알려진 직후 당시 국정원 팀닥자가 당시 사장에게 상냥히 언짢은 말을 했다는 것을 알고 있는 김중택은 이번 만남이 당황스러웠다. 큰 범죄를 저지른 것은 아니지만 비난받을 짓을 하고도 그냥 넘어가는 듯한 기분이었다. 그래도 당장의 고비는 넘긴 것 같았다. 언제 다시 문제가 될지는 모르지만.

넥타이를 풀어헤친 김중택은 숨을 가다듬으며 책상 앞에 앉아 김종근 실장이 준 서류뭉치를 바라보았다. 그리고 서류뭉치를 풀어 한 장씩 넘기기 시작했다.

· Kilroy was Here : 2차 대전 당시 조선소의 리벳작업 감독관이었던 James J. Kilroy는 자신이 검사 완료했음을 나타내기 위해 분필로 '킬로이 왔다 감.'을 표시했다. 이후 그가 남긴 표시는 킬로이가 누군지도 모르는 미군 병사들에 의해, 자기들 보다 먼저 다녀간 사람으로 인식하게 했고, 미군들이 가는 곳곳에 같은 표식을 남기게 되는 계기가 됐다고 한다. 2차 대전을 배경으로 한 영화에서 자주 볼 수 있으며, 한국전쟁과 월남전 · 걸프전 등 2차 대전 후 미군이 참전한 전쟁에도 갖가지 변형된 형태로 남아있다.

제12장

카쿤다카리

휴가 복귀 후 처음 나가는 작전이기 때문인지 모두들 진지한 모습이었다. 그린이 죽고, 히지가타가 아직 일본에서 돌아오지 않아 6명뿐이었기 때문에 헬기를 1대만 동원했다. 갑자기 쏟아진 우기의 비바람을 뚫고 헬기가 착륙한 곳은 투치아키족이 거주하는 열대우림 입구에 위치한 작은 부락이었다. 정부군의 헬기 1대와 병력들이 부락에 진을 치고 있었다. 에드워드 영을 태운 UH-1 헬기가 마을 옆의 평탄한 수풀에 착륙하자 낯익은 모습의 군인이 다가왔다. 탄지였다.

"장군님, 반갑습니다. 여기서 만나는군요."

하지만 탄지는 전혀 반가운 표정이 아니었다. 니켈광산 전투 때와는 달리 긴장하는 표정이 역력했다.

"내가 당신을 불렀소. 상황을 설명할 테니 같이 갑시다."

갑자기 화창하게 갠 날씨에 비에 젖었던 탄지의 몸에서 김이 모락 모락 피어났다. 탄지가 걸어가며 입을 열었다.

"소식은 들었겠지만, 나는 부대를 잃었소. 지금은 무임소 장관으로 있으면서 이 일을 맡았소."

마을로 들어오자 하늘에서 봤던 것보다 훨씬 더 상황이 심각했다. 투치아키족 전사들은 신체의 중요부위만 가린 그들 전통복장에 AK 소총을 들고 분주히 오가고 있었다. 그 사이로 10여 구의 시체가 보였다.

"경제장관으로 가신다는 말이 있더군요."

탄지는 그제야 에드워드 영을 바라보며 슬쩍 웃어 보였다.

"사실 지금도 경제장관으로 일한다고 할 수 있지. 정식으로 임명되지는 않았지만."

에드워드 영은 선뜻 이해할 수 없는 말이었지만 머리에 담아두지 않으려고 했다. 언젠가는 자연히 알게 될 것이다.

시체들 주위에 몇몇 정부군 장교가 모여 있었다. 작전지역에서 흔히 볼 수 있는 모습이었지만 이곳에서는 어떠한 긴장감도 느낄 수 없었다. 정부군은 언제나 총알이 머리 위로 날아다녀야 정신을 차리는 존재들이었다. 탄지가 용병 6명을 거느리고 나타나자 일없이 모여 있던 정부군들은 서둘러 자리를 떴다.

에드워드 영과 일행이 시체들을 둘러싸자 탄지가 상황을 설명했다.

"카쿤다카리라고 들어 본 적 있소?"

“콩고 정글에 산다는 괴물 말입니까?”

블루가 물었다.

“그렇소. 이곳 원주민들은 카쿤다카리가 나타나 주민들을 죽였다고 생각하고 있소.”

카쿤다카리에 대한 블루의 설명은 이랬다. 콩고의 정글에 괴생명체가 있다는 전설이 있는데 최근까지도 원주민에게 목격됐다. 남미의 추파카브라라는 괴생명체처럼 긴 대롱으로 야생동물과 사람의 피를 빨아먹는다고 알려져 있다.

블루는 콩고에서 용병으로 활동하던 1997년 미 해군 SEAL 특전단이 카쿤다카리 몇 마리를 생포해서 미국으로 가져갔다는 소문이 있다고 했다. 그러나 블루 역시 그것이 사실이라고는 믿지 않는 듯 했다. 에드워드 영 역시 괴생명체의 존재를 믿지 않았다. UFO와 외계인, 괴생명체들은 무엇이든 믿기 원하는 사람들을 위해 만든 상품일 뿐이라고 생각했다.

에드워드 영이 물었다.

“괴생명체가 사람들을 죽였다는 겁니까?”

“나 역시 괴생명체의 존재를 믿진 않소. 하지만 중요한 것은 이 지역 원주민들이 그렇게 믿고 있다는 것이오.”

탄지의 말에 레드가 끼어들었다.

“자세하게 설명해주시죠, 장군님.”

그러자 탄지가 7구의 시체를 가리키며 설명하기 시작했다.

“7구의 시체 모두 목에 구멍이 있지만 출혈량은 적습니다. 빨대로 피를 깨끗이 빨아 먹은 것처럼 보이죠. 하지만 나머지 5구의 시체들은 빨대로 찔러 죽인 것처럼 출혈량이 많소.”

그 때 막사에서 탄지에게 무전연락이 왔음을 알렸다. 탄지가 자리를 잠시 비운 사이 6명의 용병들은 시체들을 분석하며 자신들의 의견을 말했다. 그동안 전장에서 수많은 경험을 한 그들의 견해는 몇 가지 공통점이었다. 에드워드 영은 간단하게 그것들을 요약했다.

- 목에 있는 둥근 구멍은 금속성 파이프에 의한 것으로 추정됨.
- 출혈이 적은 시체는 죽이고 난 후 구멍을 낸 것이고, 출혈이 많은 시체는 찔러 죽인 것으로 보임.
- 출혈이 적은 시체는 몸에 상처가 없는 것으로 보아 독극물에 의한 것으로 추정됨.

그런데 우기의 비 오는 날에 왜 그랬을까? 그것도 괴생명체의 흉내를 내면서.

탄지가 다시 돌아오자 에드워드 영이 물었다.

“정부군들은 여기서 뭘 하고 있죠? 추적이라도 하고 있는 겁니까?”

에드워드 영은 아까부터 어슬렁거리는 정부군이 보기 싫었다. 사건 현장을 엉망으로 훼손한 것만으로도 짜증이 나 있던 터였다.

“원주민들은 괴생명체의 짓이라 생각하고 추적에 협조하고 있지 않소. 그래서 1개 연대 병력을 풀어 포위망을 형성했소. 방금 무전을 통해 위치를 파악했다는 연락을 받았소.”

도대체 사건이 언제 발생했기에 1개 연대를 이런 정글에 투입해서 포위망을 형성했을까? 네멩게 정부군의 수준을 알 수 있었다. 탄지의 설명에 옐로우가 물었다.

"사건이 언제 발생했습니까?"

탄지가 태연하게 답했다.

"5시간 전이오."

탄지의 설명이 맞다면 네멩게 정부군은 처음부터 투치아키족이 살고 있는 이 지역 정글 주변에 1개 연대의 병력을 미리 배치하고 있었다는 말이 된다. 그렇지 않고서야 사건 발생 5시간 만에 괴생명체로 위장한 살인자들을 포위해 위치 파악까지 할 수 있었을까? 게다가 네멩게 정부군의 형편없는 이동능력을 감안할 때 최소한 살인자들에 대한 정보도 갖고 있다고 보는 것이 옳다. 예전에도 이런 일이 있었거나, 올 줄 알았거나, 기타 등등…….

에드워드 영은 탄지가 중요한 것을 숨기고 있다고 생각했다. 그러나 그 이유는 스스로 알아낼 수밖에 없었다. 이제 현실적인 질문을 해야 했다.

"그렇다면 우리가 할 일은 뭡니까?"

에드워드 영의 질문을 받은 탄지가 천막을 향해 손짓을 하자 장교 하나가 허겁지겁 지도 한 장을 들고 달려와 펼쳤다. 비닐로 덮은 지도에는 살인자들의 이동경로와 함께 교전지역과 상황이 표시되어 있었다. 교전은 세 차례 있었는데 상대를 파악하기도 전에 정부군은 이미 30명 이상의 사상자가 발생했다고 했다.

인디고가 말했다.

"전투력이 강한 걸 보니 동종업자들 같은데? 정부군도 이 정도는 할 줄 아는구만."

탄지가 말했다.

"내가 당신들을 부른 이유는 추적해서 생포해달라는 부탁을 하기 위해서였소. 이제 위치파악은 됐으니 가서 생포해주시오. 중요한 사안이니 하나라도 생포하면 각자 2천 달러를 더 지불하겠소."

에드워드 영이 물었다.

"모두 죽이면 어떻습니까?"

상대는 분명 고도의 특수훈련을 받은 자들이 틀림없다. 따라서 생포하는 것이 힘들 수도 있다.

"각자 1천 달러는 지불하겠소. 중대한 사안이지만 더 이상의 병력 손실은 감당할 수 없다는 게 대통령의 지시사항이오. 하겠소?"

마다할 이유가 없었다. 휴가 복귀 후 첫 돈벌이는 그렇게 시작됐다.

정부군이 포위한 위치는 헬기로 20분 거리에 있었다. 날아가는 동안 다시 내리기 시작한 비는 헬기가 착륙할 때는 더 거세게 퍼부었다. 헬기로 착륙신호를 보내던 정부군이 달려왔다. 탄지가 먼저 내려 그에게 걸어갔다.

"빌라카지 중위, 수고 많군."

"탄지 장군님, 헬기로 부상자를 후송해주십시오."

탄지의 요청에 칼리프사의 헬기 조종사가 고개를 끄덕이자 대원들이 내리기도 전에 들것에 실린 중상자들이 실리기 시작했다. 에드워드 영은 조종사에게 다시 돌아오라는 말을 전하고 마지막으로 헬기에서 내렸다. 헬기 착륙장 주위에 전사자들의 시신이 쏟아지는 비를 맞고 있었고, 중상자들은 정글 안에서 비를 피하고 있었다. 변변한 군병원조차 없고, 민간의사도 3명을 넘지 않는 네멩게에서 후송된다는 것은 치료의 의미는 없지만 전투에서 벗어난다는 해방감을 줘 병사들에게 큰 위안이 됐다. 또 이것은 살아남은 병사들에게도 좋은 영향을 주는 적절한 조치였다.

에드워드 영과 대원들은 탄지와 함께 중위를 따라 정글 안으로 들어갔다. 빌리카지 중위의 말이 이어졌다. 쏟아지는 비 때문에 그의 목소리는 처음보다 커져있었다.

"제가 현장 지휘관입니다. 2개 중대 병력으로 이 일대를 포위했는데 빠져 나오려고 필사적입니다."

"적 규모는 얼마나 됩니까?"

에드워드 영이 물었다.

"서너 명 정도입니다. 포위망을 좁히다가 사상자만 늘었죠. 이중으로 포위망을 펼쳤는데 얼마나 효과적인지는 모르겠습니다."

중위는 작은 돌로 진흙바닥에 간단한 그림을 그렸다. 세 차례의 교전을 벌이며 추격을 했지만 적의 시체는 하나도 발견하지 못했다고 했다. 다행히 수단과 콩고의 접경지대를 수비하는 병력이 퇴로를 차단해서 추격하던 병력과 합세해 현재 상태로 머물고 있다고 했다. 문제는 적을 포위하는 데는 성공했지만 수 십 미터의 포위망을 더 조여 적을 제압할 수 없다는 데 있었다. 부하들이 더 이상 움직이려고 하지 않았고, 상부명령도 현 상태 유지였기 때문이다.

"적은 신출귀몰했습니다. 저 안으로 들어갔다 못 나온 병력이 수 십 명입니다. 나도 죽을 뻔 했고요. 원주민들이 카쿤다카리라고 생각할 만합니다."

빌라카지 중위의 몰골에서 상황을 대충 짐작할 수 있었다. 온 몸이 진흙으로 범벅이 되어 도저히 장교로 알아 볼 수 없을 정도였다.

"중위가 대단하군. 2개 중대 병력을 통솔하다니."

옐로우의 말에 탄지가 답했다.

"원래 지휘관은 소령이었는데 전사했소. 빌라카지 중위는 투치아키 족 부족장의 아들이오. 그래서 이곳 지형에 익숙하지. 원래 우리 대대 장교였는데 이곳에서 보니 반갑군."

부대를 잃어버린 군인의 회한이 담긴 말이었다.

에드워드 영이 말했다.

"우리가 놈들을 생포할 테니, 협조해주시오."

"만만한 놈들이 아닙니다. 당신들 같은 용병 같아요."

빌라카지 중위가 난감한 표정을 지으며 전투 중에 있었던 이야기를 들려주었다. 그의 말에 의하면, 포위망을 구축한 정부군이 정글의 어둑한 곳 몇 군데에 크레모어를 설치했다고 한다. 적의 움직임이 감지될 경우 언제든 격발기를 누를 준비를 하고 지켜보고 있었는데, 정작 크레모어가 터진 것은 포위망을 좁혀 들어 갈 때였다. 상당수의 사상자가 발생한 것도 그 때였다. 적들이 크레모어를 반대로 돌려놓고 터트린 것이다.

"계속 지켜보고 있었는데 쥐도 새도 모르게 방향을 바꿔놓은 겁니다."

빌라카지 중위가 고개를 가로 저으며 말을 마쳤다. 어느 정도 짐작하고 있던 터였다. 정글의 전사들이 괴생명체라고 생각할 정도니까.

"언제 시작하지, 캡틴?"

오렌지가 물었다. 정글전에 익숙한 그는 이미 몸이 달아 있었다. 일을 맡은 이상 언제든지 끝장을 봐야 한다. 어둠이 내리면 적은 분명 포위망을 뚫고 나오려고 할 것이다. 에드워드 영이 슬쩍 웃으며 말했다.

"굶어 죽을 때까지 기다릴 수는 없지. 당장 시작하자고."

2인 3개 조로 팀을 나누었다.

알파 : 에드워드 영과 남아공 출신 레드.

브라보 : 남아공 출신 오렌지와 영국 출신 인디고.

찰리 : 포르투갈 출신 블루와 우간다 출신 옐로우.

하늘이 먹구름으로 덮여 비를 쏟아내는 지금이 정글로 들어가는 절호의 기회이다. 권총 소음기를 준비하지 못한 것이 아쉽지만 주둔지에서 이송해올 시간이 없었다. 야간투시경이 3개 있다는 것이 그나마 다행이었다. 비가 완전히 그치기 전에 서둘러 준비를 마친 6명의 용병들은 조용히 정글 속으로 스며들었다.

주의를 집중하며 천천히 10여 미터를 이동한 에드워드 영과 레드는 조용히 바닥에 엎드렸다. 모든 감각을 열어 놓은 채 빗소리의 리듬과

박자를 느끼면서 자신들의 눈을 어둠에 적응시켰다. 얼굴과 목에 칠한 위장크림이 빗물에 녹아내려 가려웠다.

에드워드 영은 조심스럽게 허리의 방수백에서 야간투시경을 꺼내 머리에 썼다. 30여 미터쯤 이동했을 때 육안으로 보이지 않던 정부군의 시신들이 몇 구 널브러져 있었다. 그러나 적이 시신으로 위장해 있을 수도 있기 때문에 주의해야 했다. 에드워드 영은 야간투시경이 없는 레드에게 손짓을 하고 먼저 앞장섰다. 자세를 최대한 낮춘 그는 손으로 바닥을 훑으면서 천천히 이동했다. 땅에도, 나무에도 인공적인 흔적은 없었다. 적들이 자신들처럼 길리수트를 입었다고 해도 인체의 윤곽은 알아챌 수 있지만 아직 어떤 낌새도 느낄 수 없었다.

빌라카지 중위의 말대로 포위망을 제대로 펼쳤다면 지금쯤 적을 만날 때가 됐다. 그 순간, 총성이 울렸다.

'탕! 탕! 탕!'

총성과 함께 에드워드 영은 자신의 콜트 45가 진흙에 빠지지 않게 주의하며 자세를 낮췄다. 총성이 난 방향을 살폈지만 어떠한 흔적도 발견할 수 없었다. 이상을 감지한 적이 반응을 떠보기 위해 발사한 것인지, 다른 대원을 향해 발사한 것인지 알 수 없었다. 전 대원이 성대 마이크를 착용하고는 있었지만 최대한 사용을 자제해야 했다. 전방을 다시 한 번 주의깊게 살핀 에드워드 영은 조심스럽게 앞으로 나아갔다.

10여 미터 전방에 또렷한 사람 모양의 형상이 포복한 채 천천히 이동하는 모습이 보였다. 총성이 난 방향으로 이동하는 것 같았다. 에드워드 영은 권총을 겨냥한 채 천천히 일어나 조심스럽게 적의 뒤를 쫓았다. 쏟아지는 비는 적의 귀를 어둡게 했다. 다른 적은 보이지 않았다. 적은 여전히 포복으로 이동하고 있었다. 야시경을 벗은 에드워드 영은 물기가 없는 곳에 야시경을 두고 다시 한 번 적을 확인한 후 천천히 걸음을 옮겼다.

3m 앞에 적이 이동하고 있었다. 에드워드 영은 몸을 날려 엎드린 적을 뒤에서 덮쳤다. 불의의 기습을 받은 적은 몸을 돌리려 했지만 납작 엎드린 채로 무게에 눌릴 수밖에 없었다. 레드는 적의 손에서 AK 소총을 빼앗고 개머리판으로 엎드린 적의 양 팔과 등을 찍었다. 극심한 고통에도 신음소리조차 내지 않은 적은 엎드린 채로 손과 발이 뒤로 묶이고 입에는 재갈이 물려졌다. 정부군이 제공한 마닐라삼으로 만든 끈은 결코 풀리지 않을 것이다. 레드의 마지막 일격은 포로를 기절시키기에 충분했다.

에드워드 영과 레드는 황급히 주변을 살폈다. 별다른 특이사항은 없는 것 같았다. 에드워드 영은 다시 야시경을 쓰고 주변을 살폈다. 아무 이상도 없었다.

"알파팀, 포로 하나 획득. 일단 철수하겠다."

조용히 무전을 날린 에드워드 영은 사방을 두루 살폈다. 포로를 걸쳐 맨 레드가 무사히 빠져나갈 수 있게 엄호를 해야 했다. 가장 위험한 순간이었다. 레드는 9mm 베레타를 한 손에 쥐고 빠르게 움직였다. 지나온 길에 적이 없기를 바라면서.

그 시각, 인디고는 납작 엎드린 채 천천히 고개를 들었다. 야시경을 낀 자신이 어떻게 적의 표적이 되었는지 이해가 되지 않았지만 오렌지에게 총알이 날아오지 않은 것을 보면 적은 야시경이 없는 듯 했다. 어쨌든 이런 상황 자체가 영국 해병 코만도 출신인 그에게는 모욕이자 수치였다. 남아공 출신 오렌지는 유럽인들은 절대 정글을 이해 못한다고 항상 말했지만 콩고와 앙골라를 비롯한 여러 곳의 정글에서도 싸워봤고 그 때마다 적을 격멸했다. 그런데 이런 꼴로 머리를 처박고 있자니 스스로 한심할 뿐이었다. 캡틴과 레드의 알파팀은 벌써 포로를 하나 잡아서 철수한다고 무전연락이 왔다. 그런데 자신은 이렇게 적의 총구 앞에 엎드려 있는 것이다. 목덜미에서 식은땀이 나기 시작했다.

오렌지가 인디고 옆을 떠나 천천히 이동하기 시작했다. 총구화염을 똑똑히 보았기 때문이다. 인디고가 엎드려 머리를 처박고 있는 것으로 봐 적의 규모와 위치를 정확히 파악하지 못한 것 같았다. 하지만 오렌지는 3번의 총성이 2개의 총구에서 나오는 것을 똑똑히 보았다. 즉, 최소한 적이 2명 이상 있다는 것이다. 그것도 20여 미터 앞에.

오렌지는 인디고에게 말할 수 없음을 알고 단독으로 움직이기로 했다. 야시경을 이용하면서도 저런 꼴을 당하다는 것을 보면 역시 유럽인들은 정글과 맞지 않는 모양이다. 오렌지는 정글에서 인공적인 요소를 정확히 파악할 수 있었다. 어떻게 그런 능력을 갖게 되었는지는 알수 없지만 감각을 총동원하면 가능했다. 약 30여 미터쯤 이동했을 때 그의 감각이 인공적인 요소를 찾아내었다.

그는 자세를 낮추고 천천히 걸어오는 적을 보았다. 총을 두 손으로 쥐고 총구를 하늘로 향한 적은 조심스럽게 오렌지가 있는 곳으로 접근해오고 있었다.

이윽고 적이 바로 옆으로 접근하자 오렌지는 자신의 예리한 KA-Bar로 적의 팔뚝을 베었다. 총을 놓친 적의 안면을 오렌지의 주먹이 강타했다. 안면과 복부에 가한 서너 번의 펀치로 적이 실신하자 신속히 마닐라 끈으로 팔과 다리를 묶었다. 숨을 크게 내쉰 그는 포로를 들쳐 메고 인디고 앞에 있는 적 2명을 제거하기 위해 자리를 떴다.

인디고는 다시 상황을 정리했다. 적은 야시경이 없는 상태에서 뭔가 낌새를 차리고 단발로 3발을 쏘았다. 적이 확신을 했다면 총을 더 쏘았거나 수류탄이라도 던졌어야 했다. 거리는 약 20여 미터에 불과했다. 인디고는 천천히 고개를 들고 총이 발사된 지점을 훑었다. 총구화염이 보였던 곳을 찬찬히 살피자 군화를 신은 발 모양이 시야에 들어왔다. 심장이 멎는 듯 했다. 적은 2명이었다. 아주 천천히 다가오고 있었다. 위치는 바로 앞 약 6~7m 지점이었다. 마치 커다란 도마뱀 2마리가 자신을 향해 기어오는 것 같았다. 정부군이 감시하는 상황에서 크레모어를 돌려놓고 폭파시킬 만큼 은밀한 접근이었다.

오렌지를 찾았지만 어디 갔는지 보이지 않았다. 더 이상 지체할 수 없다고 판단한 그는 주머니에서 수류탄을 꺼냈다. 수풀이 빽빽한 정글에서 수류탄을 사용할 경우 파편효과는 많이 상쇄되지만 폭발에 의한 충격과 폭음은 상당하기 때문에 적에게 큰 타격을 줄 수 있었다. 그리고 인디고와 다가오는 적들 사이에는 큰 나무가 없어 수류탄이 걸리거나 다시 돌아올 염려도 없었다.

그는 안전클립과 안전핀을 뽑았다. 소리가 나지 않게 하기 위해 배밑에 깔고 뽑느라 힘겨웠다. 다시 고개를 들어 전방을 살폈다. 2명의 적은 5m 정도까지 근접해 있었다. 인디고는 한 손으로 야시경을 조용히 위로 올렸다. 더 이상 지체할 수 없었다. 배 밑에 쥐고 있는 수류탄의 안전손잡이를 소리 없이 해체한 그는 자신의 시간감각을 확신하며 숫자를 세었다.

'하나, 둘.'

수류탄이 그의 손을 막 떠날 때 셋을 세었고 손가락으로 두 귓구멍을 완전히 막았다. 그와 동시에 엄청난 폭음이 정글을 뒤흔들었다. 정확한 타이밍이었다. 수류탄이 제대로 폭발했으면 최소한 적의 팔, 다리라도 날아갔을 것이다.

폭발이 아직 가시지 않은 상태에서 인디고가 벌떡 일어나 9mm 베레타를 양손으로 쥐고 힘차게 걸어 나갔다. 폭발의 진동으로 내장이 울렁이고, 귀가 먹먹했다. 2명의 적은 폭발의 충격으로 진흙탕에 널브러져 정신을 못 차리고 있었다. 큰 부상은 없는 듯 했다. 그러나 보통 용병같진 않았다.

앞에 있는 적에게 총탄을 발사하자 그 충격으로 적은 진흙탕에 벌렁 드러누웠다.

남은 적에게 총을 겨눴다. 그러나 적은 이미 저항을 포기한 듯 엉덩이를 바닥에 깔고 앉아있었다. 생포하려다 혼자서는 너무 위험하다는 생각이 들어 그냥 방아쇠를 당겼다. 그러나 총은 발사되지 않았다. 다시 방아쇠를 당겼지만 이번에도 발사되지 않았다. 그러자 적이 몸을 일으켜 소총을 쥐려고 했다. 인디고는 대검을 뽑아 몸을 날렸다. 그 때 3발의 총성과 함께 적의 머리가 옆으로 꺾이며 쓰러졌다. 오렌지였다.

"정신차려, 친구. 포로는 내가 하나 잡았으니 일단 철수하자고."

인디고와 오렌지는 적의 시체 위에 라이트스틱을 하나씩 올려놓고 재빨리 그곳에서 벗어났다. 오렌지는 자신이 획득한 포로를 어깨에 들쳐 메고 앞장서서 이동했다. 인디고는 야시경을 다시 쓰고 주위를 살폈다. 이상이 없는 듯 했다. 남아공 32대대 출신인 오렌지의 말대로 자신은 정글에 어울리지 않을 수도 있다는 생각이 들었다. 총이 작동되지 않은 것 역시 수치스런 일이기 때문이다.

"브라보팀, 적 둘 사살, 포로 하나 획득. 지금 철수한다."

무전을 마친 인디고는 오렌지를 따라 조심스럽게 발걸음을 옮겼다.

제13장

불청객

2명의 포로는 동양인이었다. 빗물에 씻긴 포로의 얼굴을 본 탄지는 몹시 흥분했다. 그들의 몸에서 나온 소지품은 여분의 탄창과 수류탄 몇 발, 아프리카에서 흔히 구할 수 있는 외국담배, 먹다 남은 야전식량, 그리고 끝이 뾰족한 금속 파이프가 전부였다. 그 흔한 지도와 나침반도 없었다. 탄지는 아직 작전이 끝나지 않은 상황에서 재갈로 입을 틀어막은 포로에게 다짜고짜 취조를 시작했다.

"고개만 끄덕여. 중국인인가?"

2명의 포로는 무릎을 꿇고 탄지를 똑바로 쳐다볼 뿐 반응이 없었다. 탄지가 계속 물었다.

"너희들은 어디서 왔나, 수단?"

역시 쳐다볼 뿐 반응이 없었다.

"콩고? 우간다?"

무표정과 무반응의 연속이었다. 화가 난 탄지가 포로 둘을 연달아 걷어찼다. 그러자 바닥에 나뒹굴면서 고통으로 버둥거렸다. 하지만 신음소리만 조금 났을 뿐이었다.

에드워드 영은 담배를 손으로 감싸 쥐고 빗속에서 담배를 피우고 있었다. 탄지가 저렇게 흥분한 모습은 내전 후 처음이었다. 얼마전 있었던 니켈광산 전투에서도 저렇게 흥분하지 않았었다. 부대를 잃어버린 그의 분노 표출인지도 몰랐다. 하지만 경제장관으로 사실상 활동하는 것이라면 이번 일이 네멩게의 경제와 밀접한 관계가 있는 것임에는 틀림없었다.

포로들의 표정을 보면 영어를 전혀 알아듣지 못한다는 것을 누구나 짐작할 수 있었지만 탄지에게는 그런 사실이 전혀 중요하지 않은 것 같았다.

탄지는 앞서의 행동을 똑같이 반복했다. 포로에 대한 가혹행위는 어떠한 의미에서는 필요악이다. 포로의 정신과 육체를 완전히 제압하지 않으면 정보수집은 고사하고 통제 불가능이 될 수 있기 때문이다. 따라서 동조자에 대한 선처는 반드시 철저한 선별을 거친 후에 해야 한다. 그렇지 않을 경우 집단적이건, 개별적이건 반항과 탈출, 심지어 자해와 자살을 시도하기도 한다. 아울러 포로에 대한 인도적인 대우는 자칫 심각한 문제를 야기할 수 있다.

에드워드 영은 그 사실을 잘 알고 있었다. 내전기간 동안 에드워드 영과 탄지는 필요한 정보를 얻기 위해 포로에게 무지막지한 고문을 했었다. 아군을 구하기 위해 죽인 포로들도 수십 명이 넘었다. 전쟁에서 인도주의를 외치는 사람이 오히려 가증스럽다고 생각했다. 전쟁은 인간이 인간임을 포기한다는 것인데 인도주의를 어떻게 찾을 수 있다는 말인가? 게다가 인도주의니, 인간적이니 하는 말은 도대체 무슨 뜻인가? 따라서 탄지의 저런 행동은 큰 문제도 아니다.

저들은 중국군일수도 있고, 중국이 고용한 용병일 수도 있다. 용병이라면 북한인일지도 모른다. 그렇다면 그들은 끝까지 입을 열지 않을 것이다. 북한인들이 얼마나 철저한 정신교육을 받는지 에드워드 영은 잘 알고 있었다. 자신의 과거와도 관계된 일이었기 때문이다. 섣부른 판단은 금물이지만 북한이 개입했다면 그야말로 국제분쟁임에 틀림없다.

트래비스 중령이 항상 말해 왔듯이 평생 부자로 살만한 엄청난 이익이 걸려있지 않다면 국제적인 문제에는 상황은 주시하되 개입하지 않는 것이 좋다. 그때문에 에드워드 영은 탄지의 행동을 말릴 생각도, 그렇다고 도울 생각도 없었다.

위성전화기를 꺼내어 트래비스를 호출한 에드워드 영은 그동안의 일을 보고했다. 트래비스는 한 마디 말도 없이 에드워드 영의 긴 구두보고를 들었다. 에드워드 영이 마지막 말을 덧붙였다.

"이곳 상황이 끝나면 다시 마을로 돌아가서 원주민들의 사인과 그 마을이 왜 표적이 되었는지 조사했으면 합니다."

"나도 바라던 바야. 탄지에게 또 속을 수는 없지. 나도 곧 마을로 갈 테니 거기서 보세."

"그렇다면 로간 박사도 데리고 오시죠. 도움이 될 겁니다."

"그렇게 하지."

통화가 끝나자 에드워드 영은 지난번에 있었던 니켈광산의 전투를 떠올렸다. 탄지는 이번에도 그 때처럼 중요한 사실을 말하지 않은 것 같다. 하지만 이번에는 깊숙이 개입되기 전에 일의 전말을 알고 싶었다. 시계를 쳐다 본 에드워드 영은 작전시작 후 벌써 3시간이 훌쩍 지났음을 알고 서둘러 남은 대원들을 호출했다. 더 이상 결과물이 없으면 빠져 나와도 된다는 판단에서였다. 어차피 남은 적은 하나 정도일 테니, 정부군에게 맡겨도 될 듯 했다.

"찰리팀, 블루, 옐로우! 일단 철수하라."

그 시각, 블루와 옐로우는 초조하기 그지없었다. 다른 두 팀은 이미 성과를 올리고 철수했지만 자신들은 적의 흔적조차 발견할 수 없었기 때문이다. 정글로 들어온 지 이미 3시간이 지났다. 빌라카지의 말대로 적이 3~5명이고, 그 중 2명은 사살, 2명은 생포됐다면 1명도 안 남았을 수도 있고, 1명이 남았을 수도 있다. 즉, 적이 있는지 없는지 조차 모르는 애매한 상황이었다.

옐로우는 다른 팀이 부러웠다. 적을 빨리 만났으면 이런 상황을 피할 수 있었을 것이다. 지지리도 운이 없는 날이었다. 잡념은 금물이었지만 정글에 들어온 지 3시간이 지나자 긴장이 다소 풀렸다. 지겹게 내리는 비는 그칠줄 모르고 계속 퍼붓고 있었다.

‘젠장, 얼마나 더 헤매고 다녀야 되지?’

옐로우가 속으로 중얼거리던 순간, 야시경을 쓰고 앞장서던 블루가 정지하고 자세를 낮췄다. 뭔가를 발견한 블루가 권총을 겨누고 천천히 앞으로 나아갔다. 옐로우는 블루를 엄호하면서 이동방향을 유심히 살폈다. 하지만 아무것도 발견할 수 없었다.

블루는 천천히 목표물에 다가갔다. 적이 남기고 간 배낭과 잡낭이 흩어져 있었다. 크고 작은 것들이 모두 5개였다.

블루가 옐로우에게 수신호를 보냈다.

‘부비트랩 확인.’

블루가 부비트랩을 확인하려고 끈을 연결하는 동안 옐로우는 주변에 매복한 적이 있는지 살폈다. 다행히 적은 보이지 않았다. 옐로우가 확인 완료의 의미로 성대 마이크를 손으로 3번 두드리자 블루 역시 설치 완료를 알렸다. 블루가 가방에 묶은 끈을 안전한 위치에서 잡아당기자 가방이 차례로 2m 정도 움직였다. 5개의 가방에 설치된 부비트랩은 하나도 없었다. 무슨 영문인지 물건만 남기고 다들 어디론가 가 버린 것이다.

가방 안을 살펴야 했다. 거추장스럽고 짜증나는 일이었지만 반드시 해야 했다. 적이 남긴 물건이 함정만 아니라면 큰 소득일 수 있다. 블루가 야시경의 초점을 조절하며 가방을 하나씩 조심스럽게 뒤졌다. 옆에서 주변을 살피는 옐로우의 입안이 바싹 말랐다. 그 때 이어폰에서 캡틴의 목소리가 들렸지만 수신상태가 좋지 않았다. 계속 연락이 없으니 걱정이 된 모양이었다. 다른 대원들은 1시간 전에 이미 빠져나갔으니 그럴 만도 했다. 하지만 아직은 응답을 할 수 없었다.

잠시 후 블루가 가방수색을 다 마치고 손짓으로 불렀다. 배낭 3개에는 흙이 가득했고, 다른 2개의 잡낭에는 전투식량 봉지와 남은 전투식량이 들어있었다.

블루가 나직이 말했다.

"한 놈 정도 남은 것 같은데 모두 팽개치고 사라진 것 같군. 이제 정부군한테 맡기자고."

"그래, 일단 철수하지."

말을 마친 옐로우가 배낭에서 흙을 반 정도 쏟아내고 등에 매었다. 블루는 가벼운 잡낭을 등에 매고 라이트스틱을 배낭 위에 올려놓았다. 이제 신속하게 정글을 빠져나갈 일만 남았다.

블루가 낮은 목소리로 송신했다.

"찰리, 지금 철수한다."

김중택이 눈을 떴을 때 시계는 오전 7시 20분을 가리키고 있었다. 무라트 고크타스와의 점심약속이 예정되어 있었다. 샤워를 마친 그는 상쾌한 기분으로 창문을 열고 생수를 시원하게 들이킨 후 침대에 걸터앉아 요하네스버그 시내를 내려다보았다.

당초 계획은 김중택 혼자 남아공과 앙골라, 콩고를 거쳐 네멩게의 트래비스 경비 서비스에서 변경된 사업장의 경비계획을 논의할 생각이었지만 다른 사람들과 같이 오게 돼 일단 콩고까지 동행했다가 혼자 떨어져 네멩게로 갈 생각이었다.

김중택과 함께 온 일행은 성창물산의 장석환 이사와 박상준 부장, 성창인터내셔널의 박우철 부장이었다. 평소 업무관계로 잘 아는 사이에다 아프리카 출장이 일상사인 사람들이었다. 지난 이틀간 케이프타운과 프리토리아에서 그룹 계열사 직원들을 격려하고 사업장 조정을 마무리한 그들은 요하네스버그를 끝으로 남아공 출장을 마치고 앙골라로 갈 계획이었다.

요하네스버그의 성창그룹 계열사 직원들은 총 11명으로 모두 해외 자원개발 부문에서 일하고 있었다. 이들은 사무실을 같이 쓰고 있기 때문에 본사에서 서류상의 소속만 바꾸면 됐다. 형식적인 업무보고도 생략했다. 그럼에도 굳이 직접 만나는 이유는 해외에서 고생하는 그들의 노고를 조금이라도 덜어주기 위해서였다. 고국과 본사에서 잊지 않고 있다는 확신을 심어주는 것이야말로 현지 직원들에게는 큰 자신감을 심어주기 때문이다.

요하네스버그 시내에 있는 한국식당 〈서울하우스〉에서 15명이 모여 회포를 풀고 저녁 늦게까지 술을 마신 관계로 피곤이 덜 풀린 김중택은 호텔의 피트니스 클럽으로 내려가 마그네틱 자전거를 타면서 가볍게 몸을 풀었다. 시차 적응과 여독을 푸는 자신만의 방법이었다.

김중택은 무라트와의 점심을 생각했다. 무라트는 김중택 일행 모두를 점심식사에 초대했다. 그 이유는 자신도 같이 온 동행이 1명 있었기 때문이다. 여행을 많이 한 친구라며 유익한 대화를 기대한다고도 했다. 김중택이 3명에게 의견을 묻자 모두 환영이었다. 특히 성창물산의 장석환 이사는 무라트를 잘 알고 있었다.

“그 무라트라는 사람 말이야. 우리나라 기업에 관심이 많더군.”

김중택 보다 5살이나 많은 장석환 이사의 말에 의하면, 무라트 고크타스는 성창물산과 성창인터내셔널 말고도 삼성물산·LG상사·대우인터내셔널·삼부토건·포스코 등 굵직한 회사의 정보에 밝다고 했다.

“잘 하면 해외에 갖고 있는 자질구레한 지분을 좋은 가격에 팔수도 있겠어.”

장 이사의 말대로 그렇게 된다면 더할 나위 없이 좋을 것이다. 성창물산이나 성창인터내셔널 모두 유동성 부족에 시달리는 상황에서 적은 지분이라도 팔아서 현금을 보유하는 것이 회사의 방침이었다. 위험지역에 소규모 투자를 해놓고 위험 분산을 할 수는 없는 노릇이다. 괜찮은 투자처에 집중하는 것이 관리하기 편하고 현금화하기에도 편했다. 다음날 앙골라에 가면 찬찬히 생각해볼 문제였다.

1시간 동안 땀을 흘린 후 간단히 샤워를 한 그는 식당에서 간단한 토스트로 아침을 대신하고 방으로 올라왔다. 다른 일행은 아직 일어나지 않은 모양이었다. 시간은 오전 9시 10분을 막 지나고 있었다. 약속 시간까지는 아직 3시간이나 남아있었다. 소파에 앉은 김중택은 눈을 감았다.

앙골라에서는 잘 쉬지 못할 테니, 남아공에 있는 동안 충분히 쉬는 것이 좋겠다는 생각이 들었다.

신선한 해산물로 구성된 점심식사는 모두에게 부담 없는 입맛을 선사했다. 전날 저녁을 한국식 갈비로 했던 터라 서양식 육류요리를 피하려고 해산물을 시켰는데 맛도 좋고 양도 적당했다. 무라트와 동행한 사람은 남아공 출신의 찰스 배넷이라는 흑인이었는데 여행가라고 자신을 소개했다. 무라트와는 여행 중의 인연으로 만나게 되었는데, 남아공에서 다시 만났고, 자기 역시 한국에 관심이 많아 같이 식사에 초대하게 되었다고 했다.

마른 듯 보였지만 탄탄한 체격의 찰스 배넷은 유창한 영어로 자신이 돌아다닌 세계 여러 곳의 이야기를 풀어내어 모두를 즐겁게 했다. 한국인에 대한 농담도 했는데 기분이 나쁘기 보다는 오히려 유쾌했다.

남아공 케이프타운에서 어떤 한국 여자 관광객이 같은 한국인으로 보이는 남자에게 다가가 말을 걸었다.

여자 : Do you Korean?

그러자 남자가 답했다.

남자 : Yes, I can.

그리고 그 둘은 무척 반가운 나머지 한국말로 대화를 나눴다고 한다.

5명의 남자는 터져 나오는 웃음을 참느라 킥킥거렸다. 식당 안의 다른 손님들의 눈치를 보느라 큰소리로 웃고 떠들 수 없다는 것이 무척 아쉬웠다. 한국인들이 흔히 빼먹는 부정관사는 제쳐두고라도 Can you speak……?도 아니고 Are you……?도 아닌 Do you……?는 좀 심한 것 같았다. 남자 역시 왜 굳이 Yes, I can. 이라고 말도 안 되는 영어로 답했는지, 정말 웃긴 이야기였다.

웃음이 진정될 즈음, 무라트가 웃으며 말했다.

"찰스는 앙골라와 콩고 등 아프리카에도 안 가본 곳이 없고 지인들도 많습니다. 우리 회사 업무에 이 친구가 도움이 될 것 같아 같이 동행했으면 하는데 그래도 괜찮겠습니까? 우리 두 사람의 비용은 당연히 걱정 안 하셔도 됩니다."

무라트와 같이 앙골라, 콩고를 가는 것은 이미 합의된 내용이었다. 찰스가 여행가이고, 해당 지역 사정에 밝다면 마다할 이유가 없었다. 다른 사람들도 모두 고개를 끄덕였다.

성창물산의 박상준 부장이 웃음을 참으며 입을 열었다.

"그런데 요즘 앙골라에서 숙소를 정하기가 힘들다고 합니다. 불편해도 괜찮겠습니까?"

최근 내전이 종료된 앙골라는 세계 유수의 기업에서 자원개발팀을 보내고 있어 호텔은 물론이고 이용 가능한 숙박시설조차 구하기가 힘들었다. 호텔의 경우 몇 달이나 예약이 차 있었다. 세계적인 경제위기라고 해도 자원 선점경쟁은 큰 영향이 없기 때문이다.

무라트가 웃으며 말을 받았다.

"그 정도는 각오하고 있습니다. 여차하면 숙박하지 않고 바로 이동해도 되지요."

그렇게 해도 될 것 같았다. 쓸데없이 시간 낭비할 이유가 없으니까.

곧이어 찰스 배넷이 다른 이야기를 꺼내어 분위기를 주도해 나갔다. 이번 출장은 피곤해도 재미는 있을 것 같았다.

블루와 옐로우가 흙이 담긴 배낭과 잡낭을 에드워드 영 앞에 부려 놓았다.

"놈들 배낭이군. 다른 건 없나?"

블루가 말했다.

"흙 밖에 없어. 다른 배낭에도 흙 밖에 없어서 이것만 들고 왔어."

"전부 흙이야."

말을 마친 옐로우는 땅바닥에 흙을 쏟아냈다. 바닥의 흙과 배낭 안의 흙은 별반 차이가 없어 보였다. 포로를 취조하던 탄지가 이미 어느 정도 예상한 듯 모든 광경을 지켜보며 뚜벅뚜벅 걸어왔다.

"내 이럴 줄 알았지."

탄지의 한 마디 말로 지난 상황을 대략 파악할 수 있었다. 사금이라도 캤던 것일까? 어쨌든 이제 남은 적은 하나 정도다.

"놈들의 목적은 이 흙 때문인 것 같군요."

에드워드 영의 말에 탄지는 대꾸하지 않은 채 빗물에 씻겨가는 흙더미를 바라만 보고 있었다. 흙에 대해 더 물어볼 상황은 아니었다. 에드워드 영이 말을 이었다.

"한 놈 정도 남았으니 정부군이 처리하도록 하시죠."

"알았소. 나머지는 우리가 처리하지."

탄지가 정부군의 진격을 명령했다. 시체와 배낭에는 라이트스틱을 올려놓았으니 쉽게 찾을 것이고, 1명 정도의 적은 정부군 역시 충분히 제압할 수 있을 것이다.

빌라카지 중위가 전 병력의 진격을 명령하자 정글을 에워싼 정부군들이 어슬렁거리며 천천히 앞으로 나아갔다. 남아있는 병력은 부상자들과 포로를 감시하는 10여 명 정도뿐이었다. 에드워드 영과 그의 대원들이 할 수 있는 일은 이제 끝났지만 헬기가 아직 오지 않아 돌아갈 수 없었다. 다른 대원들은 멀리 떨어진 구석에 판초우의로 임시천막을 쳐서 늦은 점심을 먹고 있었다.

"식사하시겠습니까? 아니면 커피라도 한 잔 하시죠."

탄지는 정부군이 들어간 정글을 걱정스러운 듯 한 번 바라보고는 에드워드 영을 따랐다. 에드워드 영은 탄지가 장군이면서도 흔한 우의 조차 입지 않고 전투복 차림에 비를 맞고 있는 모습이 안쓰러웠다. 탄지의 우의는 같이 있는 통신병이 입고 있었다. 무전기 보호를 위해서 그런 것 같았다.

"적이 하나 정도 남았으니 걱정 안 하셔도 될 겁니다."

에드워드 영이 탄지를 향해 말했지만 묵묵부답이었다. 대원들의 임시천막에 도착하자 음식냄새가 배를 더욱 고프게 했다. 데워진 전투식량을 받아 든 에드워드 영은 탄지에게 먼저 권했다.

"괜찮소. 부하들도 아직 밥을 못 먹었소. 커피나 한 잔 주시오."

고체연료로 반합에 끓인 물은 인스턴트 커피를 타 마시기에 제격이었다. 레드가 커피를 한 잔 타서 권하자 탄지는 통신병에게 먼저 잔을 넘겼다. 통신병은 부동자세와 함께 감사를 표한 후 잔을 받았다. 탄지가 이끌던 대대 출신은 아닌 것 같았지만 절도 있게 행동하고 있었다. 이 모습을 본 레드는 잠시 멈칫했다. 그러나 이내 커피를 한 잔 더 타서 탄지에게 넘겼다.

이곳 흑아프리카에 아직 희망이란 것이 남아있다면 탄지 같은 사람일 것이라고 생각한 에드워드 영은 전투식량을 씹어 넘기면서 정부군이 들어간 정글을 바라보았다. 총성이 들릴 때가 된 것 같았지만 아무 소리도 들리지 않았다. 빌라카지 중위로부터도 아무 소식이 없었다.

남은 전투식량을 긁어 먹으려던 에드워드 영은 가까이서 갑자기 들린 총성 때문에 몸을 엎드렸다. 숟가락을 팽개친 그는 총을 들고 임시 천막 밖으로 기어 나왔다. 총성은 계속 들리고 있었다. 총성이 나는 곳은 11시 방향 수풀이었다. 정부군이 포위했던 정글 입구였다. 사격방향으로 보아 표적은 3시 방향에 있는 포로들이었다. 서너 발씩 끊어서 사격하는 것으로 봐서는 포로들을 죽일 작정인 것 같았다.

옐로우와 인디고가 앞으로 뛰어나가며 수류탄을 1발씩 던진 후 엎드렸다. 정확한 위치에 떨어진 수류탄 2발이 폭발하자 총성이 멎었다. 에드워드 영은 대원들과 함께 수풀을 둘러싸고 천천히 앞으로 나아갔다. 강렬한 화약냄새가 빗속을 뚫고 허파에 스며들었다. 6명의 용병들은 양 쪽 다리가 떨어져 나간 피투성이 고깃덩이 하나를 거의 동시에 발견했다. 레드가 그 고깃덩이에 2발의 총을 쏘아 확인 사살했다. 주변을 확인한 결과, 다른 적의 흔적은 없었다. 그 때까지도 에드워드 영은 입 안에서 전투식량을 우물거리고 있었다.

"이 놈 하나뿐일까? 이제 질리기 시작하는군."

인디고가 침을 뱉으며 말했다. 다른 휴대품은 보이지 않았다. AK 소총 한 자루와 여분의 탄창, 수류탄 1발, 끝이 뾰족한 금속관, 알루미늄 수통뿐이었다.

“포로가 다 죽었어.”

포로들을 살피고 돌아온 레드가 말했다. 포로 외에 정부군도 셋이나 총에 맞았다고 했다. 불과 20여 초의 시간 동안 벌어진 일치고는 제법 큰 피해였다. 이 동양인들은 일반적인 용병들이 아니다. 보통 용병의 경우 포로가 된 동료들을 죽일 만큼 필사적이지 않다. 트래비스 중령의 말대로 탄지가 말하지 않은 뭔가를 밝혀내야 했다.

잠시 후 정글로 들어갔던 정부군이 적들의 시체와 소총, 배낭을 챙겨 빠져 나오자 때마침 멀리서 UH-1 특유의 파열음이 들려왔다. 헬기 2대 중 1대에 포로의 시체를 싣고 탄지와 정부군 몇 명이 올라탔다. 다른 헬기에 용병 6명이 탑승했다. 헬기는 빗속을 뚫고 다시 사건이 시작되었던 투치아키족 마을로 향했다.

트래비스는 미리 나와서 기다리고 있었다. 에드워드 영은 멀리서 러시아제 헬기를 보았을 때부터 탄지의 반응이 궁금했다. 그러나 탄지도 어느 정도 예상했는지 놀란 표정이 아니었다.

“트래비스 중령은 여기 왜 왔소?”

“대원들이 걱정되어서 왔습니다. 장군께 사건에 대한 설명도 듣고 싶었고······”

트래비스 중령은 로간 박사와 함께 다른 대원들도 몇 명 데리고 왔다. 그 중에는 휴가에서 복귀한 히지가타도 있었다. 히지가타가 대원들과 인사를 나누는 사이 트래비스는 탄지를 데리고 천막 안으로 들어갔다. 에드워드 영도 히지가타와 인사를 나눈 후 그 뒤를 따랐다. 헬기에서 사살된 적의 시체를 내린 빌라카지 중위는 투치아키족 전사들을 모아놓고 마을 사람들을 죽인 범인은 카쿤다카리가 아닌 사람이었으며 모두 사살했다고 투치아키족 언어로 열심히 설명하고 있었다.

에드워드 영이 천막 안으로 막 들어왔을 때 로간 박사가 탄지와 트래비스 앞에서 설명을 시작하고 있었다.

"마을 주민들은 테트로도톡신에 의해 살해되었습니다."

뒤따라 들어온 에드워드 영이 말을 받았다.

"복어독이군요."

"자네는 잘 아는군. 음식에 독을 탔고, 우물에도 독을 풀었네. 비가 와서 우물만으로는 안심을 못했겠지. 독극물로 죽인 후 목에 구멍을 내고 괴생명체 소행으로 꾸몄던 겁니다. 독극물에 죽지 않은 사람은 직접 목에 구멍을 내어 죽였습니다."

탄지가 놀란 표정으로 물었다.

"복어독이라고? 정말로 동양적인 냄새가 나는군."

에드워드 영은 군에서 배운 지식을 기억해냈다. 복어독으로 잘 알려진 테트로도톡신은 청산칼륨보다 독성이 1,000배나 더 강했지만 당장 효력이 발생하진 않는다. 중독증상이 나타나기까지 약 20~30분이 걸리고, 사망까지는 1시간 이상 걸린다. 무색·무취·무미의 복어독은 열에도 강해 끓는 물에서도 6시간 후부터 파괴되기 시작한다. 이러한 특성 때문에 암살용 독으로는 잘 쓰이지 않았다. 다만, 고대에는 복어독으로 암살이 성공할 경우 자연사로 위장하기 쉬웠기 때문에 일본의 닌자들이 주로 사용했다는 이야기가 전해왔다. 그러나 그것도 어디까지나 자연산 복어독일 경우에 그렇다는 것이다.

"이번 경우에는 효과가 상당히 빨리 나타난 것 같군요. 자연에서 추출한 복어독을 살상용으로 가공한 것 같습니다. 그런 다음 독약에 중독되지 않은 사람들을 찔러 죽인 거죠. 그래서 출혈량이 달랐던 겁니다."

말을 마친 로간 박사는 파이프 담배를 한 모금 빨고 말을 이었다. 그의 모습은 사건을 해결한 탐정과 흡사했다. 손에 든 커피를 한 모금 마신 트래비스가 말을 이었다.

"아프리카 내륙의 네멩게 정글에서 복어독을 사용하면 아무래도 알아내기가 힘들 것이고, 목에 난 상처는 괴생명체의 소행이라고 생각하게 만들 것입니다. 아무래도 일을 꾸민 놈들은 이곳 상황을 잘 아는 전문가들인 것 같습니다."

트래비스의 말이 끝나자 탄지는 힘없이 나무의자에 앉아 담배를 꺼내 불을 붙였다. 그것이 무슨 신호였는지 로간 박사가 자리를 떴다. 그전에 황급히 일어나 로간 박사에게 사의를 표한 탄지가 다시 의자에 앉았다. 트래비스와 에드워드 영은 말없이 담배연기가 퍼져가는 모습을 바라보고 있었다.

"탄지 장군, 이제 내막을 말씀하시죠. 우리가 알아야 당신을 도울 수 있습니다."

트래비스의 목소리가 침묵을 갈랐다. 탄지는 묵묵히 담배를 피우고 있었다. 트래비스가 재촉하듯 다시 말했다.

"마을 주변을 살펴보니 원주민들이 땅에서 뭔가를 캐내고 있더군요. 저런 비슷한 광경을 어디서 봤더라? 아! 예전에 자이르(현재의 콩고민주공화국)에서 봤소. 마운틴고릴라가 사는 정글에서 콜탄이란 걸

채취한다고 하더군요. 여기서도 콜탄을 채취합니까?”

“그렇소. 당신이 본대로요.”

탄지는 담배를 바닥에 비벼 끄고 설명을 시작했다.

네멩게에는 1980년대 발견한 유정이 몇 개 있는데 시추 1년 만에 폐쇄하고 말았다. 당시 기술로는 유정이 너무 작아 다 뽑아 쓴 것으로 판명되어 폐쇄한 것이다. 그러나 지난 해 전세계적인 유가 인상으로 영국 중소 석유탐사회사가 우연히 네멩게 유정에 대한 재조사를 제안해와 재조사를 했는데, 그 결과는 놀라웠다.

하루 20만 배럴을 생산할 정도의 어마어마한 규모였다. 하루 30만 배럴 이상을 뽑아 쓰는 바람에 일시적으로 사용 불능이 되었을 뿐이었다. 뿐만 아니라 새로운 유정 발견을 위해 조사를 하던 중 투치아키족 거주지역 전체가 희소금속이 풍부한 지역이라는 것을 알게 됐다. 탐사회사는 이 일대에서 갈륨 · 인듐 · 탄탈륨 · 니오븀 등 시장성이 있는 7가지의 희소금속을 발견했다고 했다.

“영국 회사에서 이 사실을 알았다면, 왜 소문이 나지 않았죠? 외국 자원회사들이 가만있지 않았을 텐데요?”

담배를 피우며 주의 깊게 듣고 있던 트래비스 중령이 눈을 번득이며 물었다. 탄지는 담담하게 말을 이었다.

“유정에 대한 투자 제의는 계속 들어오고 있소. 하지만 희소금속에 대해서는 알려지지 않았소. 왜냐하면 이 지역이 자이르(콩고민주공화국) 지역이라고 속였으니까. 나는 희소금속에 관한 소문이 날 경우 우리가 통제 못할 상황에 처할 것이 두려웠소. 그래서 그들을 속였지. 마침 그곳은 그들의 GPS가 작동되지 않는 지역이었소."

탄지다운 생각이었다.

에드워드 영 역시 탄탄륨에 관한 소식은 잘 알고 있었다. 통신실의 무선 인터넷으로 자주 BBC 월드를 보는 그는 아프리카 다른 나라의 상황에 대해서도 상세히 알고 있었다. 최근 콩고민주공화국의 반군 지도자인 아돌프 오누숨바는 탄탈륨의 원료인 콜탄으로 한 달에 100 만 달러씩 벌었으며 그 자금으로 군대를 유지했다고 대놓고 말하기도 했다. 탄지는 이런 무장세력들이 국경을 넘어 네멩게로 들어오는 것을 막으려고 한 것이다. 아프리카 중부의 작은 소국 네멩게가 살아 남는 방법은 확실하지 않으면 움직이지 않는 것이었다. 네멩게 반군도 제압하지 못하는 마당에 외부세력까지 들어온다면 그야말로 재앙인 것이다. 이런 와중에 정부 일각에서 탄탈륨 같이 돈이 되는 희소금속을 서둘러 개발해서 경제재건 자금으로 활용하자는 견해를 개진했고, 급기야 3개월 전부터 소규모로 채취하기 시작했다고 한다.

에드워드 영이 말했다.

"그런 상황에서 괴생명체 소문이 나기 시작했군요."

"그렇소. 괴생명체로 위장을 했지만 그들은 이미 희소금속에 대한 정보를 수집했고 확실한 물증을 모으고 있었던 것 같았소. 계속 추적에 실패하다가 마침내 오늘 꼬리를 잡았던 거요."

잠시 침묵이 흐른 후 트래비스가 물었다.

"만일 반군을 지원하는 중국이 개입한 거라면 어떻게 대처할 생각입니까?"

"나로서는 방법이 없소. 현재 정부는 반군과의 평화협상을 계획하고 있소. 중국과 수단이 버티고 있는 한 이길 수 없다고 생각한 거지. 그래서 이번 사건에 중국이 개입했다는 증거를 확보한다고 해도 그냥 적당히 넘어갈 거요. 동양인 시체 5구로는 현 상황을 바꿀 수 없소."

말을 마친 탄지의 표정이 어두웠다. 목숨 바쳐 싸운 결과가 이런 것이라면 누구라도 맥이 풀릴 것이다. 하지만 팔짱을 끼고 앉은 트래비스는 슬며시 웃으며 말했다.

"일단 상황을 알았으니 좋은 방도를 찾을 수 있을 겁니다. 여기 일은 끝났으니 우린 철수하겠습니다. 놈들도 당분간은 나타나지 않을 것 같군요."

빌라카지 중위의 설명이 효과가 있었는지 투치아키족 전사들은 괴생명체 카쿤다카리의 소행이 아닌 것을 비로소 알게 된 모양이었다. 화풀이 대상이 된 5구의 시체는 머리와 사지가 절단되어 이리저리 굴러다녔고 정부군들도 이들의 관습을 아는지라 그냥 구경만하고 있었다.

"캡틴, 한국제 전투식량을 좀 구했어. 신작 AV도 가져왔고."

히지가타였다.

"며칠 남았을 텐데, 왜 이리 일찍 왔지?"

"뭐, 그냥……."

히지가타는 그냥 얼버무렸다. 그러나 에드워드 영은 대충 짐작이 갔다. 용병생활을 오래한 그가 일본의 정상적인 사회에 적응하기는 힘들었을 것이다. 목숨을 거는 긴장감도 없을 것이고, 자신을 방어하기 위한 최소한의 폭력도, 엄격한 법의 통제를 받는 것도 참을 수 없었을 것이다. 누구보다도 에드워드 영 자신도 그럴 테니까.

러시아제 Mi-8 헬기의 메인로터가 속도를 더하기 시작했다. 이제 돌아갈 시간이었다.

제14장

납치

아프리카 서부 대서양에 접하고 있는 앙골라는 한반도의 약 5.6배 넓이의 국토에 1,400만 명의 인구를 가진 자원부국으로 석유·천연가스·다이아몬드의 경우 아프리카 최대매장량을 자랑한다. 특히, 석유는 매장량이 100억 배럴 이상이며, 새로운 유정이 계속 발견되고 있어 추정 매장량 역시 계속 증가하고 있다.

2002년 내전이 사실상 끝남에 따라 전세계의 자원개발 회사들이 앙골라로 몰려왔다. 성창그룹도 그 중 하나였다. 하지만 그 어느 나라도 미국과 중국을 앞서지 못했다. 미국 회사들은 뛰어난 기술과 자본으로 상당수의 유정을 독점 채굴할 정도로 석유에 집착하고 있었고, 중국은 앙골라를 비롯한 아프리카 전역에 '자원 사파리'를 즐기고 있었다. 석유뿐만이 아니라 땅에서 캘 수 있는 것은 모조리 사들였다. 남아공에서부터 동양인들은 '니하오', '세세'라는 중국어를 자주 들을 만큼 동양인은 십중팔구 중국인이라는 인식이 생겨날 정도였다. 다른 아프리카 지역은 말 할 필요도 없었다. 세계 경제위기는 이곳의 자원 선점경쟁과는 아무 관련이 없는 듯 했다.

요하네스버그에서 회사가 급히 마련한 쌍발 프로펠러 비행기를 타고 앙골라의 수도 루안다(Luanda)에 이른 아침에 도착한 김중택 일행 역시 중국인 취급을 받는 것이 낯설지 않았다. 성창그룹 연락사무소 직원의 환대를 받은 그들은 곧이어 콩고공화국(통상 콩고-브리자빌로 알려짐)과 인접한 소요(Soyo)로 미니버스를 타고 이동했다.

계속된 내전으로 도로의 80%가 파괴된 앙골라는 수도인 루안다 역시 교통사정이 좋지 않아 차량 속도가 시속 50km가 채 되지 않았지만 외곽으로 나가면서 점차 속도가 붙기 시작했다. 전부터 안면이 있는 30대 중반의 연락사무소 직원은 움푹 팬 물웅덩이를 잘 피해가며 능숙하게 운전했다. 운전석 옆에 앉은 김중택이 운전을 하는 연락 사무소 직원에게 물었다.

"이곳 해상광구 개발은 어떻게 진행되어 가고 있나?"

"분양신청을 했는데 아직 별다른 소식이 없습니다. 우리나라 회사 몫은 유정 한 두 개 정도라고 소문이 났던데요."

잠시 뜸을 들인 직원이 계속 말했다.

"미국 · 영국 · 중국 · 스페인 · 프랑스 · 이탈리아……. 뭐 이런 나라

회사가 좋은 곳을 차지하겠죠."

김중택도 알고 있었다. 아프리카에서의 자원 획득은 점점 어려워지고 있었다. 한국은 10년 전에 아프리카로 진출했어야 했다. 외환위기를 겪으며 그나마 보유하고 있던 해외자원 지분을 팔았던 것이 사실은 엄청난 판단착오였다. 게다가 지금은 경제위기 극복을 위해 많은 정부예산을 경제 살리기에 집중하고 있고, 회사 사정 역시 어렵긴 마찬가지여서 해외자원개발에 대한 투자는 항상 뒷전이었다.

투자는 미래의 예측 불가능한 요소를 충분히 고려해서 이루어져야 하는데, 한국은 쉽게 참여했다가 쉽게 포기했다. 그 결과가 에너지 자급율 4%로 나타났다. 주요 지하자원 자주 개발율도 지극히 낮고 희소금속은 제대로 된 통계조차 없었다. 따라서 앙골라 정부가 야심차게 새로 분양하는 해상유전에 정부가 나서서 설쳐대는 미국·영국·중국·스페인·프랑스·이탈리아에게 밀리는 것은 당연했다.

이미 알고 있었지만 현지에서 고생하는 직원들에게 미안한 마음이 들었다.

"귀찮게 해서 미안하군."

그러자 운전을 하던 직원이 앞을 바라보며 말했다.

"별 말씀을요. 루안다는 물가가 너무 비싸서 지내기가 짜증납니다. 그래서 오늘처럼 밖으로 나오면 기분이라도 좋죠."

김중택은 다른 일행들을 돌아보았다. 성창물산의 장석환 이사와 박상준 부장은 잠을 자고 있었고, 박우철 부장과 무라트 고크타스는 찰스 배넷의 이야기를 듣고 있었다.

"앙골라가 1975년 독립했을 때 포르투갈 사람들은 돈 되는 것은 싹 쓸어갔습니다. 또 그들은 식민통치를 하는 동안 흑인들에게는 어떠한 고등교육도 시키지 않았죠. 그나마 혼혈인이었던 소수의 메스티조만이 교육을 받을 수 있었지요. 이웃의 자이르(현재의 콩고민주공화국. 통상 콩고로 불림)도 마찬가지였습니다. 특히 자이르의 벨기에 식민통치는 그야말로 가혹했죠. 시에라리온 내전 때 팔, 다리를 절단하는 게 유행했는데 그 원조가 바로 벨기에 식민지 자이르였습니다. 벨기에 식민통치자들의 잔악행위를 흑인들이 배운 거죠. 앙골라 내전은 미국·소련·동독·쿠바·남아공까지 개입한 국제분쟁이었습니다. 그중 쿠바와 남아공이 가장 심했죠. 쿠바가 대규모 병력을 파견하자 남아공도……"

잠을 자던 장석환 이사가 눈을 감은 채 소리를 내며 짜증난 듯한 표정을 지었다. 시끄럽다는 뜻이기도 했고, 관심이 없다는 뜻이기도 했다. 찰스 배넷은 요하네스버스에서 비행기에 올랐을 때부터 앙골라의 역사와 부족에 대해서 이야기하기 시작했다. 때문에 장석환 이사가 짜증이 날만도 했다.

자원개발을 위해 현지에 파견된 직원들은 해당 지역의 역사에는 별로 관심이 없었다. 식민지를 한 번도 경영해본 적이 없는 한국이 스스로의 역사 말고는 관심이 있을 리 없다. 중국이나 일본의 역사도 잘 모르는 것이 현실이고, 반미를 외치는 사람들조차 별로 길시도 않은 미국의 역사조차 잘 모른다. 김중택은 해당 국가에 대한 교양 차원에서라도 개인적으로 시간을 내서어 이런저런 자료를 탐독을 해왔지만 대강의 갈피만 잡고 있을 뿐이었다.

분위기를 눈치 챈 찰스 배넷이 장석환 이사를 한 번 바라본 뒤 낮은 목소리로 말했다.

"내 얘기에 별로 관심이 없는 모양이죠?"

그나마 참을성 있게 이야기를 들어주던 박우철 부장이 마지못한 듯 말했다.

"사실, 우리는 그런 역사에는 관심이 없어요. 우리는 석유나 천연가스, 광물자원에 관심이 많습니다. 지나간 일에 관심 가질 이유가 없죠. 그건 학자들 몫이죠. 안 그래요?"

역사를 모르고 미래를 논할 수 없고, 현지의 역사와 문화를 모르고 사업을 하는 것은 현지인들에 대한 모독이다. 자원만 보고 개발해 가는 서구 제국주의 시대에서나 가능했던 방식이 지금도 벌어지고 있는 것은 당연히 좋은 현상이 아니었다. 그러나 이런 인문학적 교양이 당장 밥을 먹여주는 것도 아니었다.

김중택 역시 이런 현실이 옳다고 생각하지 않았지만 현실에 충실한 덕택에 자원 빈국인 한국이 경제발전을 할 수 있었고, 자신도 이 자리까지 올 수 있었다고 생각했다. 어쨌든 문제의식만 있는 자신보다는 찰스 배넷이 훨씬 더 교양이 풍부해 보였다.

박우철 부장이 기분을 상하게 하지 않으려 애써 미소를 지으며 말하자 찰스 배넷도 웃으며 적당히 마무리했다.

"난 그냥, 당신들은 좀 다를 줄 알았어요. 단지, 그 뿐입니다. 다음에 얘기하죠."

말을 마친 그는 멋쩍은 듯 창밖을 내다보기 시작했다. 차 안은 다시 조용해졌다. 몸을 앞으로 돌리려던 김중택이 무라트 고크타스를 슬쩍 봤을 때 약간 이상한 점을 느꼈다. 그러고 보니 이야기가 계속되는 동안 그는 한 마디 말도 하지 않은 채 찰스 배넷의 말을 듣는 박우철 부장의 표정과 반응을 관찰하는 것 같았다. 박우철의 지루한 표정을 읽으면서도 마지막까지 그는 자신이 데려온 친구를 제지하지 않았다.

‘성격이 좀 특이한 사람이군.’

시간은 오전 8시 30분을 막 지나고 있었다. 이대로라면 오후 2시쯤 소요에 도착할 것이다. 날이 점점 더워지고 있었다. 무섭도록 화창한 날이었다.

“대단한데! 캡틴은 권총을 바꿔도 되겠어.”

옐로우가 쌍안경으로 권총표적을 살펴본 후 감탄한 듯 말했다. 30m 권총표적에 9mm 베레타 15발 중 13발이 들어가 있었다.

“그래도 2발 놓쳤군.”

말은 그렇게 했지만 에드워드 영도 내심 만족했다. 권총은 항상 45 구경 콜트를 써왔지만 장탄수가 부족하다는 것을 자주 느끼던 참이었다. 그 때문에 전날 정글에서 작전을 할 때 많이 긴장했었다. 평소 권총을 쏠 일이 별로 없기 때문에 크게 신경쓰지는 않았지만 이제 다른 대원들처럼 바꿀 때가 된 것 같았다.

에드워드 영이 물었다.

“M-4 카빈은 어때? 쓸 만한가?”

M-4는 장소 제공의 대가로 미군들이 제공한 장비였다. 30정 정도가 먼저 들어왔는데 에드워드 영의 팀에 우선권이 있었다.

"다 좋은데 살상력이 어느 정도인지 아직 모르겠던데."

옐로우는 광학조준기인 도트사이트가 장착된 M-4를 들고 이것저것 설명했다. 총이 작고 가벼워서 그동안 써왔던 FN-FAL보다 사용하기 편할 것 같았지만 구경이 5.56mm라 아무래도 걱정이 앞섰다. 총의 구경이 크면 에너지가 크기 때문에 근접전투에서는 효과가 크다. 그러나 원거리 정조준 사격을 한다면 5.56mm도 무리가 없지만 가까운 거리라면 AK보다 못할 수도 있다.

"도트사이트가 있어 편하긴 해. 그리고 반동이 적어 3점사까지는 무리 없이 쏠 수 있어."

옐로우의 설명이 끝나자 에드워드 영은 총을 들어 25m 표적을 단발과 점사로 25연발 탄창 하나를 소비했다. 1발도 빠짐없이 표적에 명중했다. 반동도 별로 없었다. 영점 조정만 하면 될 것 같았지만 그래도 확신이 들지 않았다. 예전에 M-16으로 반군을 쏘았을 때 가슴에 1발을 맞고도 방아쇠를 당기려던 모습이 눈앞에 선했다. 머리가 박살나고 나서야 죽었지만 그 후로 총이 약하면 코흘리개 아이들에게도 죽을 수 있다는 두려움이 생겼다.

"총은 괜찮소?"

윌리엄 소령이 캔맥주 팩을 들고 서 있었다. 오른쪽 귀를 막고 있던 귀마개를 뺀 에드워드 영은 안전검사를 간단하게 한 후 총을 내려놓았다.

“좋긴 한데 적응하려면 시간이 좀 걸릴 것 같군요.”

“금방 적응할거요. 그런데 어제는 없더군요.”

윌리엄 소령은 에드워드 영과 옐로우에게 차가운 캔맥주를 건넸다. 맥주의 냉기가 정오의 더위를 조금 식혀주었다.

“어제는 비를 맞으며 정글에서 뒹굴었죠.”

“그래서 카쿤다카리는 잡았소?”

윌리엄 소령은 하얀 이를 드러내며 웃었다. 사건의 내막을 알고 있는 눈치였다. 옐로우가 다 마신 빈 깡통을 던지며 말했다.

“우리가 죽였죠.”

미국인을 좋아하지 않는 우간다 출신의 옐로우가 퉁명스럽게 말을 마치고 다른 대원들이 있는 곳으로 가 버렸다. 둘만 남자 윌리엄 소령이 다시 말을 이었다.

“중국인들이 용병을 데려왔소. 앞으로 그 놈들이 계속 집적댈 겁니다.”

“미국인들은 정보가 빠르군요.”

윌리엄 소령이 맥주를 한 모금 마시면서 말했다.

“당신도 들었겠지만 모든 게 콜탄 때문이오. 투치아키족이 사는 곳에 묻힌 콜탄만 해도 콩고 전체 생산량에 육박할 정도니까. 그 외의 희소금속도 매장량이 상당하고. 중국이 탐내는 것은 그 때문이오.”

콜탄의 매장량이 콩고에 육박할 것이라는 말은 처음 듣는 얘기였다. 전세계 수요의 80%를 충당하는 콩고의 콜탄 매장량에 육박할 정도라면 엄청난 양이고, 그렇다면 상황이 생각보다 심각할 수 있다.

"트래비스 중령도 압니까?"

"어제 다 얘기했소."

맥주를 다 마신 윌리엄 소령이 트림을 크게 한 후 말했다.

"조만간 무인정찰기 구경하러 오시오. 밤에 한 번 부를 테니."

말을 마친 윌리엄 소령은 남은 캔맥주를 들고 왔던 길로 다시 돌아갔다. 여전히 속을 알 수 없는 사람이었다.

소요에서의 일은 간단하게 끝났다. 현지파견 직원 3명은 이제 성창인터내셔널에서 성창물산으로 소속이 바뀌었다. 석유와 천연가스 사업을 추진하고 있는 이들은 최근 심해유전 개발로 바쁜 나날을 보내고 있었다. 그래서 앞으로 보게 될 성창물산 담당자인 장석환 이사와 박상준 부장을 소개해주는 것으로 만남을 끝내야했다. 김중택은 그동안 많이 도와주지 못해서 미안한 마음을 가지고 있었지만 애써 표현하지 않았다. 하지만 마지막 인사를 건네는 직원들의 말이 그의 마음을 무겁게 했다.

"그 동안 여러 가지로 신경써주셔서 고마웠습니다. 한국에 가면 찾아뵙겠습니다."

별로 도와준 것도 없는데 이런 말을 들으니 김중택이 오히려 더 미안했다. 이역만리 오지에서 국가경제를 위한다는 사명감 하나로 자원개발을 하고 있는 직원들에게 자신이 할 수 있는 것은 격려금 3천 달러를 건네는 것이 전부였다. 김중택은 울적한 기분이었지만 억지로라도 웃으며 마지막 인사를 했다.

"항상 건강하고 한국에 오면 또 봅시다."

소요 외곽의 비행기 활주로에 미니버스가 도착하자 올 때 타고 왔던 비행기와 비슷한 쌍발 프로펠러 비행기가 시동을 걸고 있었다. 무라트 고트타스가 마련한 비행기였다.

6명의 남자가 비행기에 오르자 문이 닫히고 곧바로 이륙 준비를 했다. 비행기 좌석은 총 24개였는데, 다른 승객이 몇 명 더 있었다. 흑인 2명과 중동인으로 보이는 승객 3명이 창가에 앉아 있었다. 김중택 일행은 둘씩 짝을 지어 앞뒤로 앉았다. 비행기가 이륙하고 안정고도에 들어서면 다시 자리를 옮길 생각이었다. 창밖으로 보이는 앙골라의 하늘은 맑고 깨끗했다.

잠시 후 비행기가 안정고도에 들어서자 무라트 고트타스와 찰스 배넷이 비행기 뒤쪽으로 갔다가 곧 돌아왔다.

"시원한 물 한 잔 드시죠."

무라트 고크타스는 김중택과 박상준 부장에게 생수를 건네고 김중택 옆의 통로 쪽 빈자리에 앉아 조용히 물을 마셨다. 바로 앞좌석에 앉은 장석환 이사와 박우철 부장에게는 찰스 배넷이 물을 건넸다. 그는 물을 건네고도 자리에 앉지 않고 서서 김중택 일행을 향해 웃음을 짓고 있었다. 그러더니 잠시 후입을 열었다.

"확인하고 싶은 게 있어서 그러는데, 당신들은 당신들이 진출한 현지의 역사나 문화에 정말로 관심이 없나요? 석유나 천연가스·구리·니켈·우라늄 등 그런 지하자원 말고는 전혀 관심이 없나요?"

갑작스럽고도 엉뚱한 질문이었다. 일행 모두 뭐라 할 말이 없었다.

찰스 배넷은 웃으며 물었지만 누가 봐도 애써 흥분을 감춘 모습이었다. 그가 재촉하듯 다시 물었다.

"정말 그래요? 그 땅에 사는 사람들은 관심이 없나요?"

보다 못한 박우철 부장이 나섰다.

"이봐요, 찰스. 아까 버스에서 있었던 일로 오해가 생긴 모양인데. 사실 우리도 관심이야 있지만 여건 조성이 안 돼서 어쩔 수 없다는 겁니다. 솔직히 말하면 현지 언어조차 잘 하는 직원이 없어요."

앙골라는 포르투갈어가 통용되는 곳이지만 앙골라 파견 직원들 가운데 포르투갈어 기초회화라도 하는 직원은 1명밖에 없었다. 다른 회사도 사정은 마찬가지였다. 물론 영어도 대강 통하긴 했지만, 현지어를 능통하게 구사하는 것은 그렇지 못한 것에 비해 이점이 많았다. 김중택도 모르는 바 아니었지만 고달픈 현실에서 모든 것을 개인이 준비할 수는 없는 노릇이었다. 한국에서는 영어가 모든 것을 좌우하고, 제2외국어는 거들떠보지도 않으니까.

박우철의 말을 들은 찰스 배넷의 표정이 일그러졌다.

"그게 자랑인가? 한국 놈들은 이래서 재수 없다니까."

김중택 일행은 모두 깜짝 놀랐다. 찰스 배넷이 한국 사람을 재수 없다고 말해서가 아니라 분명 정확한 한국어로 말을 했기 때문이다. 찰스 배넷이 갑자기 허리춤에서 권총을 꺼내들었다.

"너희 4마리 제국주의자들은 우리가 처단하겠다."

또다시 그의 한국어가 이어졌다. 4명의 일행이 멍하게 앉아있는 사이 다른 승객들은 4명을 둘러싸고 있었다. 그들은 어느새 모두 AK 소총으로 무장하고 있었다.

"아니, 이게 무슨……."

김중택은 어이가 없었다. 어떻게 이런 일이 자신에게 일어난 것일까? 당황한 얼굴로 통로 바로 옆 자리를 돌아보았을 때 자신을 향해 권총을 겨눈 무라트를 볼 수 있었다.

무라트가 말했다.

"상황 파악이 안 되시오? 내가 도와드리지. 이 비행기는 우리 비행기고, 당신들을 제외한 모든 사람이 내 편이오. 그리고 당신 4명은 납치당한 거요. 이제 이해됩니까?"

김중택은 손이 뒤로 묶이고 발에 족쇄가 채워지고 나서야 어디서부터 일이 잘못 되었는지 조금씩 떠오르기 시작했다. 그들은 루안다에서 1박을 하기로 했으나 변경된 일정상 숙소를 잡을 수 없었다며 자신들이 투자한 광산이 있는 북동부 룬다지방으로 가자고 했다. 그러면서 비행기까지 자신들의 비용으로 마련했다고 했다. 너무나 자연스러운 일처리에 어떠한 의심도 없었다. 앙골라가 내전이 끝났다고는 해도 이런 곳에서 움직이는 것은 항상 위험이 따르기 마련이다. 일이 너무 순조롭게 진행되는 것도 위험의 증거인데 왜 미처 눈치채지 못했을까? 너무 안심한 것이 화근이었다.

무라트와는 안면은 있었지만 사실 그에 대해서는 아는 것은 없었다. 그의 회사가 실제로 존재하는지도 확인하지 않았다. 그냥 그의 말을 믿었고, 주위의 말을 믿었다. 거기다 찰스 배넷이 한국어를 유창하게 구사하는 사람인지는 꿈에도 몰랐다. 김중택의 짐작으로는 치밀한 계획 하에 일이 벌어진 것 같았다. 완전히 당한 것이다. 주저하면서 그가 입을 열었다.

"이봐요, 무라트, 지금 어디로 가는 거요?"

무라트는 태연히 물을 마시며 김중택 옆으로 다가왔다.

"당신이 알 필요가 있을까? 대서양 한가운데로는 가지 않을 거요."

김중택은 아프리카 지도를 머릿속에 떠올렸다. 이런 쌍발 프로펠러 비행기로 당연히 대서양 한가운데로 가지는 않을 것이다. 앙골라 북쪽 해안에 접한 소요에서 출발했으니 쌍발 프로펠러 비행기로 갈 수 있는 곳은 대략 앙골라의 어느 지역 또는 콩고-브리자빌, 자이르 정도일 것이다. 나미비아나 잠비아까지는 가지 못할 것이라는 생각이 들었다.

그 때 무라트가 갑자기 돌아와 말했다.

"그리고 가능하면 말하지 마시오. 입을 막지 않은 것은 말해도 좋다는 것이 아니라 화장실 가기 전에 말하라는 거요. 가끔씩 토하거나 똥 오줌을 지리는 사람들이 있거든."

그 때 앞에 있던 박우철 부장이 입을 열었다.

"물 좀 주시오."

무라트가 근처에 있는 무장괴한에게 눈짓을 하자 그가 물병을 들고 박우철에게 다가가 얼굴에 물을 쏟았다. 박우철은 입을 벌렸으나 갑자기 쏟아진 물이 코로 들어갔는지 입에 있던 물을 반사적으로 내뱉었다. 그렇게 뱉어낸 물이 앞에서 물을 붓는 무장괴한의 바지를 적시고 말았다. 그러자 심한 욕설과 함께 구타가 시작됐다. 개머리판에 머리를 찍힌 박우철은 쓰러져서도 배를 걷어차였다. 한참을 혼자 씩씩거리며 화풀이하던 무장괴한은 마지막으로 남은 물을 박우철의 얼굴에 쏟아부었다. 무라트는 그런 부하를 말리지 않았다. 태연하게 구경만 하고 있을 뿐이었다. 쓸데없는 짓을 하면 가만두지 않겠다는 뜻이었다. 시키는 대로 하는 것이 좋을 것이다. 다른 일행들도 분위기를 파악했는지 고개를 숙이고 조용히 앉아 있었다. 절대적 폭력은 도와줄 엄두도 안 나게 했고 인간을 비굴하게 만들었다.

무슨 일이 벌어질지 전혀 짐작도 못하는 상황에서 비행은 3시간 정도 계속 된 후 어딘가로 착륙했다. 내전기간 중에 만든 간이 활주로 같았다.

"한 놈씩 내려!"

찰스 배넷이 한국어로 지휘하자 졸지에 죄인이 되어버린 대기업 간부들이 1명씩 내리기 시작했다. 그리고 그들의 눈앞에 펼쳐진 것은 황량한 사바나의 벌판에 서 있는 작고 오래된 2층짜리 콘크리트 건물이었다.

납치범들이 의도했건, 의도하지 않았건 간에 김중택과 그 일행은 갑자기 찾아온 낯선 공포와 익숙한 더위로 인해 이미 심리적으로 지쳐 있었다. 김중택은 자신이 협상에 나섰던 여러 건의 인질사건에서 납치되었던 직원들의 심리를 조금 이해할 수 있었다. 총으로 대표되는 절대적 폭력이 순식간에 인간을 한 마리 짐승으로 변화시키고 모든 문명의 혜택을 빼앗아 버리는 상황을 이제야 알게 된 것이다. 협상에 나서는 김중택에게는 업무일 뿐이었지만 납치된 직원들에게는 끔찍한 현실이었다. 그리고 지금 그것을 자신이 겪고 있다. 영화 〈도망자〉에서 킴블 박사가 댐에서 떨어지는 장면은 바로 이런 상황을 묘사한 것일까? 전락! 순식간에 모든 것이 변했다.

"모두 카메라를 향해 일렬로 늘어서."

찰스 배넷의 한국어 구령에 4명의 인질이 벽에 붙어 일렬로 늘어섰다. 한국의 대기업 간부가 납치되었다는 증거를 비디오 카메라로 찍어 보내려는 심산이었다. 교과서적인 순서였다. 김중택은 세상이 어떤 반응을 보일지 궁금했다. 언론에 공개될 경우 회사는 물론, 나라 망신이라는 생각이 가장 먼저 떠올랐다. 죽고 싶지도 않지만 살아난다고 해도 일의 뒷감당과 정신적 충격을 처리할 자신이 없었다. 그동안 납치되었다 풀려난 직원들의 사후관리에 신경 쓰지 못한 자신이 무척 원망스럽게 느껴졌다. 납치에서 풀려나자 다시 까맣게 잊혀진 사람들, 왜 그들의 고통을 생각조차 못했던 것일까?

"모두 카메라를 쳐다봐!"

찰스 배넷이 신경질적으로 다그쳤다. 김중택은 상황이 힘들지만 그래도 당당하게 맞서야 한다고 생각했다. 약한 모습을 보이기에는 마흔이 넘은 나이가 너무 아까웠다.

곽정태는 점심도 미룬 채 사무실에서 보고서를 검토하고 있었다.

'우리는 언제 대박 한 번 잡아보나…….'

평소에도 자주 중얼거리는 말이었지만 그 날 따라 한국의 현실이 참으로 한심하다는 생각이 들었다. 그가 읽고 있는 보고서는 리오틴토 스파이 사건에 관한 것이었다.

리오틴토 스파이 사건은 2009년 9월 5일, 중국이 호주 광산업체 리오틴토 상하이 사무소 직원 4명을 뇌물공여와 국가 기밀유출 혐의 등으로 체포하면서 시작됐다.

중국 정부는 최근 들어 다국적 기업의 산업 스파이 문제를 자주 제기하곤 했는데 리오틴토를 인수하려던 중국의 계획이 무산된 것에 대한 보복이라는 의혹까지 있었다. 195억 달러 규모의 인수 시도가 무산된 데 대한 차선책으로 향후 철광석 가격협상에서의 입지 확대를 위한 중국의 승부수라는 것이다. 아시아에 대한 영향력을 확대하려는 호주와 세계 경제 패권을 노리는 중국이 세계 자원시장의 주도권을 두고 다투는 형국이었다.

중국은 BHP 빌리튼·리오틴토·발레를 포함한 3대 자원 메이저 회사와 더불어 구리·니켈·알루미늄 같은 비철금속과 희소금속 자원에도 막강한 영향력을 행사하고 있었다. 특히 희토류는 공급의 90%를 중국이 좌우하고 있는 실정이었다. 정부는 북한의 지하자원 개발에 신경을 쓰고 있었지만 북한의 경제성 있는 지하자원 역시 70% 이상을 중국이 이미 자치하고 있었다.

생각이 거기까지 미쳤을 때 노크소리가 들리고 갑자기 문이 열렸다. 비서였다.

"사장님, 큰일 났습니다. 김중택 이사가 납치되었습니다."

급히 말을 마친 비서는 빠른 걸음으로 설어와 LCD TV를 켜고 DVD를 넣었다. 그 때까지도 곽정태는 멍하게 비서의 행동을 바라만 보고 있었다. 비서의 말이 전혀 실감나지 않았기 때문이다.

"요하네스버그 지사에 배달된 DVD를 인터넷으로 다운받아 재생하겠습니다."

4명의 남자가 시멘트벽에 나란히 서 있고 복면을 한 무장괴한 2명이 그 옆을 지키고 있었다. 벽에 서 있는 4명의 남자는 왼쪽부터 성창물산의 장석환 이사와 박상준 부장, 성창인터내셔널의 김중택 이사와 박우철 부장이 틀림 없었다. 다 아는 사람들이라 얼굴이 한눈에 들어왔다. 카메라가 조금 더 가까이 다가가 얼굴을 다시 확인시켜주었다. 틀림없이 출장 중인 회사 사람들이었다. 4명 모두 피곤하고 지친 모습이었는데, 특히 박우철은 몇 대 얻어맞은 듯 얼굴이 부어 있었다. 카메라를 정면으로 응시하고는 있는 그들의 얼굴에서 공포감을 느낄 수 있었다. 카메라가 다시 조금 멀리 떨어지자 스카프로 얼굴을 가린 남자가 AK 소총을 들고 나타나 영어로 말했다. 이번 납치사건의 주모자인 듯 했다.

"우리는 성창그룹의 간부 4명을 납치했다. 우리에게 1천만 달러를 48시간 내에 지불하면 이들을 돌려보내겠다. 시간은 이 영상이 요하네스버그 지사에 전달되는 오전 6시부터 시작된다. 만약 허튼 수작을 부리면 1명씩 죽이고 세계 언론에 공개하겠다. 우리보다 먼저 언론에 알려도 죽이겠다. 한국 정부에 알려도 죽이겠다. 돈은 100달러짜리 현금으로 준비하고 전달방법은 추후 다시 알리겠다."

말을 마친 남자가 화면에서 사라지자 카메라가 다시 4명의 인질을 비춘 후 꺼졌다.

화면을 물끄러미 바라보던 곽정태는 긴 한 숨을 내쉰 후 비서에게 말했다. 환장할 노릇이었다. 하지만 현실을 직시할 수밖에.

"그룹 정보팀과 기조실에 연락해. 물산에도 연락하고. 그리고 자네 담배 한 대 주고 가."

성창그룹의 위기대응 능력은 민간기업 최고 수준이었다. 특히 해외에서 문제가 발생한 경우 그룹 기획조정실에서 비상이 발령되면 참석 인원이 해외에 있지 않는 한 2시간 내에 그룹 본사 회의실에서 임원회의가 개최됐다. 반드시 참석해야 하는 임원은 그룹 정보팀장과 담당관 1명, 그룹 기조실장과 담당관 1명, 문제가 발생한 사업 분야를 관할하는 회사의 임원과 담당관 1명으로 최소화했다. 일사분란한 의사결정을 위해 최소화한 조직구성이었다. 상황 파악과 의사결정을 우물쭈물하다가는 중요한 기회를 잃을 수 있다는 뼈아픈 경험 때문이었다.

1994년 여름, 성창그룹은 청와대 정보라인 다음으로 김일성의 사망 소식을 가장 먼저 접했다. 그러나 낭설에 불과하다고 판단하고 일절 반응을 보이지 않았다. 그러다가 실제로 김일성이 죽었다는 사실을 언론을 통해서 알게 된 후 땅을 쳐야 했다.

당시 홍콩에 출장 가 있던 성창그룹 회장은 귀국 직후 안기부보다 정보를 빨리 입수하고도 정확한 판단을 하지 못한 상황을 보고받고 노발대발했다. 그 후 정보팀의 역량 강화를 위해 직접 나선 끝에 현재 민간기업 최고 수준의 정보수집과 분석능력을 갖게 뇌었다. 알려시시는 않았지만 그룹 정보팀의 내부 모토는 다음과 같았다.

－ 분석 없는 정보는 쓰레기에 불과하다.

－ 오직 5%의 정보만이 정확하다. 이것을 걸러내라!

그룹 본사 꼭대기 층의 비상 회의실에는 이런 모토를 온 몸으로 실천하는 그룹 정보팀장 조남욱이 말없이 앉아 담배를 피우고 있었다. 지금까지 참석한 사람은 성창물산의 김태홍 사장과 이사 1명, 성창인터내셔널 곽정태 사장과 이사 1명 그리고 정보팀에서 온 2명 등 모두 6명이었다. 그 때 옥상 헬기 착륙장에서 소리가 났다. 기조실장이 도착한 모양이었다.

잠시 후 기조실장 차영훈이 비서와 함께 들어왔다. 인상을 잔뜩 찌푸린 얼굴로 회의장의 벽걸이 시계를 쳐다보며 그가 입을 열었다.

"모두 8명인가? 다 모였으면 바로 시작합시다."

정보팀 담당자가 화면을 켜자 보기 싫은 장면이 또 나왔다. 해외뉴스에서 가끔 볼 수 있는 장면이었다. 곽정태는 항상 자기 옆에서 일을 도와주던 김중택이 그 화면에 나온다는 사실이 아직도 믿겨지지 않았다. 인질범들이 보내온 영상이 끝나자 정보팀 담당자가 A4용지에 깔끔하게 인쇄된 사건 개요를 돌리고 브리핑을 시작했다.

"성창인터내셔널에 걸려온 전화를 분석한 결과, 무라트 고크타스라는 사람이 요하네스버그에서 국제전화를 한 것으로 확인되었습니다. 성창물산에도 같은 사람이 같은 날 국제전화를 했습니다. 요하네스버그에서 만나서 같이 동행하자는 취지의 내용이었습니다. 요하네스버그 지사에서 지금 막 확인한 결과, 일행이 묵었던 비즈니스호텔인 크라운 플라자 식당에서 우리 일행 4명과 중동인 1명, 흑인 1명이 식사하는 모습이 목격되었다고 합니다."

회사 회선으로 걸려오는 전화는 모두 녹음이 되어있기 때문에 빨리 분석하면 뭔가 찾아낼 수 있다. 정보팀의 능력으로는 당연한 일이겠지만 사건을 알게 된 지 2시간가량 지났을 뿐인데, 이미 많은 것을 파악하고 있었다. 아프리카 현지에서 발생한 납치사건이나 시설파괴에서도 정보팀의 정보수집과 분석은 탁월했다. 문제는 현지에서 해결할 손과 발이 없다는 것이다.

기조실장 차영훈이 물었다.

"무라트라는 사람이 식사를 같이했었나?"

정보팀 담당자가 대답했다.

"현재 폐쇄회로 영상을 구하고 있습니다. 무라트 고크타스는 한국을 방문한 적이 몇 번 있습니다. 출입국관리소에 연락해서 여권사진과 정보를 입수하고 있습니다. 통화도 녹음되어 영상의 목소리와 일치하는지 여부도 지금 분석 중에 있습니다."

기조실장 차영훈이 다시 입을 열었다.

"그럼, 저들의 요구사항을 분석한 결과는?"

정보팀장 조남욱이 회의용 테이블에 눈을 고정한 채 천천히 입을 열었다.

"요구사항에 대한 정확한 분석은 아직 힘듭니다. 진짜 돈이 목적인지, 아니면 인질 살해가 목적인지 아직 알 수 없습니다. 당장 정치적인 요구를 하고 있지는 않지만 섣불리 판단할 수 없습니다. 아직 언론에 공개하지 않아서 오히려 정확한 판단이 힘듭니다. 주체가 누구인지 확인부터 해야 분석이 가능합니다.”

잠시 말을 멈춘 그가 고개를 들어 사람들을 찬찬히 둘러보며 말을 이었다.

“상대는 전문가인 듯 합니다. 이라크나 아프간도 아니기 때문에 언론에서 정치적인 발언을 한다고 해도 득이 없다고 생각하는 겁니다. 만일, 무라트 고크타스가 납치까지 했다면 상황이 심각합니다. 또 과거의 인질사건과는 차원이 다릅니다. 한국의 상황과 우리의 사정을 어느 정도 알고 일을 벌인 셈이니까요. 만일 그렇다면 회사의 능력으로는 해결 못할 수도 있습니다.”

“그 말은?”

성창물산 사장 김태홍의 주저 섞인 말을 정보팀장 조남욱이 무표정한 얼굴로 받았다.

“최악의 경우 알-카에다 같은 국제테러조직일 수도 있다는 얘기입니다.”

“정부에 알리면 어떨까요?”

성창물산 김태홍 사장의 말에 기조실장 차영훈이 난감한 얼굴로 말했다.

“여태껏 봤지 않습니까? 정부에서 어떻게 할 것 같소? 현재의 정치상황에서는 그냥 덮어두려 할 겁니다. 최근 세계 경제위기에다 FTA 문제, 개성공단, PSI, 소말리아 해적문제 그리고 이번에 일어난 천안함 사태까지 겹쳐서 정부도 정신이 없고, 우리 회사 상황도 마찬가지인데 정치권에서 도와줄 것 같습니까? 어차피 우리더러 돈 주고 해결하라고 할 게 틀림없습니다. 다리는 정부에서 놔 주겠지만 돈은 우리가 주고 또 적당히 넘어가야 할 겁니다. 즉, 말 해봐야 본전도 못 건집니다.”

그 때 회의실 구석의 팩스가 소리를 내며 출력을 시작했다. 정보팀 담당자가 일어나 팩스를 가져와 읽었다.

“정보분석실에서 온 보고입니다. 성문(聲紋) 분석결과, 무라트 고크타스의 음성이 국제전화와 납치범들이 보낸 영상의 음성과 동일한 것으로 확인되었습니다. 무라트 고크타스가 납치범인 것 같습니다. 사진도 입수했습니다. 자세한 정보는 입수 중입니다만 시간이 좀 걸릴 것 같습니다. 정부의 도움 없는 비공식적 조사는 시간이 많이 걸립니다. 양해해주십시오.”

정보팀 담당자는 팩스용지를 건네 납치범의 얼굴을 한 사람씩 돌아가며 보게 했다. 175cm 정도의 키에 잘 발달된 몸을 가진 전형적인 중동 사람이었다. 최악의 경우라고 생각했던 국제테러조직에 의한 테러 사건인 것이다.

곽정태는 납치범의 말 가운데 48시간과 언론 공개가 가장 신경쓰였다. 돈으로 해결할 것인지 또 정부에 대해 어떻게 대처할 것인지 지금 당장 결정해야 했다. 시간을 끌어서 좋을 일이 아니었다.

곽정태가 입을 열었다.

“언론에 공개되기 전에 돈을 준비해서 접촉을 해보는 것이 어떻겠습니까? 정부에는 알리지 않고 48시간이 다 가기 전에는 우리가 알아서 하는 겁니다. 예전에 그랬던 것처럼 말입니다.”

곽정태의 말을 들은 차영훈이 조남욱을 쳐다보았다. 조남욱은 피우고 있던 담배를 재떨이에 비벼 끈 후 무겁게 닫혀있던 입을 열었다.

"기조실장님이 회장님을 뵙고 오는 동안 제가 회장님과 직접 통화를 했습니다. 회장님의 방침은 돈을 주고 해결하는 한이 있더라도 1명도 빠짐없이 무사히 구해오라는 것입니다. 그래서 곽 사장님 말씀대로 하는 것이 좋다고 생각합니다. 돈을 주고 실패해도 우리를 비난할 수는 없을 겁니다."

곽정태는 문득 이상한 생각이 들었다. 국제테러단체인 알-카에다니 뭐니 하고 잔뜩 겁을 줘놓고, 갑자기 예전처럼 돈을 주고 해결한다고 하니 김이 빠졌다. 이미 결론이 난 사안이라면 이렇게 모여서 의논할 필요도 없었다.

"돈을 구하고 전달하는 것은 김태홍 사장께서 맡아주십시오. 우리가 도와드릴 테니 걱정 마시고."

말을 마친 기조실장 차영훈이 옆의 비서에게 눈짓을 하자 기조실장의 비서가 성창물산 김태홍 사장과 이사를 데리고 회의실 밖으로 나갔다. 잠시 후정보팀 담당관이 곽정태의 양해를 구하고 옆에 앉은 이사를 데리고 나갔다. 이렇게 해서 회의실에는 기조실장 차영훈과 정보팀장 조남욱 그리고 곽정태 이렇게 세 사람만 남게 됐다.

곽정태는 이제야 이 모임의 본론이 시작된다는 것을 직감했다. 중요한 결정일수록 꼭 필요한 사람만이 모여야 하는 법이니까.

"이제 비공식적인 해결방안을 얘기해 보기로 하죠."

차영훈이 먼저 시작하자, 조남욱이 말을 받았다.

"곽 사장님, 트래비스 경비 서비스 아시죠?"

"예, 얼마전 나이지리아 사건 때 계약을 한 적이 있습니다. 사실, 이번에도 김중택 이사가 그 회사와 사업장 경비계약을 체결하기 위해 출장 중이었습니다. 그런데 왜 묻는 겁니까?"

조남욱은 서류가방을 뒤지더니 파일 하나를 꺼내 펼쳐보였다.

"정보팀이 영상을 막 분석하고 있을 때 팩스로 보내온 것입니다. 트래비스 경비 서비스에서 보냈더군요."

곽정태는 빠르게 서류를 읽어나갔다. A4용지 2장에 영문으로 작성된 서류에는 무라트 고크타스의 사진과 간단한 신상정보가 나와 있었다. 거기에는 알-카에다와 관련이 있는 것으로 '강력하게' 추정되는 인물이라고 적혀있었다. 그리고 현재 아프리카에 진출한 외국기업, 특히 한국 기업에 대한 테러를 계획 중인 것으로 의심받고 있어 주의를 요망한다고 되어 있었다.

"테러범들과 결탁을 했거나 아니면 능력이 대단히 뛰어난 회사군요."

곽정태가 소감을 피력하자 조남욱이 답했다.

"우리의 분석으로는 후자인 것 같습니다."

차영휴도 같은 생각인 듯 했다.

"현 상황에서 우리에게 꼭 필요한 회사입니다."

곽정태는 두 사람을 번갈아 바라본 뒤 입을 열었다. 아직 상황이 명확하지 못하다고 생각한 그가 물었다.

"알-카에다 같은 국제테러조직이 개입됐을지도 모르는데 용병을 고용해서 해결할 생각입니까? 미국도 해결하지 못해 골머리를 앓고 있지 않습니까?"

조남욱은 대수롭지 않다는 듯 담배연기를 내뿜으며 말했다.

"민주주의를 표방하는 국가의 경우 의사결정이 복잡하고 더디죠. 우리나라도 마찬가지 아닙니까? 하지만 민간기업이 민간기업과 계약을 하는 것은 간단하고 신속하죠. 간단하게 생각합시다. 용병회사도 민간기업이고, 우리는 단지 서비스 용역을 맡기는 것뿐입니다. 지난번에도 용병회사를 고용해서 일을 처리하지 않았습니까? 한 번 더 하는 것뿐입니다. 알-카에다니, 뭐니 그런 건 중요한 게 아니죠. 겁먹을 필요 없습니다. 안 그렇습니까?"

차영훈이 종이 한 장을 건네며 말했다.

"회사 간부가 4명이나 납치되었습니다. 세상에 알려지면 정부는 물론 회사의 대외신인도도 큰 타격을 받게 됩니다. 과거 팔레스타인 해방기구가 항공사들을 상대로 안정보장을 이유로 돈을 받아먹었지만 지금 우리가 그런 모습을 보이면 테러에 굴복했다는 인상만 주고 협박도 계속 될 겁니다. 그런 상황을 타계하기 위해서는 모종의 조치가 필요합니다."

곽정태가 건네받은 종이에는 다음과 같이 적혀있었다.

민간군사회사와 계약시 유의할 사항

– 인질범들이 요구한 금액을 지불하는 것을 원칙으로 함. 그렇게 해야 정부나 언론이 알게 될 경우 인질범들의 요구조건(정부와 언론에 알리지 말라는 조

건)을 내세워 성창그룹은 무고한 희생자임을 강조할 수 있음.

- 따라서 민간군사회사와의 계약은 극비사항이며 구출작전의 성패에 관계없이 인질범들의 요구에 순순히 응하는 모습을 보여야 함. 이는 구출작전이 실패할 경우 피해를 최소화하기 위한 전제조건임.

- 민간군사회사는 성창그룹과 어떠한 연관도 없도록 비밀리에 일을 진행할 수 있어야 함.

곽정태는 A4용지에 인쇄된 문구를 몇 번이고 읽어보며 생각에 생각을 거듭했다. 계획대로만 진행된다면 일이 실패해서 인질들이 죽는다고 해도 성창그룹과는 아무런 연관이 없으므로 문제될 게 없다. 하지만 이것은 직원 몇 명을 해고하는 문제가 아니다. 사람이 죽고 사는 문제다. 그것도 회사를 위해 해외출장을 간 간부사원들의 목숨이 달린 문제다. 그런데 이렇게 해도 되는 걸까? 회사가 직원의 목숨을 좌우할 수도 있는 결정을 이렇게 내린다고?

자신이 이율배반적이라는 생각도 들었다. 얼마전 나이지리아 인질 사건 때는 물불 안 가리고 덜컥 용병회사를 고용해놓고 이제 간부가 납치되고, 국제테러조직 연관설이 나오니 겁먹고 주저하는 것일 수도 있다. 곽정태는 자신의 생각조차 어떤지 알 수 없었다. 어떻게든 정신 차리고 냉정하게 생각해야 했다.

잠시후 곽정태가 다시 입을 열었다.

"그럼 결론이 났군요. 다시 이들을 고용하겠습니다."

그러자 조남욱이 고개를 끄덕이며 곽정태를 향해 말했다.

"예, 그래서 이 일은 곽정태 사장께서 맡아주셔야겠습니다. 한 번 해 보셨으니까요."

"최종 책임은 나한테 있다는 말로 들리는군요."

곽정태가 긴 한 숨을 쉬면서 말하자 조남욱과 차영훈이 말없이 고개를 끄덕였다.

어떤 조직이든 최고위직이 최종결정권자임과 동시에 최종책임자다. 그런 점에서 계열사 사장이 이번 사건과 관련된 최종책임을 지는 것은 당연하다. 그 대가로 그동안 두둑한 연봉과 최고의 대우를 받았으니 어떤 결과가 야기되든 책임을 지라는 것이다. 용병을 이용한 위험의 아웃소싱 그리고 계열사 사장을 이용한 책임과 비난의 아웃소싱의 결합인 셈이다.

곽정태가 마음을 다잡고 천천히 입을 열었다.

"세부 계약사항을 알려주시죠. 당장이라도 트래비스 경비 서비스에 연락을 해야 하니까요.'

제15장

돌발상황

또다시 비행이 시작되었다. 침묵과 공포가 사람을 더욱 지치게 만들었다.

김중택이 약간의 한기를 느끼며 잠에서 깨어났을 때는 비행기가 다시 활주로에 내려앉은 후였다. 창밖은 이미 어둠이 내리고 있었다. 찰스 배넷이 다시 한국어로 지휘하자 축 처진 어깨의 인질 4명이 차례로 내렸다. 김중택은 고개를 돌려 주위를 살폈다. 습한 공기와 신선한 풀, 꽃냄새가 김중택의 코를 간질였다. 사바나 지역이 아닌 열대우림 지역이었지만 어디인지 짐작할 수 없었다. 그러면서도 한편으로 네멩게와 가까운 곳이면 좋겠다는 생각이 들었다. 새로운 이동수단인 픽업트럭이 앞에 서 있었다. 또 어딘가로 향할 모양이었다.

입의 재갈은 풀어졌지만 눈은 여전히 가려진 채 비포장도로를 30여 분 정도 달리자, 김중택은 속이 울렁거렸다. 물 말고는 먹은 것도 없었지만 극심한 공포에 한기를 느꼈고 방향감각을 상실한 상태라 멀미를 하기 딱 좋은 상황이었다. 머리도 지끈거렸다. 몇 번을 참았지만 차량이 덜컹거릴 때 헛구역질을 두어 번 한 후 결국 토하고 말았다. 그러나 멀건 체액만 조금 나왔을 뿐이었다. 어김없이 발길질이 날아들었다. 순간, 기진맥진한 김중택은 옆으로 고꾸라지고 말았다.

잠시 후 차가 멈추고 굴러 떨어질 듯 땅에 발을 디딘 김중택은 가려진 눈이 풀리고서야 몸의 균형을 잡을 수 있었다. 자신이 토한 체액은 바지에 묻어 흉한 몰골이었지만 다른 사람들의 모습도 별반 차이가 없어 보였다. 인질이니까 굶겨 죽이진 않을 것이란 생각이 유일한 희망이었다.

어둠으로 가득한 버려진 마을로 이동한 일행은 한 사람씩 움막으로 떠밀려 들어갔다. 가렸던 눈은 풀렸지만 아무 말도 필요 없었고, 모든 지시는 뭉툭한 총부리로 대신했다. 김중택이 들어간 허름한 움막에는 낡은 자루 몇 개만이 좁은 공간을 차지하고 있었다. 얼기설기 엮은 움막은 언뜻 보기에도 허술했다. 하지만 여기가 어딘지도 모르고 배도 고파 탈출할 엄두가 전혀 나지 않았다.

김중택은 오직 현실에 집중하기로 마음먹었다. 내일 일은 내일 걱정해도 된다. 어차피 자신의 목숨은 자신의 것이 아니기 때문이다. 뒤로 묶인 손으로 간신히 자루를 바닥에 깔고 한 장을 덮은 그는 옆으로 누워 잠을 청했다. 짧은 시간이나마 이 모든 것을 잊을 수 있을 거라 기대하면서.

에드워드 영은 어젯밤 일을 생각하면 웃음이 났다. 야간사격 때 귀마개를 하지 않은 그가 M-4 카빈의 총성에 귀가 따갑다고 투덜대자 지나가던 윌리엄 소령이 간단한 해결책을 제시했다.

"소음기를 끼우지 그래요? 우리는 그렇게 많이 하는데."

이렇게 간단하고 쉬운 해결책을 왜 미처 생각하지 못했는지 허탈해서 웃음이 나왔다. 군대오면 바보된다는 소리가 이런 걸 말하는지도 모른다. 그런데 윌리엄 소령도 군인인 걸 보면 꼭 그렇지만은 않은 것 같았다. FN-FAL을 쓰면서 소음기를 끼우지 못했던 것은 총이 너무 길어지기 때문이었는데 M-4 카빈의 경우 소음기를 끼워도 길이가 크게 늘어나지 않았기 때문에 훨씬 편하게 쏠 수 있었다. 그리고 그에 맞는 새 전투조끼도 윌리엄 소령으로부터 선물로 받았다. 그는 여분의 조끼를 주면서 '우정의 증표'라는 거창한 표현을 썼다. 그 덕분에 밤늦게까지 귀에 부담을 느끼지 않으면서 기분 좋게 사격훈련을 할 수 있었다.

새로 들어온 미제 무기에 만족한 그는 아침부터 시작된 스웨덴제 대전차 로켓 AT-4 교육 때문에 기분이 들떠 있었다. 기본교육이 끝나자 교관을 맡은 미국 특전단 게리 대위가 능숙하게 로켓을 조작해 발사했다. 그는 100m 전방의 불 탄 트럭을 명중시켰다. 분위기가 한창 고조되었을 무렵, 트래비스 중령의 긴급호출이 있었다.

그는 서둘러 픽업트럭을 몰고 10여 분을 달려 트래비스의 사무실로 들어갔다. 그는 만프레드 소령과 이야기를 나누고 있었다.

"에드워드가 왔으니, 이제 시작해야겠군."

에드워드 영이 미지근한 커피를 한 모금하고 나무벤치에 앉자 트래비스가 A4용지 한 장을 건넸다. 거기에는 중동인과 흑인의 얼굴이 컬러 인쇄되어 있었다.

"한국에서는 무라트 고크타스와 찰스 배넷으로 알려진 인물일세. 칼리프에서는 타립 오즈칸(Tarip Ozkan)과 오미르 일마즈(Omar Yilmaz)로 알려졌지. 물론 이것 역시 본명은 아니겠지만."

담배를 꺼내 문 에드워드 영이 말했다.

"또 성창인터내셔널 사업장에 테러를 했군요."

"김중택 이사와 그 일행이 이들에게 납치당했네. 김중택 이사는 우리와 경비계약을 체결하려고 오는 중이었다는군. 혹시나 해서 몇 시간 전에 주의하라고 자료를 보냈는데 어제 납치당한 모양이야. 오늘 아침 6시에 요하네스버그 한국 지사에 납치 동영상이 배달되었다는군."

김중택이 납치당했다는 말에 에드워드 영은 내심 놀랐지만 내색하지는 않았다. 잠시 말을 끊고 커피를 한 모금 들이켠 트래비스가 말을 이었다.

"성창에서 보낸 자료에 의하면, 납치 영상에 나온 음성과 전화에 녹음된 무라트의 음성이 일치한다는군. 그리고 이들은 한국에 다녀간 경험이 몇 번 있어. 특히 찰스 배넷은 한국에서 산 적도 있다네. 그러니까 철저한 계획 하에 일을 저지른 거지."

그 때 트래비스의 노트북 컴퓨터에서 납치 동영상이 나오고 있었다.

에드워드 영과 만프레드 소령은 말없이 담배를 피우며 몇 번이고 동영상을 보았다. 무라트 고크타스라고 알려진 타립 오즈칸의 영어 발음으로 보아 미국에서 교육받았음이 확실했지만 더 이상의 단서는 포착할 수 없었다.

영상을 몇 번 본 후 트래비스의 설명이 이어졌다. 정보회사인 칼리프가 타립 오즈칸과 오마르 일마즈에 대한 정보를 처음 입수한 것은 3개월 전이었다. 당시 영국 국내담당 첩보부 MI5는 자국의 일부 소규모 민간군사기업들이 탈레반 등 이슬람 무장조직의 기초군사훈련을 담당하고 있다는 첩보를 입수하고 조사를 했는데 훈련자금을 지불한 사람이 바로 타립 오즈칸이었다. 하지만 그 때까지는 테러행위에 대한 확증이 없어 요주의 인물로만 알려졌을 뿐이었다. 그러다가 살라피스트 선교전투그룹(GSPC)이 알-카에다 소속으로 바뀐 후 과거 살라피스트 선교전투그룹의 중부아프리카 조직책인 오마르 일마즈와 같이 중부아프리카를 돌아다닌다는 첩보가 입수되었고, MI5로부터 이 정보를 입수한 칼리프 역시 그들의 동향을 파악하던 중이었다.

만프레드 소령이 물었다.

"대담하게 일을 벌였는데, 놈들은 이번 납치가 처음입니까?

"공식적으로는 그런 것 같아. 과거 테러경력이 있었다면 칼리프에서도 알았을 테니까."

자질구레한 무장강도는 많이 했을 것이다. 그렇게 경험을 쌓고 큰일을 벌이는 경우가 많았기 때문이다. 테러 조직의 경우 점 조직으로 운영하기 때문에 하나의 조직이 정보기관의 감시망에 포착되는 경우는 이미 큰 일이 터진 다음인 경우가 많았다. 이러한 이유로 일반 범죄와 정치목적의 테러는 엄격한 구별이 불가능하다.

몇 년 전 알-카에다의 2인자인 아이만 알 자와히리가 이슬람 웹사이트에 올린 육성 녹음테이프에서 리비아와 튀니지, 알제리 등 북아프리카 주요 국가 내에서의 성전을 촉구한 적이 있었다. 또한 그는 아프리카 전역에서 미국을 비롯한 서방국가의 외교관과 외교공관을 공격할 것도 지시했는데, 이는 조만간 알-카에다가 사하라 이남까지 영역을 확대하겠다는 것을 의미했다. 사하라 이남의 경우 수단과 소말리아까지가 이슬람 우세지역이고 그 아래로는 비이슬람이 더 많았기 때문에 이것은 심각한 문제였다.

만프레드 소령이 다시 물었다.

"미국인들도 압니까? 안다면 관심을 보일 텐데요?"

"윌리엄 소령이 본국과 사령부의 지시를 기다리고 있지만 시간이 걸릴 거라는군. 미국도 오바마 정부가 들어서면서 정책에 혼선이 있는 모양이야."

아무리 알-카에다 조직과 관련이 있다고 해도 확증이 없는 한 미국은 쉽게 움직이지 않을 것이다. 게다가 백악관, 국무부, CIA의 협의를 거친다면 48시간 이상 걸릴 수도 있다.

에드워드 영은 언론과 한국 정부에 알리면 인질을 죽인다는 것과 48시간 내에 1천만 달러를 준비하라는 것에 생각을 집중했다. 일단, 그들의 관심은 돈이다. 아직 어떠한 정치적 요구를 제시하지 않은 것이 일차적인 이유였다. 하지만 왜 언론에 알리지 말라고 한 것일까? 한국 정부에 알리지 말라는 요구는 당연하지만 언론을 이용하면 자신들에게 유리할 수 있는데 왜 그랬던 것일까? 단지 정치적 목적이 없어서일까?

그때 어디선가 걸려온 전화를 받은 트래비스가 갑자기 손뼉을 쳤다.

"돈이 입금되었다는군. 착수금으로 100만 달러를 제시했는데 지금 입금되었네. 성공하면 다시 100만 달러를 주겠다는군. 성창인터내셔널의 일 처리가 마음에 드는군."

노련한 사업가인 트래비스 중령이 뜸을 들이며 설명한 데는 다 이유가 있었다. 이제 움직일 일만 남았다. 트래비스가 다시 전투 지휘관으로 돌아와 눈을 번득이며 말했다.

"에드워드, 자네는 대원들을 데리고 앙골라 소요로 가서 추적을 시작하게. 현지에 칼리프 직원이 1명 있으니 도와줄 거야. 요하네스버그에서는 돌비가 일에 착수할 거네. 만프레드는 여기서 지원을 하고. 그럼 됐나?"

에드워드 영은 사무실을 나와 다시 트럭에 올랐다.

"44시간 남았군."

시간을 확인한 그는 대원들을 데리러 가기 위해 서둘러 사격장으로 트럭을 몰았다.

성창물산과 성창인터내셔널 요하네스버그 지사는 아침부터 비상상태에 돌입했다. 자신들을 만나고 앙골라로 샀던 간부 4명이 모두 납치되었다는 DVD 영상에 한 차례 놀랐고, 서울 본사에서 납치범에게 줄 1천만 달러를 준비하라고 해서 다시 한 번 놀랐다. 서울 본사에서 성창물산 김태홍 사장이 일을 지시하고 있었지만 현지에서의 업무처리는 지사장인 여상환이 직접 하는 수밖에 없었다. 서울에서 사람이 오기에 48시간은 너무 짧은 시간이었기 때문이다. 비상상태인 만큼 직접 올 수도 있을 것이다. 하지만 그러면 며칠이 걸릴 것이고, 사태는 더 심각해질 것이다.

여상환은 오전 내내 서울 본사와 요하네스버그, 케이프타운, 프리토리아의 은행에 전화를 걸고, 평소 알고 지내던 남아공 공무원들에게도 도움을 요청했다. 하지만 자세한 사항을 알려줄 수 없기에 일이 더디게 진행되고 있었다. 그러나 1천만 달러를 현지 지사의 능력으로 조달한다는 것은 쉬운 일이 아니었다. 하지만 인질들의 목숨이 달린 사안이므로 기밀을 유지하라는 본사의 명령을 어길 수 없었다. 정부는 물론 국내 언론에라도 알려지면 큰일이었다.

그런데 전혀 예상하지 못한 사람으로부터 전화가 걸려왔다.

"선배님, 접니다. 대한방송 조석태. 요즘 바쁘시죠?"

"아니, 조 기자. 갑자기 무슨 일이야?"

태연한 척 전화를 받았지만 여상환은 대학후배인 조석태가 뭔가 알고 전화를 했는지 아니면 우연히 그냥 전화를 했는지 알 수 없었다. 전화상으로는 별 표시가 안 나겠지만 그는 자신의 음성이 떨리고 있다는 것을 느꼈다.

"지금 찾아가도 되겠습니까? 근처에 왔습니다만."

"지금 여기에 왔다고? 이 일을 어쩌나. 요즘 엄청 바빠서 말이야. 큰 건 하나 성사시켜야 하거든."

겨우 둘러대긴 했지만 하마터면 비명을 지를 뻔 했다. 세상에 우연이란 없다는 것을 경험을 통해 잘 알고 있었기 때문이다. 그는 짧은 시간 동안 머리를 굴렸다. 어떻게 알고, 사건 발생 몇 시간 만에 여기까지 왔을까? 김중택 이사를 따라서 왔단 말인가?

"그래도 커피 한 잔은 하실 것 아닙니까?"

조석태는 노련한 기자답게 쫀득쫀득 물고 늘어졌다. 때문에 상식적으로 움직여야 했다. 조금이라도 부자연스러울 경우 기자들은 반드시 눈치를 챘다.

"그럼 사무실 맞은 편 카페테리아에서 커피나 한 잔 하지."

잠시 후 여상환은 조석태와 만나기로 한 카페테리아로 갔다. 조석태는 먼저 나와서 에스프레소를 마시며 기다리고 있었다. 의례적인 안부 인사가 오갔다. 그리고 여상환이 커피를 주문하자, 조석태가 먼저 말문을 열었다.

"그런데 선배님, 김중택 이사가 여기 왔었습니까?"

여상환은 아무렇지도 않은 듯 미소를 지으며 말했다.

"자네가 그건 왜?"

"뭐 좀 확인할 게 있어서 그럽니다."

"무슨 일이기에 갑자기 찾아온 거야, 연락도 없이. 김중택 이사가 왜?"

"휴가차 혼자 온 겁니다. 그런데 김중택 이사가 왔다는 이야기를 듣고 한 번 만나고 싶어서요."

신중하게 답해야 했다. 이곳에 온 적이 없다고 말하기에는 조석태의 능력이 너무 뛰어났다. 한국 식당의 사람들도 봤으니 속일 수는 없었다. 그렇다고 여기 왔다가 앙골라로 갔다고 말해서도 안 된다.

"이틀 전에 만났지. 그런데 어제 다시 한국으로 돌아갔을 텐데?"

"그래요? 그럼……"

주문한 커피가 나오자 잠시 대화가 끊겼다. 여상환은 긴장한 표정을 감추며 에스프레소를 한 모금 마셨다.

"그런데 조 기자, 김중택 이사를 왜 여기서 만나려고 해? 그냥 서울에서 만나면 되지?"

조석태는 해외자원개발 전문회사를 취재하려고 한다고 둘러댔다. 여상환은 고개를 끄덕이며 말없이 커피를 마셨다. 그 후의 대화는 일상적인 화제였고 별 무리 없이 끝났다.

"내가 일이 안 바쁘면 여기저기 구경도 시켜주고 할 텐데. 지금 너무 바빠서 말이야. 미안하네, 한 며칠 바쁠 것 같아. 구경 잘 하고 다음에 한국에서 보세나."

여상환은 사무실로 돌아오면서 한 숨을 내쉬었다. 조석태에게 적당히 연막을 친 것은 성공한 것 같았다.

'재수 없는 놈.'

그것이 조석태에 대한 솔직한 심정이었다. 대학시절 골수 주사파 운동권으로 활동하던 조석태의 모습은 그야말로 '붉은 전사' 그 자체였다. 여상환은 지금도 1994년 대학 4학년이었던 조석태가 했던 말을 기억하고 있었다.

"김일성 주석의 총이 내게 있다면 미제의 앞잡이 매판 자본가들의 심장을 쏘아버리고 싶습니다."

그랬던 조석태가 신문사에 기자로 취직하더니 이제는 방송국으로 옮겨 한창 주가를 올리고 있었다. 그의 뉴스로 인해 사업이 망하고 집안이 풍비박산 나는 등 신세를 망친 사람도 부지기수였다. 때문에 가능하면 피하고 싶은 사람 중 하나였다. 그가 아는 조석태는 말로 사람을 죽이고도 남을 사람이었다. 여상환은 서둘러 사무실로 발걸음을 옮겼다.

소요는 나날이 발전하는 산업도시였지만 정기적인 항공편이 거의 없었다. 때문에 전세기와 회사 소유의 자가용 비행기가 공항을 주로 이용했다. 에드워드 영과 대원들 역시 네멩게에서 회사 소유의 보잉 737을 타고 날아왔다. 석유회사 직원들로 보일 만큼 편한 복장을 한 그들은 야구모자와 배낭으로 자신들의 신분을 적당히 위장했다. 한 가지 아쉬운 것은 무기 반입이 되지 않아 비상상황이 발생하면 회사에서 공수할 때까지 현지에서 조달할 수밖에 없다는 것이었다. 그러나 이는 현지의 칼리프 직원이 해결할 문제였다.

레드가 침을 뱉으며 말했다.

"염병, 앙골라에 또 왔구만."

에드워드 영을 비롯한 모든 대원들이 앙골라에서의 전투경험이 있었지만 남아공 32대대 출신인 레드와 오렌지 그리고 뽀르투갈 출신 블루는 남달랐다. 18살에 군에 입대한 후 앙골라에서 온갖 전투를 경험했던 레드와 오렌지는 10여 년 전 이그제큐티브 아웃컴즈에 들어와서는 UNITA 반군을 소탕하기 위해 앙골라 전투에 참가했었다.

특히 블루는 앙골라가 포르투갈 식민지였던 1970년 앙골라에서 태어나 포르투갈 레인저부대에서 군복무를 마친 후 다시 앙골라로 돌아와 용병생활을 시작했었다. 그는 지금도 앙골라가 자신의 고향으로 느껴지는 듯 했다.

"트래비스사에서 오신 분들이군요. 반갑습니다, 스템피라고 합니다."

마중타온 칼리프 직원은 앙골라 현지인이었다. 40대 메스티조로 영어를 잘했다. 현지인이니만큼 포르투갈어 역시 문제없을 것이다.

에드워드 영이 말했다.

"스템피 씨, 새로운 정보가 있소?"

"가는 길에 설명 드리죠. 아, 위성전화기 좀 빌려주시겠소? 본사와 통화해야 하는데 사무실에 두고 왔거든요."

에드워드 영이 위성전화기를 건네주자 혼자 떨어져 나가 통화를 시작한 스템피는 손으로 차량 1대를 가리켰다. 일행은 그가 손짓하는 차량에 올라탔다. 스템피는 계속 통화를 하다가 제일 늦게 차에 올라탔다. 스템피가 임차한 차량은 관광용으로 쓰이는 미니버스였다. 외곽 활주로까지는 40분 정도 걸린다고 했다. 차량이 출발하자 뒷자리로 자리를 옮긴 스템피가 설명을 시작했다.

외곽 활주로는 주로 지방 중소 중심지를 오가는 비행기가 주로 이용하는 곳으로, 소요와 가까운 카빈다나 콩고, 자이르로 가기도 하지만 그런 일은 드물고, 주로 수도 루안다를 비롯해 광산이 밀집한 룬다노르테나 벤구엘라, 나미베, 비에 등 앙골라 국내 항공이 가끔 이용한다고 했다. 따라서 이번 사건에 대한 단서가 있을 만도 했다. 혹시라도 특이한 정황을 목격한 사람이 있을 수 있기 때문이다.

"납치범들의 이동방향에 대해 집히는 데가 있습니까?"

에드워드 영의 물음에 스템피가 지도를 펼치며 답했다.

"앙골라 공군과 소요공항 관제소에 알아본 결과, 지난 72시간 동안 이곳 활주로에서 이륙한 비행기가 국경을 넘거나 북쪽으로 간 경우는 없다고 합니다. 최근 앙골라 공군 장비가 좋아졌으니 믿어도 될 겁니다. 물론 저공비행을 하거나 동쪽으로 계속 비행해서 자이르로 갈 수도 있지만, 자이르 쪽에 알아본 결과, 쌍발 프로펠러 비행기로 갈 수 있는 활주로 중에는 한적한 곳이 없고 광산업체 비행기가 자주 이용한다고 합니다. 그리고 화면에 나온 인질들 뒤의 벽은 앙골라 내전 당시 급조한 흔적이 있는 블록건물입니다."

최근 막대한 석유 판매대금으로 최신 수호이 전투기를 비롯한 각종 첨단 레이더 장비를 사들인 앙골라는 공군 현대화에 박차를 가하고 있었다. 뿐만 아니라 수도 루안다와 소요 같은 중요 도시에 항공력을 집중시키고 있었다. 때문에 외곽 활주로에서 이착륙하는 비행기가 공항이나 공군에 일일이 보고하지는 않겠지만 자주 이용하지 않는다고 해도 공군이나 공항에서 이착륙 여부는 체크할 것이다. 아무리 아프리카라지만 나날이 발전하고 있어서 이 정도는 믿을 수 있을 것 같았다.

스템피가 계속 설명했다.

"본사 직원들과 전화상으로 의견을 교환했는데, 우리는 다음과 같은 결론을 내렸습니다. 첫째, 성창인터내셔널의 정보에 의하면 이곳 활주로에서 이륙한 시간은 오후 3시경이었다는 것. 둘째, 영상의 조명을 분석한 결과, 영상이 촬영된 것은 납치 당일 오후였다는 것. 셋째, 그렇다면 오늘 일몰시간이 18시 13분이니까, 비행기는 길어야 3시간 정도 밖에 비행을 못했다는 것. 넷째, 그렇다면 이곳을 주로 이용하는 쌍발 프로펠러 비행기로 갈 수 있는 곳은 몇 군데로 정해진다는 겁니다.”

정보회사의 분석은 논리적이고 치밀했다. 에드워드 영과 대원들은 스템피의 설명을 넋을 잃고 듣고 있었다. 스템피가 잠시 말을 멈췄다가 다시 이었다.

“이 모든 것을 종합하면 활주로에서 쌍발 프로펠러 비행기로 3시간 미만 거리에 있으며, 인적이 드물고, 화면에 나오는 내부를 가진 건물에 주목할 필요가 있습니다. 우리가 주목한 곳은 이 3곳입니다. 모두 1970~1980년대 내전 당시 만들어졌다가 버려진 곳들입니다.”

냉전이 한창이던 1975년부터 시작된 앙골라 내전은 남아공이 지원했던 UNITA와 소련 · 쿠바 · 동독이 지원한 MPLA로 갈라져 지루한 전쟁을 계속해왔다. 이 내전은 2002년까지 지속되었다. 일반적으로 알려진 것과는 달리, 미국은 대규모의 직접적인 개입을 하지 않았는데 그 이유는 과거 서구 열강들의 식민지였기 때문에 그들이 먼저 조치를 취해야 한다는 것과 소련과의 직접적인 대결을 피하고 싶었기 때문이다. 이러한 이유로 미국은 소규모의 간접적인 지원만 했고 내전은 장기화되었다. 앙골라 내전의 경우 소련과 쿠바 그리고 남아공이 주로 참전한 국지분쟁이었고, 이 여파는 이웃의 나미비아 · 자이르 · 잠비아 · 보츠와나까지 미쳤다. 그리고 지금도 UNITA 잔당들이 무장세력으로 남아서 앙골라 곳곳에서 활동하고 있었다.

에드워드 영과 대원들이 가야 할 곳 역시 수 십 년간 지속된 내전의 외중에 건설된 활주로 중 일부였다. 차량이 활주로에 도착하자 쌍발 프로펠러 비행기가 보였다. 차에서 내린 스템피가 말했다.

"여기서 가장 많이 쓰는 비행기입니다. 놈들도 이걸 타고 이동했을 겁니다. 연료는 가득 실었으니 걱정 마시고."

현지인 조종사가 담배를 피우며 조종석에서 손을 흔들었다. 비행기 안은 반 정도만 좌석이 있었고, 나머지 반은 화물칸이었다. 그러나 객실과 화물칸을 나누는 칸막이가 없어서 냄새가 진동했다. 화물로는 큰 나무상자가 두 개 놓여있었는데 뚜껑을 열어본 인디고가 깜짝 놀라 소리쳤다.

"AK와 RPG로군!"

현지에서 가장 흔한 무기였다. 에드워드 영은 칼리프 직원의 일 처리가 마음에 들었지만 일이 너무 잘 풀리는 것 같아 긴장되었다. 김중택 이사도 이런 식으로 납치당했을 것이다.

"오늘 밤은 잠자기 틀렸군."

히지가타가 모자를 눌러쓰며 한마디 내뱉었다. 그 사이 비행기의 프로펠러가 연기를 내뿜으며 이륙준비를 했다. 오후 3시 35분이었다.

케이프타운에서 재활치료 중이던 돌비는 트래비스의 연락을 받고 요하네스버그로 날아와 오전 11시 30분경 칼리프 직원들과 합류했다. 영국 해병 코만도에서 근무하던 시절 해외에서 MI6(영국 해외첩보부)

요원들을 도와 각종 감시 작전을 수행한 적이 있는 그는 이런 일이 사람을 얼마나 지루하게 만드는지 잘 알고 있었다.

영화나 소설에서는 감시할 대상이 있는 건물의 맞은 편 사무실을 임차해서 편하게 음식을 시켜먹으며 성능 좋은 망원경과 첨단장비를 갖춰 놓고 감시와 도청을 하는 것으로 묘사하고 있지만 사실 딱 맞는 위치에 사무실을 임차하기도 힘들고, 지금과 같은 긴급한 사안에는 더더욱 불가능했다. 거기다 요하네스버그 중심지라면 건물 옥상도 자리 잡기 힘들다. 그나마 다행인 것은 칼리프 직원들이 남아공 경찰로 신분을 위장해서 사선 방향의 건물 옥상에 자리 잡을 수 있었다는 것이다. 사무실 안을 볼 수는 없었지만 오가는 사람들을 감시하기에는 괜찮았다.

밥 돌비는 앉았다 일어섰다를 계속하며 다리운동을 함과 동시에 지루함을 잊으려고 했다.

"통신팀, 은행과 통화 중이다. 모두 녹음하고 있다."

"지상팀, 이상 없음."

은행에서 돈을 가지고 오는지 차량 몇 대가 순차적으로 도착해서 큰 트렁크 몇 개를 옮긴 것 말고는 몇 시간째 별 이상 없었다. 성창물산과 성창인터내셔널 지사의 전화회선을 도청하는 직원 2명은 사무실 건물 지하에 숨어 있었고, 알파로 불리는 백인 직원 하나는 노점으로, 브라보로 불리는 흑인 직원은 휠체어에 탄 장애인 행세를 하며 맞은 편 카페테리아에서 사무실을 오가는 사람들을 감시하고 있었다. 상황이 발생할 경우, 근처 빌딩 옥상에 대기 중인 R66 헬기가 옥상에 있는 돌비와 다른 직원 2명을 태우고 움직일 예정이었다.

잠시 휴식을 취한 돌비가 다시 운동을 시작하려고 할 때 무전이 흘러 나왔다.

"시내전화, 한국어인 것 같다."

"지상팀, 경계 철저히 하도록. 곧 움직임이 있을 것 같다."

돌비는 다른 직원들과 함께 망원경으로 밑에서 일어나고 있는 상황을 살폈다.

"통화가 끊겼다."

한국인들끼리 대화했다면 한국대사관 사람일 수도 있으므로 일단 확인해야 했다. 5분 정도 지나자 동양인 하나가 성창물산 지사 건물에서 나왔다.

"알파, 성창물산 지사장이다. 길을 건넌다. 카페테리아로 오고 있다."

"만나는 사람이 누구인지 확인하라."

무전기로 간단히 지시한 돌비는 생수를 한 모금 들이켰다. 휠체어를 탄 직원이 한국인 2명이 앉아있는 테라스 앞을 천천히 지났다.

"브라보, 처음 보는 사람이다. 한국어로 말하는데, 대사관 직원은 아닌 것 같다."

"일단, 사진 확보하라."

돌비는 지시를 내리고 담배를 피우려고 했지만 바람이 불어 여의치 않자 다시 망원경을 들여다보았다. 성창물산 지사장은 편하게 다리를 꼬고 허물없이 상대를 대하고 있었다. 관리들 앞에서 주눅이 드는 동양인들의 습성상 아무래도 대사관 직원은 아닌 것 같았다. 또 이번 일을 처음 알게 된 것이 오늘 아침 6시 이후 이므로 한국에서 사건을 알고 왔을 리는 없었다. 시간상 불가능하기 때문이다. 다만 걱정되는 것은 칼리프에서 미처 파악하지 못한 신분을 위장한 한국의 해외파견 정보요원일 수도 있다는 것이었다. 하지만 대화내용이 심각한 사건 얘기라면 저렇게 편하게 대화할 수 있을까? 그냥 사적인 만남인지도 모른다. 카페의 남자 사진이 돌비의 PDA 단말기에 떴다. 돌비는 이를 다시 트래비스에게 전송했다. 트래비스는 사진을 시울로 선송해 신분을 확인해줄 것이다.

"알파, 지사장이 다시 들어간다."

"남자도 돌아가나?"

"남자는 아직 있다. …… 이제 일어선다. …… 카페테리아 안으로 들어간다. …… 창가에 앉았다. …… 젠장, 사무실을 감시하는 것 같다. 저 새끼 정체가 뭐야!"

노점으로 위장한 백인 알파가 흥분한 채 무전기에 대고 소리를 쳤다. 돌비도 이 상황을 망원경으로 지켜보고 있었다.

"브라보는 저 한국인을 감시하라. 알파는 사무실 쪽을 살펴라."

돌비가 중얼거렸다.

"도대체 어떻게 돌아가는 거야?"

옆에 있는 직원 둘도 어리둥절한 모습이었다. 겨우 담뱃불을 붙인 돌비는 다시 선글라스를 쓰면서 내뱉듯이 말했다.

"젠장 할!"

서둘러 위성전화기를 꺼내 트래비스를 호출했다. 아무래도 찜찜했다.

조석태는 신문사 기자 시절 아프리카 각지를 돌아다닌 경험이 있었다. 7년 전쯤 큰 건을 취재하기도 했는데 사실 기사취재가 아닌 공작원으로서의 임무를 수행하기 위한 것이었다. 그가 평양에서 받은 지령은 북한의 아프리카 무기수출 현황과 군사교류 실태를 파악하려는 남한 정보기관의 준동을 분쇄하라는 것이었다. 그는 현지 대사관에 있는 동료와 함께 성공적으로 임무를 완수했다. 이런 임무에서 기자라는 직함은 항상 유리하게 작용했다.

그 후 평양의 새로운 지령을 받아 남한 내부의 정치·사회적 교란을 목적으로 방송국으로 자리를 옮겨 활동하고 있었다. 골수 주사파로 평양에서 밀봉교육을 받고 명실상부한 '통일역군'이 된 조석태가 보기에 남한은 선전, 선동으로 내부혼란만 지속적으로 야기하면 저절로 무너질 것 같았다. 그래서 가능성 있는 이슈를 스스로 찾아 나섰다. 최근 입수한 남한 재벌기업의 용병 고용설은 그의 이목을 끌기에 충분했다.

- 재벌기업에서 해외자원을 차지하기 위해 용병을 양성한다.
- 납치된 근로자도 용병이 구출했다.
- 봐라, 저들은 제국주의자들이다.
- 재벌기업이 아프리카에 식민지를 건설하려 한다.

잘만 터트리면 재벌을 갈아엎을 수도 있을 듯 했다. 그러나 이런 일은 비밀리에 진행해야 했다. 한은지로부터 김중택이 아프리카에 간다는 소식을 전해들은 그는 곧바로 회사에 취재휴가를 냈다. 그리고 아프리카로 날아와 김중택 일행의 행적을 더듬었다. 그 결과, 김중택 일행이 어제 앙골라에 도착했다는 정보를 입수했다. 대사관 직원과 앙골라 지사에 전화를 걸어 간단하게 확인했다. 그런데 왜 여상환은 한국에 돌아갔을 거라고 말 한 걸까? 그는 직감적으로 뭔가 있다고 생각했다. 그래서 카페 안으로 들어가 더 지켜보기로 했다.

"3백만 달러는 5시 이전에 도착한답니다."

성창물산 지사장 여상환이 사무실로 돌아오자 직원 하나가 보고했다. 그 돈만 들어오면 겨우 1천만 달러를 마련하는 것이다. 서울 본사와 지사의 노력으로 성과를 이룬 것이다. 여상환이 다시 책상 앞으로 돌아왔을 때 자신의 책상 위에 편지봉투가 하나 놓여있음을 발견했다. 겉봉에 영어로 '지사장 앞'이라고만 적혀 있었다.

"이거 누가 갖다 놓은 거지?"

"모르겠습니다. 사무실 앞에 떨어져 있기에 가져다둔 겁니다."

납치사건에 대해 전혀 모르는 현지인 여직원의 말에 여상환은 급히 봉투를 뜯었다.

- 일단 5백만 달러를 차에 싣고 공항 근처의 폐쇄된 다이아몬드 광산 입구로 4시 10분까지 올 것.

- 지사장과 운전수 2명만 올 것. 무기나 통신장비, 추적장치는 일체 소지하지 말 것.

- 미행이 있을 경우나 돈에 장난을 칠 경우 인질은 물론 당신들의 목숨도 보

장 못함.

- 광산 입구에 도착하면 조수석에서 신문을 아래위로 흔들고 모두 내릴 것.

- 시간을 반드시 지킬 것.

　여상환은 시계를 쳐다보았다. 30분 전이었다. 거기까지의 거리상 빠듯한 시간이었다. 서둘러야 했다.

내부의 적

"트렁크를 빨리 밴에 실어. 그리고 다니엘, 운전해요. 나와 같이 갈 데가 있어. 자네는 신문 하나 가져와."

직원들에게 서둘러 지시를 한 여상환은 서울 본사로 전화를 걸었다.

"통신팀, 지사장이 서울로 전화한다. 중요한 내용 같다."

"알파, 회사차량이 나온다. 트렁크를 싣는다."

"브라보, 위치추적기 준비."

"알파, 카페의 남자가 밖으로 나온다."

돌비는 긴장하며 망원경으로 아래 상황을 주시했다. 다행인 것은 돈이 들었음에도 불구하고, 경비를 철저히 하지 않아 평범한 서류수송으로 보인다는 것이었다. 그래서 주위에 접근하기가 좋았다. 트렁크를 다 싣자 현지인이 운전석에 오르고 지사장이 조수석에 올랐다. 브라보가 휠체어를 밀며 밴 뒤로 접근하더니 위치추적기를 차량 아래에 부착했다. 카페에서 나온 남자는 택시를 잡아타고 어디론가 출발했다. 장소를 완전히 이탈하는 것 같았다.

"알파, 카페에 있던 남자가 택시를 타고 사라졌다."

"방해물이 사라졌으니, 전 대원은 표적에만 신경써라. 헬기는 시동을 걸고 대기하라."

돌비가 무전기를 통해 지시를 한 후 다시 망원경을 들여다봤을 때, 이미 밴이 출발하고 있었다.

"지상팀, 차량으로 미행 시작. 맥그루더 상사! 돌격조도 출발하라. 우리는 하늘로 간다."

R66이 도착하자, 돌비는 2명의 칼리프 직원들과 함께 장비와 총을 챙겨 헬기에 올랐다. 미국 로빈슨사의 4인승 자가용 헬기 R66은 비좁고 엔진출력이 떨어졌지만 소음이 적고 가격이 싸서 도시에서의 추적에는 비교적 쓸만했다. 추적장치의 위치가 깜박거리자 헬기가 서서히 이륙하기 시작했다.

"출발!"

맥그루더의 낮게 가라앉은 목소리가 무전기를 울리자 도요타 픽업트럭 2대가 움직이기 시작했다. 트럭에는 트래비스 경비 서비스 소속 4명의 용병들이 타고 있었다. 이들은 돌비를 도와 화력지원을 하도록 선발된 특별병력들로 맥그루더가 지휘하고 있었다. 상황이 악화되면 이들이 나서서 깨끗이 정리할 계획이었다.

요하네스버그 보다 7시간 빠른 서울은 밤 11시를 앞두고 있었다. 성창물산 김태흥 사장이 여상환의 보고를 받고 노심초사 하고 있을 무렵, 성창인터내셔널 곽정태 사장은 트래비스로부터 갑자기 나타난 정체불명의 한국인 이야기를 듣고 당황했다. 도대체 누구를 만났는지 확인하기 위해서 여상환에게 연락을 취했으나 벌써 나가고 없다는 답만 돌아왔다. 직원들도 누구를 만났는지 알지 못한다고 했다. 휴대폰을 놓고 갔다고 하니 당장 연락할 방법도 없었다. 전송된 사진을 보고 당장 확인하라고 정보팀에 연락한 곽정태는 잠시 후그 정체를 보고 받았다.

"대한방송 기자 조석태? 기자가 어떻게 알고 거기까지 간 거야? 시간상 불가능하잖아?"

옆에 있던 정보팀 담당자의 표정이 굳어졌다.

"그건 잘 모르겠습니다. 사흘 전에 취재휴가를 요청했다고 합니다."

"취재휴가?"

기자의 출현을 우연의 일치라고 보기에는 너무 얄궂었다. 곽정태가 짜증스럽게 말했다.

"지금 당장 트래비스를 연결해."

카페에 있던 남자가 한국의 방송국 기자라는 사실은 일순간 모두를 당황스럽게 했다. 일단, 눈앞에서 사라진 이상 당장 급한 일은 아니었지만 한국 기자가 어떻게 이곳에 나타났는지 도무지 알 수 없었다. 돌비는 현실에 집중하기로 했다. 차는 공항 인근 노천 다이아몬드 광산 옆 폐다이아몬드 광산으로 향하고 있었다.

"폐다이아몬드 광산으로 향한다. 적이 매복하고 있을지 모르니 조심하라."

위치추적기가 한 지점에서 멈췄다. 폐광 입구였다.

"폐광 입구에 차가 멈췄다. 주의해서 접근하도록."

최종위치가 확인된 이상 위치추적기의 작동을 멈춰야했다. 만일, 테러범이 전파탐지를 하거나 차량 수색을 할 경우 발각될 수 있기 때문이었다. 크기가 작아 육안 식별은 힘들겠지만 사전에 위험을 차단할 필요가 있었다.

한편, 조석태는 자신이 운이 좋다고 생각했다. 사무실에서 조금 떨어진 곳에서 택시를 잡아타고 미화 10달러짜리 지폐 몇 장을 흔들어 보이며, 차량을 미행해주면 미화 100달러를 주겠다고 하자, 흑인 택시기사는 허연 이를 드러내며 자신 있게 말했다.

"이런 경험이 여러 번 있었죠."

택시기사는 자신이 쫓아야 할 차량의 번호와 특징을 잘 기억했고 시력이 좋아서 멀리서도 이동방향을 바로 알아챘다. 여상환을 태운 택시가 폐광 입구에 다다랐을 때 택시기사가 조석태를 바라보며 말했다.

"막다른 곳입니다. 이곳은 몇 년 전에 침수되서 문을 닫았죠. 눈에 안 띄게 차를 세우죠."

눈치 빠른 기사는 길을 잘못 든 것처럼 차를 다시 돌리더니 둔덕 아래에 차를 세웠다.

"여기서 약 100m 거리입니다. 어서 내려요. 누가 보고 있을지도 모르니까."

조석태는 약속했던 100달러를 쥐어주고 조용히 밖으로 나왔다. 택시는 바로 옆 공사장 차량들 속으로 섞여 들어갔다.

차 안에서 신문을 아래위로 흔든 여상환은 다니엘과 함께 차에서 내렸다. 폐광 입구는 귀신이 나올 만큼 음산한 분위기였다. 그 때 폐광의 나무문이 열리고 사람이 나왔다.

"손들어, 움직이지 마!"

아랍계 중동인 2명이 우지 기관단총과 권총을 들고 서 있었다. 기관단총을 지닌 중동인이 다가와 여상환과 다니엘의 몸을 철저히 수색한 후 전파감지기를 들고 차 안 구석구석을 살폈다. 이상 없음을 확인한 두 사람은 폐광 안으로 손짓을 했다. 잠시 후 폐광 안에서 밴이 나오더니 흑인 2명이 더 내렸다.

권총을 든 중동인이 외쳤다.

"뒷문 열어!"

다니엘이 몰고 왔던 밴의 뒷문을 열자 흑인 둘이 올라가 트렁크를 열고 안을 확인했다. 잠시 후 손으로 OK 사인을 한 흑인들은 서둘러 자신들의 밴에 트렁크를 옮기기 시작했다.

조석태는 30여 미터 떨어진 둔덕에 몸을 숨긴 채 디지털 카메라로 그 장면을 연속해서 담고 있었다. 화소가 높고, 줌 기능이 뛰어나 확대해도 큰 무리는 없을 듯 했다. 용병의 고용 대가인지, 아프리카 독재정권에 뒷돈을 주는 것인지는 몰라도, 상대가 총을 든 것으로 봐서 뭔가 부정한 거래가 있는 게 틀림없었다. 심장이 두근거리고, 손이 미세하게 떨렸지만 계속해서 셔터를 눌렀다.

그때였다. 등에 묵직한 충격이 전해졌다. 비명조차 지를 수 없을 정도의 고통을 느낀 그가 뒤돌아서자, 이번에는 총의 개머리판이 이마를 강타했다. 그리고 그대로 쓰러졌다.

"이봐, 지사장! 장난치지 말라고 경고했을 텐데. 우리가 만만하게 보이나?"

권총을 든 중동인이 험상궂은 표정으로 소리쳤다. 아마도 그가 두목인 듯 같았다. 긴장한 표정으로 그를 바라보던 여상환은 바닥에 깔려 질질 끌려오는 사람을 보고 깜짝 놀랐다. 불과 1시간 전에 만났던 조석태였다. 조석태는 자신은 취재를 나온 한국 기자라고 영어로 계속 말하고 있었다. 환장할 노릇이었다. 도대체 여기서 뭘 하고 있었던 걸까? 또 왜 자신을 따라왔는지 도대체 이유를 알 수 없었다.

"선배님, 말 좀 해봐요, 나는 기자라고."

모든 것을 망쳐놓고, 기자라고 말하면 다 해결될 것이라고 생각하는 모양이었다. 여상환이 버럭 소리를 질렀다.

"입 닥치고 조용히 좀 해! 여기는 왜 왔어?"

조석태를 끌고 온 중동인이 조석태의 카메라를 AK 소총 개머리판으로 두들겨 산산조각 냈다. 잠시 후외곽을 지키는 사람이 더 있는지 무전기로 연락을 주고받던 흑인 하나가 말했다.

"다른 접근 자는 없답니다."

두목으로 보이는 중동인이 조석태의 여권과 기자증을 살펴보더니 이내 고개를 저었다. 그리고 권총에 소음기를 끼우며 말했다.

"회사에서 언론에 알렸나?"

"회사에서 그랬을 리가 없습니다. 우리가 돈을 왜 가져왔겠소? 게다가 시간상으로도 사건을 알고 한국에서 왔을 리가 없지 않습니까?"

여상환이 할 수 있는 말은 그것이 다였다. 더 이상 할 말이 생각나지 않았다. 하지만 권총에 소음기를 끼운 것은 뭔가 일을 저지르겠다는 표시였다.

"그건 내가 알 바 아니지. 이곳에 상주하는 특파원일수도 있고, 우연히 이곳에 먼저 와 있던 기자일 수도 있고, 아니면……."

중동인이 다가와 여상환의 얼굴에 총구를 들이대며 말을 이었다.

"한국대사관 직원이나 해외 정보요원일 수도 있겠지."

여상환은 식은땀을 흘리면서도 기지를 발휘해야 한다고 생각했다.

"나와 개인적으로 친분이 있는 기자가 맞습니다. 저 친구를 봐요, 저렇게 허술한 정보요원이 어디 있습니까?"

중동인은 잠시 여상환을 노려보았다.

"기자가 확실하다고?"

여상환이 괜한 말을 했다고 생각한 순간, 옆에 서 있던 다니엘을 향해 권총이 불을 뿜었다. 4발의 총알을 가슴과 배에 맞은 다니엘은 뒤로 끌려가듯 넘어가 피를 토하더니 이내 숨이 멎고 말았다. 이를 지켜본 조석태는 주저앉아서 벌벌 떨었다.

　현장 주위를 멀리서 날아다니는 헬기 안에서 현장과 약 200m 떨어진 저격수가 보내주는 영상을 지켜보던 밥 돌비는 즉시 판단을 내려야 했다. 기자가 먼저 택시를 타고 떠나서 안심했던 것이 화근이었다. 게다가 기자가 이곳에 나타났을 때 체포하려 했지만 선수를 친 테러범 때문에 또 기회를 놓치고 말았다. 그렇다고 기자와 외곽경계를 당장 저격할 수도 없었다. 외곽경계를 저격할 경우 외곽경계와 연락이 되지 않으면 안에 있는 범인들이 의심할 것이고, 기자를 저격할 경우 다른 테러범이 시체를 발견하거나 시체를 치우려는 맥그루더 일행을 볼 수도 있기 때문이다. 이래저래 난처한 상황이었다.

　그때 무전기에서 맥그루더 상사의 목소리가 들려왔다.

　"외부와 통화하려고 합니다. 소령님, 시작합니까?"

　"외곽경계부터 처리하게."

　돌비는 명령을 하달한 후 담배를 물었다. 우연한 사건 하나가 일을 완전히 망친 것이다.

　중동인이 소음권총을 여상환의 얼굴에 들이밀었다. 총구의 뜨거운 열기와 진한 화약냄새가 코를 자극했다.

　"어쨌든 약속을 어겼군."

　말을 마친 중동인이 외쳤다.

　"전화기 가져와!"

　다른 중동인 하나가 휴대전화를 건네자 몸을 돌려 번호를 누르고 귀에 갖다 댔다. 그러나 그 순간, 휴대전화가 폭발했다. 최소한 여상환의 눈에는 그렇게 보였다. 폭발이 꽤나 컸는지 폭발과 동시에 중동인의 머리가 갑자기 한 쪽으로 기울더니 손에 쥐고 있던 권총을 떨어뜨린 채 옆으로 쓰러졌다. 옆에 있던 중동인 2명 역시 입이 터지며 뒤로 넘어갔다. 저격수가 쏜 G3SG1의 7.62mm 총알에 뒷머리가 터져 죽은 것이다. 아까부터 덜덜 떨고 있던 조석태는 이 광경을 보자 급기야 바지에 오줌을 싸고 말았다.

여상환은 누군가 저격하고 있다는 것을 깨닫고 그 자리에서 땅바닥에 바짝 엎드려 남아있는 흑인 2명을 찾았다. 그들은 트렁크를 실은 차에 올라타 급하게 차를 출발시켰다. 하지만 30여 미터도 채 가지 못해서 앞 타이어가 펑크 나더니 흙더미에 부딪혀 멈추고 말았다. 곧이어 복면을 쓴 남자 3명이 소총을 들고 나타나더니 운전석과 조수석을 향해 총을 쏘았다. 총소리가 크게 나지 않는 것으로 봐서 소음기를 단 것 같았다. 여상환은 조석태에게 급하게 말했다.

"무장강도다! 조 기자, 손 머리에 하고 엎드려. 대가리 쳐들지 마!"

겁에 질려 숨조차 제대로 쉬지 못하는 조석태가 바닥에 엎드리자 여상환도 곧바로 자신이 말한대로 행동했다. 몇 명의 무장괴한들이 다가와 죽은 자들의 몸을 뒤졌다. 잠시 후두 세대의 차량이 더 오더니 트렁크와 시체를 모두 싣고 떠났다. 모든 일이 순식간에 벌어졌다. 그들은 여상환과 조석태는 신경조차 쓰지 않았다.

적막이 찾아오자 여상환이 고개를 들었다. 아무도 없음을 확인한 그는 몸을 일으켜 주위를 살폈다. 중동인과 흑인들이 있었던 흔적은 부

서진 차량 말고는 없었다. 5백만 달러가 든 트렁크가 사라졌고 다니엘
은 죽었다. 여상환은 거의 미칠 지경이었다. 엎드려 있던 조석태가 주
섬주섬 일어서자 달려가 그의 멱살을 잡고 무섭게 노려보며 외쳤다.

"야, 이 개새끼야! 너 때문에 다 망쳤어, 다 망쳤다고. 이 개새끼야!"

해질녘 무렵, 도착한 첫 번째 활주로는 중대규모의 앙골라군이 주둔
하는 곳이었다. 민간항공기가 이용해도 무방하지만 며칠 사이 이착륙
한 민간항공기는 없다고 했다. 군용 천막 말고는 어떠한 건물도 없는
곳이었다. 앙골라군이 테러범들과 내통했다고 볼 정황도 없었다. 두
번째 활주로 역시 비슷한 상황이었다. 늦은 밤까지 불을 밝히고 활주
로 확장 공사를 하고 있었다. 마지막 세 번째 활주로에 도착한 시각은
밤 11시가 넘어서였다.

"목시코와 비에 접경지역입니다. 여기서 연료를 넣을 겁니다."

조종사가 말하자, 에드워드 영이 물었다.

"월광 말고는 조명도 없는데 괜찮겠소?"

"오늘 같은 월광이면 눈감고도 착륙합니다. 대신 꽉 잡으시오."

착륙을 시작하자 비행기가 심하게 진동했지만 곧 속도가 급격히 줄
었고 방향을 돌려 안전하게 정지했다. 히지가타와 옐로우는 그 와중에
도 잠을 자고 있었다. 일교차가 큰 지역이라 모두들 각자 배낭에서 겉
옷을 꺼내 입고 성대 마이크와 AK 소총을 꺼내 휴대하고 있었다. 내부
조명을 모두 끈 상태였지만 신속하게 움직였다. 하지만 히지가타는 몸
이 안 좋은지 그대로 누워있었다.

히지가타는 잠이 덜 깬 목소리로 말했다.

"캡틴, 무슨 일 있으면 깨워줘."

"통신장비는 반드시 착용하고 있어."

예비병력을 남기는 것도 괜찮은 방법이라고 생각한 에드워드 영은 히지가타에게 말한 뒤 밖으로 나왔다. 달빛이 상당히 밝아 플래시가 필요 없을 정도였지만 공기가 상당히 썰렁했다. 주위를 살피던 레드가 다가와 조용히 말했다.

"캡틴, UNITA 놈들이 아직 이 일대에 있을지도 모르니까, 빨리 조사하고 떠야겠어."

"스템피 말로는 이 지역은 안전하다던데?"

"난 정보요원 말은 안 믿어."

그 말을 들은 에드워드 영은 주위를 찬찬히 둘러보았다. 조종사는 연료를 넣고 있었고, 오렌지와 블루, 인디고는 주변을 정찰하고 있었다. 겉으로는 아무 이상 없이 조용했다.

스템피는 앞장서서 한 곳을 손으로 가리키고 있었다. 100여 미터 전방의 황량한 곳에 외롭게 서 있는 2층짜리 콘크리트 건물이었다.

"전 대원 주변 경계 철저히 해. 건물로 들어간다."

지시사항을 전달한 에드워드 영에게 창 밖에서 내부를 들여다 본 인디고가 이상 없음을 알리자, 레드가 출입구 문을 활짝 열고 몸을 피했다. 부비트랩은 없었다. 내부로 들어가자 영상에서 보았던 블록 벽이 있었다. 외부는 콘크리트로 만들어졌지만 내부를 가르는 벽은 블록으로 되어있는 구조였다. 에드워드 영은 배낭에서 노트북 컴퓨터를 꺼내

영상을 다시 보면서 확인했다. 이곳에서 찍은 영상이 맞는 것 같았다.

"이제야 찾은 것 같군요, 스템피 씨."

그러나 스템피는 아무 말이 없었다.

"소변이 마렵다면서 밖으로 나갔어."

옆에 있던 레드가 말했다. 에드워드 영은 자신도 소변이 마려웠지만 일단 트래비스 중령에게 보고를 해야 했다. 하지만 험준한 지역이 아니면 불통이 잘 되지 않는 위성전화기가 작동되지 않았다. 배터리를 새로 갈아 끼웠지만 마찬가지였다. 순간, 옛 기억이 다시 살아났다.

'내부의 적!'

그 때 밖에서 경계를 서던 인디고가 마이크에다 다급하게 외쳤다.

"차 소리가 들린다. 적 발견, 적 발견 …… 총이 발사되지 않는다."

곧이어 50구경 중기관총의 묵직한 총탄이 굉음을 내며 밤하늘을 갈랐다. 인디고와 블루가 적탄을 뚫고 다급히 문을 열고 안으로 굴러들어왔다.

"총에 공이가 없어! 스템피에게 속았다."

인디고가 숨을 헐떡이며 에드워드 영에게 말했지만 그 역시 달리 방법이 없었다. 중기관총 탄이 뻥 뚫린 창을 통해 계속 날아들었다. 그러나 다급한 외중에도 백전노장인 남아공 32대대 출신들은 달랐다. 오렌지가 창가에 AK 총탄을 일렬로 정렬하자 레드가 조심스레 지포 라이터로 총알을 가열했고 곧 몇 발의 총성과 함께 다가오던 적들이 허둥대며 뒤로 물러났다.

"총이 있는 줄 알고 놀란 모양이군."

인디고가 말했다. 창문 밑에 바짝 붙어서 재치 있게 시간을 벌고 있는 레드와 오렌지도 상황의 급박함을 잘 알고 있었다. 비록 시간을 벌고 있지만 언제까지 계속될 지 알 수 없는 노릇이었다.

에드워드 영은 다시 상황을 살폈다. 건물 안에는 레드와 오렌지, 블루, 인디고가 있었다. 옐로우는 보이지 않았다. 비행기 안에 있는 히지가타와 옐로우와는 통신이 되지 않았다. 칼 말고는 무기가 전혀 없는 상황에서 완벽하게 함정에 걸린 것이다. 그 때 엄청난 폭음과 함께 건물에 충격이 가해졌다. 적이 RPG를 발사한 모양이었다. 군사용으로 만든 건물이라 콘크리트가 두터웠지만 언제까지 버틸지 알 수 없었다. 창을 통해 내부에서 폭발한다면 몰살당할 수도 있었다. 마른 침이 저절로 넘어갔다.

외곽에서 경계를 하고 서던 옐로우는 갑자기 헤드라이트를 켜고 돌진해오는 무장차량 3대를 가장 먼저 발견하고 수풀에 숨었다. 그리고 무전을 날릴 틈도 없이 급히 사격위치를 잡았다. 하지만 총이 발사되지 않았다.

노리쇠는 움직였으나 공이의 진동이 전혀 느껴지지 않았다. 경험상 총에 문제가 있음을 직감한 그는 무선연락을 하려다가 등골이 오싹해지는 느낌을 받고 그 자리에 그대로 얼어붙었다. 10여 명이 넘는 무장 병력들이 차량의 이동방향으로 빠르게 이동하고 있었기 때문이다.

다행히 발각되지는 않았지만 그들이 멀리 갈 때까지 그대로 있으면서 생각을 정리했다. 그리고 자신의 특기를 살려 무장병력들 사이에

섞여 들어가기로 했다. 일단, 그렇게 한 후 기회를 엿보다가 대원들을 도울 생각이었다. 어둠과 피부색을 잘 이용하면 될 것 같았다.

작동하지 않는 총을 들고 먼저 간 적들을 따라 몇 걸음을 옮겼을 때 뒤에서 누군가 부르는 소리가 났다. 그러나 아무 말도 할 수 없었다. 포르투갈어를 전혀 몰랐기 때문이다. 뒤에서 나는 소리는 두 사람이었다. 그는 돌부리에 걸려 넘어진 척 연기를 했다. 그는 무릎을 감싼 채 신음소리를 내며 조심스럽게 뒤로 돌아 허리의 Ka-Bar를 뽑았다.

예상대로 적은 둘이었다. 적이 다가와 그의 옆에서 허리를 숙이자 쏜살같이 첫 번째의 목을 깊숙이 베고, 두 번째의 가슴을 찔렀다. 칼을 비틀어 빼내자 뜨거운 피가 솟구치며 가슴에 튀었다. 목이 잘린 채 소리도 지르지 못하고 뒤로 나자빠진 적 위에 올라탄 옐로우는 적의 입을 틀어막고 다시 목을 공격했다.

경동맥과 기도가 동시에 잘린 적은 버둥거렸지만 칼을 비틀어 힘을 가하자 이내 축 늘어졌다. 가슴을 찔린 적은 마지막 숨을 쉬고 있었다. 주위를 살폈다. 총성 말고는 아무 소리도 들리지 않았다.

숨을 크게 들이쉬며 진정하려고 했지만 손이 계속 떨리고 있었다. 다시 심호흡을 하며 정신을 다잡은 그는 시체의 몸을 뒤져 여분의 탄창 3개와 수류탄 1발, 2자루의 AK 소총을 입수했다. 동료들을 구하려면 빨리 가야 했다.

그는 낮은 목소리로 교신을 시도했다.

"캡틴, 옐로우야. 그곳으로 갈 테니, 조금만 더 버텨."

비행기 안에서 누워있던 히지가타가 반사적으로 눈을 뜬 것은 차량이 멈추는 소리를 듣고서였다. 밖에서 연료를 주입하던 조종사는 갑자기 나타난 사람들에게 협박당하는 것 같았다.

히지가타는 서둘러 일어나 비행기 출입문을 응시했다. 이윽고 적 하나가 들어왔다. 통로를 왔다갔다 하던 적은 히지가타를 발견하지 못한 듯 방향을 바꿔 조종실로 향했다. 히지가타는 이때를 놓치지 않고 자신의 대검으로 적의 목을 찔렀다. 하지만 적이 살짝 피하는 바람에 칼이 제대로 들어가지 못했다. 그러자 깜짝 놀란 적이 총을 서너 발 발사했다.

히지가타가 다시 목을 찔러 숨통을 완전히 끊고 총을 빼앗았을 때 또 다른 적이 통로에 들어왔다. 히지가타가 지척에서 방아쇠를 당기자 가슴을 강타당한 적은 뒤로 넘어졌다. 히지가타는 총을 겨눈 채 바깥을 살피고 낡은 닷지트럭의 운전석에 있던 적을 사살했다. 다른 적은 없는 것 같았다. 무전장비를 장착한 그는 서둘러 교신을 시작했다. 급박한 상황에서 에드워드 영의 요구사항은 단 한가지였다.

"스템피가 적이다. 우리 총은 모두 고장 났으니 놈들 무기와 장비를 다 챙겨와!"

죽은 적들의 총과 탄약을 차량에 싣자 상황을 파악한 적이 멀리서 사격을 시작했다. 하지만 야간의 어둠 속에서 적탄은 엉뚱한 곳으로 날아가기 일쑤였고, 오히려 자신들의 정확한 위치만 노출시켰다. 히지가타는 비행기 앞바퀴에 숨어있는 조종사에게 말했다.

"당신 운전할 줄 알죠? 수고비는 줄 테니 운전하시오. 안 그러면 내가 죽일 테니까."

공격을 시작한 지 5분도 안되어 총이 없다는 적으로부터 총성이 나고, 비행기에서도 총성이 나자 적들은 사뭇 긴장을 한 듯 했다. 비행기에서 돌진해 오는 차량을 향해 적의 RPG가 발사됐지만 엉뚱한 곳으로 날아가고 말았다. 그 순간, 에드워드 영의 명령이 떨어졌다.

"옐로우, 지금이야!"

건물 뒤쪽을 포위한 적들은 옐로우가 자신들 뒤에 다가오는 것을 알지 못했다. 알았다고 해도 같은 편인 줄 알았을 것이다. 옐로우가 던진 수류탄이 터지고서야 뭔가 잘못 되었다는 것을 알았지만 피아간 구별이 불가능했다. 수류탄 폭발로 혼란에 빠진 적들 사이로 옐로우는 눈에 보이는 적을 하나씩 사살해 나갔다. 자신이 가진 두 번째 총의 탄창을 다 비웠을 때 다른 대원들이 밖으로 나와 적의 총으로 전투를 벌이고 있었다. 일단, 상황이 역전됐음을 확인한 옐로우는 갑자기 맥이 풀린 채 그 자리에 주저앉고 말았다.

히지가타는 달리는 닷지트럭 조수석에서 적의 무장차량을 향해 열심히 사격을 가했다. 하지만 중기관총 탄에 겁을 먹은 조종사는 쉽사리 근처로 다가가지 못하고 지나치고 말았다.

"총알이 그렇게 겁나나? 적을 향해 운전해!"

히지가타는 한 손으로 운전대를 꺾어 적을 향해 똑바로 향하게 한 후 왼쪽 발로 가속페달을 밟았다. 그러자 차량은 굉음을 내며 무섭게 돌진하기 시작했다.

"히지가타, 기관총 좀 어떻게 해봐. 총 때문에 움직일 수가 없다."

에드워드 영의 목소리가 귀를 울렸다.

"고개 숙이고 그 상태를 유지해."

탄창을 새로 갈아 끼운 히지가타는 날아오는 중기관총탄은 아랑곳하지 않은 채 총알이 날아오는 방향만 응시했다. 점점 표적에 가까워지자 중기관총탄이 차량을 박살내기 시작했다. 운전석의 조종사는 비명을 질러댔지만 히지가타는 총을 겨눈 채 말이 없었다. 잠시 후 히지가타의 AK 소총이 불을 뿜으며 탄창의 탄알을 모두 쏟아냈을 때 중기관총 사수가 뒤로 튕겨져 나가는 모습을 볼 수 있었다. 그리고 그와 동시에 기관총 사격이 멈추었다.

"차 세워, 내려!"

총소리는 계속 났지만 적들이 쏘는 것은 아닌 것 같았다. 상황을 살피던 히지가타에게 무전이 날아왔다.

"상황 끝, 적이 항복했다. 옐로우가 총에 맞았다."

옐로우의 얼굴과 어깨는 총알이 스친 상처가 있었다. 또한 옆구리에는 파편이 박혀있었다. 생명에 지장은 없겠지만 당장 휴식이 필요했다. 적의 시체는 총 19구였는데 그 중 반 정도가 옐로우의 작품이었다. 옐로우의 활약이 아니었다면 모두 죽은 목숨이나 다름없었다. 그리고 그것은 모든 대원들이 다 인정하는 것이었다. 이와 반대로 히지가타는 자신의 불성실함에 대해 진심으로 사과해야 했다. 결론적으로 공을 세우긴 했지만 동료들에게 부끄럽고 미안했다.

포로로 잡힌 8명 중에는 스템피도 섞여 있었다. 다른 대원들이 포로들을 취조하는 사이 에드워드 영과 레드는 건물 안에서 스템피를 취조했다. 손과 발이 묶인 그는 두려움에 떨고 있었다. 에드워드 영의 명성을 잘 알고 있는 칼리프 직원으로서 당연한 반응이었다. 그의 소지품 중에는 사무실에 두고 왔다던 위성전화기도 있었다. 이것은 통신수단임과 동시에 명확한 물증이기도 했다.

"알아서 다 불어. 우리를 더 이상 흥분시키지 말고."

에드워드 영은 자신의 마음을 가라앉히려고 담배를 피우면서 말했다. 자신이 오늘처럼 무능했던 것은 몇 년 만에 처음이었다. 분풀이 대상으로 스템피가 제격이었지만 정보를 캐내기 전에는 죽일 수 없어 아쉬울 따름이었다.

"나, 나를 사, 살려줄 거요?"

레드가 스템피의 머리를 걷어차고 얼굴을 군화발로 짓이겼다. 고통으로 신음하던 그가 겨우 숨을 고르고 말했다.

"다 말 하겠소. 더 이상 동료들을 배신할 수는 없으니."

제17장

스톡홀름 증후군

사실, 칼리프는 얼마 전부터 타립 오즈칸과 오마르 일마즈의 행적을 추적하고 있었다. 그 이유는 아프리카 내에서 이들의 테러를 저지를 경우 고용계약에서 유리한 조건을 갖출 수 있었기 때문이다.

스템피 역시 소요에서 그 임무를 수행하고 있었다. 그는 북아프리카의 알-카에다로 이름을 바꾼 살라피스트 선교전투그룹의 중부아프리카 조직책이었던 오마르 일마즈가 바뀐 조직에서도 계속 같은 일을 하고 있으며, 테러 자금을 모으기 위해 큰 건을 준비하고 있다는 정보를 입수했다. 그러나 정확한 대상과 일정을 밝히기 위해 정보원을 찾은 그는 자신이 쫓고 있던 오마르 일마즈에게 오히려 납치를 당했다.

그리고 그들의 꾐에 넘어가 돈을 받고 정보를 넘기기로 한 것이다.

"그는 당신들의 존재를 알고 있었소. 당신들이 나이지리아에서 한국인들을 구출한 사건도 이미 다 알고 있었소."

레드가 통명스럽게 말했다.

"그 놈이 모르는 건 당신이 잘 가르쳐줬겠군."

에드워드 영이 물었다.

"얼마를 준다고 하던가?"

"30만 달러요. 선금으로 10만 달러를 먼저 받았고 성공하면 20만 달러를 더 준다고 했소."

스템피의 말에 에드워드 영이 껄껄거리며 답했다.

"우리 목숨 값이 너무 싸군. 그런데 우리가 올지 어떻게 알았나?"

에드워드 영은 또 다른 배신자가 있는지 의심스러웠다.

"뻔한 것 아니오. 사건이 시작된 곳이 소요니까. 최정예팀도 일단 이곳으로 오겠지. 안 그렇소?"

30만 달러의 대가는 최정예팀이 오면 함정에 빠뜨려 몰살시킨다는 것이었다. 스템피는 이를 위해 사빔비 사망 후 무장강도 수준으로 전락한 UNITA 잔당들을 매수해서 함정을 팠고 거의 성공할 뻔 했다가 실패하고 만 것이다.

레드가 물었다.

"돈을 받으면 어디 도망이라도 갈 생각이었나?"

"가족과 함께 유럽으로 가서 숨을 생각이었소."

에드워드 영이 물었다.

“돈은 어떻게 받기로 했지?”

“성공할 경우, 내일 오전 중으로 수도 루안다와 소요의 라디오 뉴스를 통해 ‘목시코와 비에 접경지역의 버려진 활주로에서 용병들로 보이는 정체불명의 시체들이 발견되었다.’고 알리면 전화로 연락을 준다고 했소. 나는 연락처를 모릅니다.”

“어떤 전화? 휴대전화? 위성전화?”

에드워드 영의 물음에 잠시 머뭇거리던 스템피가 말했다.

“그건 모르겠소. 어떤 전화든 번호는 그쪽에서 다 알고 있으니.”

“그 놈의 방송이 문제군, 정말 문제야.”

레드가 말을 뱉었다. 에드워드 영은 담배를 비벼 끄고 마지막으로 궁금했던 것을 물었다.

“그런데 어떻게 그 놈들을 믿었지? 당신 같은 정보요원이.”

담담하게 답하던 스템피는 그 질문에 고개를 숙였다.

“내전 때 내 아내는 다리 하나를 잃었고, 내 자식들 5명이 죽었소. 딸아이 하나 남았는데, 그 애가 에이즈 환자요. 그래서 지푸라기라도 잡고 싶었소. 그 뿐이오.”

괜한 것을 물어 본 것 같았다. 깊게 들어가면 모든 문제의 핵심은 아프리카의 가난에 찌든 현실 그 자체였다. 아프리카 국가들이 자원을 팔아 번 돈은 일부에게만 돌아가고 내전으로 모든 것을 잃은 주민들은 아직도 자리를 잡지 못하고 살인적인 물가와 만연한 질병, 고질적인 실업문제로 지옥의 나날을 보내고 있었다. 그런 점에서 용병은 차라리 편한 존재였다.

밖에서 포로들을 취조하던 블루가 들어왔다.

"취조해봤는데, 저 놈들은 스템피에게서 돈을 받고 일을 맡았다는 군. 내막은 전혀 모르는 모양이야."

"그럼 없애야지."

레드가 밖으로 나가며 말했다.

둘만 남자 에드워드 영이 스템피에게 말했다.

"내일 라디오 방송을 해야 할 것 같으니까, 일단 압송하겠소. 처분은 사건이 해결되고 할 거요."

순순히 분 내용도 모두 믿을 수 없으니 다시 확인해야 했다. 레드의 말대로 정보요원은 믿을 수 없다. 에드워드 영은 정보요원을 믿다가 이 지경이 됐는데도 또 다시 이런 일을 당한 자신이 너무도 원망스러 웠다. 상대가 작심하고 덤비면 언제든 속을 수 있고 그것은 곧 죽음을 의미했다.

10여 발의 총성이 울린 후 남은 차량을 못 쓰게 만든 대원들은 아직 도 겁에 질린 조종사를 데리고 비행기로 향했다. 다행히 비행기는 무 사했다.

"일단, 소요로 다시 갑시다."

소요에서 제일 먼저 해야 할 일은 쓸 만한 의사를 찾아 옐로우를 치 료하는 것이었다. 외국회사들이 있으니 괜찮은 의사도 있을 것이다. 에드워드 영은 스템피가 가지고 있던 위성전화기를 꺼내어 트래비스 를 호출했다. 늦은 시간에도 잠을 자지 않고 있던 트래비스는 그동안 왜 연락하지 않았냐고 화부터 냈다. 그러나 에드워드 영의 설명을 듣고는 곧 누그러졌다.

트래비스가 말했다.

"미국이 사건에 개입하기로 했네. 윌리엄 소령이 위성자료를 제공하고 인질구출에 참여하기로 했다네."

"그렇다면 내일 앙골라에서 라디오 방송을 한 후 이 전화로 연락이 오면 놈들의 위치를 추적할 수 있겠군요."

"지금 알아보겠네."

잠시 후 윌리엄 소령이 전화를 받았다. 바로 옆에 있었던 모양이다.

"가능합니다. 정찰위성과 무인정찰기가 지금 작전 중이오. 지금 당신 위치도 파악하고 있소."

다시 트래비스가 전화를 받았다.

"오늘 오후에 요하네스버그에서 돌비 소령이 돈을 가지고 가려던 놈들과 어쩔 수 없이 교전을 했네. 그런데 한국에서 온 기자가 일을 망쳤어. 놈들을 추적할 생각이었는데 일이 실패하고 말았지. 그래서 자네 소식이 더 궁금했던 거야. 수고 많았네. 의사는 지금 곧 대기시키지. 내일 연락하세."

미국이 개입한다면 일이 의외로 쉽게 풀릴 수도 있었다. 윌리엄 소령과 그의 특전대원들이 어떤지는 알 수 없지만 그동안 본 바로는 방해될 것 같지는 않았다.

에드워드 영은 전화기를 배낭에 넣고 대원들을 살폈다. 부상당한 옐로우는 잠을 자고 있었고 나머지는 그 주위를 서성이고 있었다. 히지가타는 스템피를 감시하고 있었다. 에드워드 영은 잠을 자지 않으려고 담배를 꺼내 물었다. 잠을 자기에는 너무 길고도 부끄러운 하루였다.

또 무장강도 사건이 발생했습니다. 오늘 저녁 7시경 요하네스버그 인근 야산에서 중동인 4명과 흑인 3명의 시신이 발견되었습니다. 이들은 총격전 끝에 사망한 것으로 보이는데, 경찰에 따르면 흑인 사망자 중 1명은 한국 기업의 현지 고용인으로 밝혀졌습니다. 경찰은 한국 회사의 물품을 강탈해 가려던 범죄조직 간의 경쟁으로 총격전이 발생한 것으로 보고 수사를 확대하고 있습니다. 이번 사건은……

남아공 국영방송 SABC 10시 뉴스를 보던 돌비가 짐 로저스를 돌아보며 말했다.

"잘 처리했군."

정보회사 칼리프의 요하네스버그 책임자인 짐 로저스는 사건을 단순범죄로 보도되게끔 일을 마무리했다. 다음날 아침에는 일간신문인 The Star와 Business Day에도 실릴 것이다.

"남은 사람에게도 잘 말했습니까?"

짐 로저스의 질문에 돌비가 웃으며 답했다.

"내가 단단히 일러두었으니, 너무 걱정말게."

다이아몬드 광산에서 맥그루더의 대원들이 일을 처리한 후 밥 돌비는 헬기를 타고 현장에 도착해서 어찌할 바 모르고 있던 여상환에세 다음과 같이 말했다.

"우리가 잘 처리할 테니, 당신은 아무 일 없는 듯이 사무실로 가시오. 이것은 저 기자 때문에 일어난 우발적인 사고요. 당신 책임이 아니니 안심하시오. 현지 고용인의 유가족에게 줄 위로금이나 준비하시오. 그리고 저 기자는 우리가 일단 데려갔다가 한국으로 보내겠소. 우리는 정보국 요원들이니 믿어도 좋소. 당신네 정부에도 우리가 알아서 얘기할 테니 한국 외교관에게 말하지 마시오. 그냥 묻어 두는 게 좋을 거요. 그리고 돈은 며칠 뒤 돌려드릴 거요.”

트래비스에게도 상황을 말했으니, 지금쯤 한국 본시에서도 지사장에게 연락을 취해 안심하고 있을 것이다. 기자는 칼리프의 사무실에 억류시켜 놓았다. 정보국 요원 행세를 하면서 적당히 윽박질러 풀어줄 것이다. 이제 모든 실마리는 에드워드 영이 풀어야 했다.

“에드워드 그 친구가 잘 해줘야 할 텐데.”

돌비는 중얼거리며 담배를 물었다.

더운 기운에 눈을 뜬 김중택은 앞에 놓인 음식을 보고 나서야 시장함을 느꼈다. 발은 묶여 있었지만 손은 이미 풀려있었다. 더러운 접시에 담긴 음식은 놀랍게도 뜨거운 쌀밥과 고추장이었다.

“어서 드시지. 당신들을 위해 특별히 준비했소.”

무라트 고크타스가 앞에 서서 말했다. 김중택은 숟가락을 들어 고추장과 밥을 비벼서 허겁지겁 먹기 시작했다.

“당신들 한국인들은 정말 고마워할 줄을 모르는군.”

맛있게 밥을 먹던 김중택이 무라트를 올려다보았다.

“내가 왜 당신에게 고마워해야 하지?”

“이런 곳에서 고추장과 밥을 먹게 해주니까, 당연한 것 아닌가?”

무라트는 말을 마치고 껄껄거리며 웃었다. 마치 먹이를 잘 먹는 개가 귀엽다고 느끼는 개 주인 같았다. 김중택은 기분이 나빴지만 배를 채우기 위해 하던 일을 계속했다.

“기분이 나쁜 모양이군. 하지만 이곳에 살던 사람들 역시 지금의 당신 기분과 같았다는 것을 명심하라고.”

김중택은 대꾸하지 않은 채 배를 채우는 일에만 열중했다. 무라트가 무슨 말을 하건 지금 중요한 것은 한 가지였다.

“희소식을 알려주지. 당신네 회사가 돈을 지불하기로 했소. 몇 시간 뒤면 연락이 올 거요.”

자신의 말에 아랑곳 하지 않고 밥만 먹는 모습이 재미있는지 무라트는 움막 안으로 들어와 앉았다. 그 옆에는 AK 소총을 든 경비가 서 있었다. 김중택이 마지막 밥을 입에 넣었을 때 무라트가 다시 입을 열었다.

“그런데 당신들을 구하려고 선뜻 돈을 준다는 게 이해가 안 되는군. 나이지리아에서는 용병을 써서 구출해놓고 말이지. 당신 생각은 어떻소?”

김중택은 숟가락을 내려놓고 밥을 씹으며 모든 것을 알고 있다는 듯이 징글맞게 웃고 있는 무라트를 쳐다보았다.

“나이지리아에서 사고 친 놈들은 양아치라고 생각하고 용병을 고용했던 건가? 우리는 양아치로는 안 보이는 모양이지?”

김중택의 생각에도 이들은 삼류건달로는 보이지 않았다. 치밀한 계획 하에 함정을 파서 일행을 유인했고, 무엇보다도 무라트와 찰스 배넷 모두 정확한 어휘를 사용할 정도로 고등교육을 받은 것이 분명했다. 이들의 정확한 요구조건은 모르지만, 만일 알-카에다 같은 국제테러조직이라면 회사가 이들을 상대로 용병을 고용하는 모험을 하지는 않을 것이다. 게다가 용병고용의 책임자가 김중택 자신인 이상 현 상황에서 회사가 용병을 고용할 확률은 사실상 없다고 봐야 했다. 회사가 돈을 지불한다면 살아갈 가능성은 있을까? 장담할 수는 없다. 모든 결정권은 총을 가진 자들이 가지고 있으니까.

"그런데 당신은 다른 놈들과는 다르군. 밥을 두고도 먹지 않고 허세를 부리거나 살려달라고 애원하지도 않는군."

무라트가 담배 하나를 건네며 말했다. 담배에 불을 붙인 김중택은 연기를 깊이 들이마셨다. 순간, 정신이 몽롱해졌다. 허공에 흩어지는 담배연기를 쳐다보며 김중택이 중얼거리듯 말했다.

"인생은 담배연기 같은 거니까."

김중택은 잠시나마 몽롱한 정신상태를 즐기고 싶었다. 그는 무라트는 신경쓰지 않고 허공의 담배연기를 계속 쳐다보았다. 바람 없는 후텁지근한 날의 담배연기는 흩어지지 않고 오랫동안 모양을 유지했다. 마치 잊혀지지 않으려는 것처럼.

"그런데 여기가 어디요?"

김중택이 물었다. 그의 정신이 몽롱함에서 깨어나 서서히 정상을 찾기 시작했다.

"자이르의 어느 지역이오. 용병들을 고용해도 찾기 힘들고, 찾았다고 해도 구출하기는 더욱 힘들지."

무라트는 여전히 자신 있는 음성이었다. 김중택이 다시 정신을 차려 무라트를 보고 말했다.

"용병을 고용하지는 않을 거요. 당신이 알지 모르지만 용병 고용 책임자가 바로 나였으니까."

무표정한 김중택의 얼굴을 보던 무라트가 빙긋이 웃으며 답했다.

"그렇다면 좀 아쉬운데? 우리는 나름대로 준비를 철저히 했거든."

"무슨 대단한 준비를 했소? 마을 사람들 다 쫓아내고 미사일 기지라도 건설했나?"

김중택의 이 말에 무라트의 표정이 갑자기 돌변했다.

"이 마을 사람들을 쫓아낸 것은 당신 같은 제국주의자들이었어. 벨기에 식민지 시대 이곳 고무농장에서 착취당했고, 내전기간 내내 우간다와 르완다 반군에게 이용당했지. 이제는 고무농장과 콜탄 채취로 여기저기로 끌려 다니고 있어. 당신들은 이들의 삶에는 관심조차 없으면서 그들이 캐낸 콜탄으로 휴대폰을 만들어 팔고, 커피를 마시지. 석유 자원도 없으면서 석유 가공품을 만들어 쓰고, 자동차를 만들고, 그것도 모자라 아프리카에까지 와서 직접 석유를 캐내가려고 하지. 그러면서도 마치 자기들이 대단한 자선사업이라도 하는 것처럼 행동하고 있어. 안 그런가?"

무라트는 진지한 얼굴로 열변을 토했다. 사상논쟁에는 자신이 없는 김중택은 간단하게라도 변명을 하고 싶었다. 필요를 충족시키는 것이 사업의 기본이고, 모든 일에 공평을 기할 수는 없다.

"우리는 정당한 대가를 지불하고 사 와서 가공하는 것뿐이오."

무라트의 언성이 높아졌다.

"정당한 대가? 정당한 대가는 정당한 사람에게 돌아가는 것이지. 그런데 그 대가는 다 어디로 갔지? 엉뚱한 놈들이 자기 배나 채우고 있지 않나? 그 많은 자원수탈의 대가가 사람들에게 준 것은 전염병과 가난, 전쟁뿐이었지. 그러고도 정당한 대가인가?"

"난 사상논쟁 따위는 하고 싶지 않소. 게다가 나한테 그런 말을 해봐야 아무 소용이 없소. 난 실권자가 아니니까."

"우습군."

"뭐가 우습단 말이오?"

무라트가 김중택을 똑바로 쳐다보며 말했다.

"실권자가 아니니까 책임이 없다는 말인가? 그렇다면 한국인들은 왜 일본 식민지 시대의 친일 반역자들을 욕하는 거지? 그들도 실권자는 아니었는데 말이야. 유대인들을 죽인 아이히만을 들먹이고 싶진 않군. 게다가 당신의 정부와 정치인들은 모두 국민들이 선출하지 않았나?"

김중택은 놀랐다. 한국에 자주 온 것은 알고 있었지만 이 정도로 알고 있는 줄은 몰랐다.

"당신은 한국 역사에 대해서도 잘 아는군."

"한국을 상대로 일을 벌이려면 알아야 하니까. 우리는 당신들 같이 무식하지 않아. 그건 그렇고, 당신들 한국인들은 자신들도 제국주의의 희생양이었으면서 왜 똑같은 방식으로 이곳 사람들을 괴롭히지? 너무 교활하지 않나?"

　테러범들조차도 상대를 상세히 파악하고 일을 벌이는데 해외자원 개발을 한다는 사람들이 해당 국가에 대해 잘 알지 못한다는 사실은 부끄러운 현실이었다.

　"우리의 행위가 그렇게 비치는지는 미처 깨닫지 못했소. 앞으로는 개선될 겁니다."

　"개선될 거라고? 뻔한 말을 지껄이는 걸 보니, 당신도 말 잘하는 앵무새에 불과하군."

　비웃는 듯 그의 한 쪽 입가가 올라갔다.

　"한국에서는 말 잘하는 앵무새가 각광받더군. 특히 영어 몇 마디 따라 지껄이는 앵무새들 말이야. 주인이 읊어대는 말을 생각없이 지껄이면 먹이를 받고 좋아하지. 새장 안에 있으면서도 갇혀있는지도 모르고 자기가 대단한 줄 알지. 하지만 영어 몇 마디 하는 앵무새보다 생각할 줄 아는 돼지가 되는 게 더 낫지 않을까? 특히 지금 당신 같은 상황이라면 말이야. 그러면 도망이라도 갈 수 있을 테니까."

　무라트의 말이 가슴을 파고 들었다. 그의 말이 맞다고 내심 동조하고 있었다. 하지만 곧 이런 자신을 부정하기로 했다. 심리적으로 위축된 상태에서 납치범의 입장에 동조하면 안 되기 때문이다. 스톡홀름 증후군은 정신이 나약한 자들이나 걸리는 바보 같은 병이라며 스스로를 다잡았다. 억지를 부려서라도 상황을 모면해야 했다.

　"당신이 한국을 얼마나 잘 아는지 모르지만 우리도 힘든 상황을 나름대로 잘 극복하려고 하고 있소. 이렇게 과격한 방식 말고 평화적인 방식으로 말이오. 그러니까……"

"아직도 정신을 못 차리고 있군. 내가 말하는 것은 방식의 문제가 아닌 신념의 문제야. 방식이 무엇이건 확고한 신념에 따라 결정되어야 해. 당신들 한국인들이 어떠한 신념이라도 있나? 한국은 이라크와 아프간에 파병했던 나라 아닌가?"

"외교관계를 고려해서 그렇게 했던 겁니다."

"웃기는 소리! 서방의 입장에서도 아프간 전쟁은 정당성이 있는 전쟁이지만 이라크 전쟁은 어떠한 정당성두 없는 전쟁이야. 그런데 한국은 정당성이 있는 아프간에는 소수의 지원부대만 파병했고, 정당성 없는 이라크에는 대규모 재건부대를 파병했어. 정상적인 나라가 이런 짓을 하겠나? 그러니 미국 놈들한테도 제대로 대접을 못 받지."

그 문제에 관해서는 예전에도 들은 적이 있다. 한국의 외교는 이해가 되지 않는다고 말하는 유럽 사람들도 있었다. 그 때는 외교가 원래 그런 것 아니냐고 대수롭지 않게 생각했다. 그런데 왜 그렇게 생각한 것일까? 자국의 외교활동 하나하나가 해외에서 사업하는 기업들에게 알게 모르게 영향을 미치는데, 왜 이제야 그 의미를 깨닫게 된 것일까?

하지만 더 이상 약해질 수는 없었다. 돌파구를 찾아야 했다.

"국내에도 반전운동이 있었소. 국민 상당수는 파병에 반대했습니다. 시위도 했었죠."

무라트가 감탄한 듯 입을 벌리며 큰소리로 말했다.

"아, 반전 촛불시위! 그것 역시 아주 잘 알고 있지. 나도 현장에 있었으니까. 한바탕 엄숙한 분위기를 연출한 뒤 스스로 행복감에 도취되어 집으로 돌아가더군. 미국이 수탈한 석유와 천연가스를 펑펑 소비해 집으로 가면서도 자신들은 양심적이라고 착각하는 가증스런 놈들. 그런다고 우리가 봐줄 것 같나? 멍청한 놈들. 석유를 기반으로 하는 서구 산업사회 전체가 우리의 적이야. 한국이 파병을 했든 안 했든 석유를 기반으로 한 산업사회는 모두 우리의 적이라고. 당신들이 이라크와 아프간에 파병을 철회했다고 우리가 한국을 봐줄 거라 생각하나? 그런데 이번에 또 아프간 파병을 한다고? 정말 웃기는군. 한심해.”

김중택은 스스로 약해지고 있었다. 부정하려고 해도 무라트의 말이 상당 부분 타당하다는 것을 인정하고 있었다. 무라트는 이러한 심리변화를 간파한 것 같았다. 열변을 토한 그는 다시 입가에 미소를 지으며 말했다.

“당신들이 왜 우리의 표적이 되었는지 아나?”

김중택이 힘없이 대답했다.

“모르겠소.”

“표적의 조건을 고루 갖췄기 때문이야. 당신들이 여기 와서 하는 모든 것들이 이런 상황을 촉진, 조장했지. 한 마디로 우리에게 기회를 제공한 거야. 또 그만큼 당신들이 취약했고 매력적이었어. 그렇게 보면, 사실 당신들이 제 발로 찾아온 거나 마찬가지야. 안 그런가?”

이번에도 수긍할 수밖에 없었다. 아프간 피랍사건 후에도 정부에서는 별 대책이 없었고, 해외 진출 기업들 역시 별다른 예방책이 없었다. 따라서 이런 일이 벌어진 것은 어쩌면 당연했다.

“그렇소. 부끄러운 얘기지만 우리는 너무 쉽게 상대를 믿고 따르고 또 쉽게 버리는 경향이 있지.”

"당신도 인정하는군. 사실 당신네 한국 역사는 참 희한한 구석이 있더군. 일본의 식민지가 될 때도 전쟁 한 번 없었어. 소규모 전투는 있었지만 대규모 전쟁은 없었지. 일본을 꽤나 좋아했던 모양이야. 그야말로 조약 몇 번에 나라가 통째 넘어갔더군. 제 발로 일본의 식민지가 되었던 거지. 지금의 당신들처럼 너무 쉽게 믿었단 말이야. 정말 웃기는 나라야. 식민지로 전락할 때 군대가 해산되었다고? 전멸이 아닌 해산이라."

김중택은 학창시절 배웠던 국사 지식을 떠올리며 그동안 당연시 해왔던 것을 다시 생각하게 되었다. 군대해산! 외적에 맞서 치열한 전투 끝에 당한 군대의 전멸이 아닌 해산! 독립전쟁이 아닌 독립운동! 다시 생각하니 정말로 부끄러웠다. 군대해산! 독립운동! 주권국가의 군대가 해산되었다는 것이 정상인가? 운동으로 독립을 한다는 것이 정상이란 말인가?

군대해산과 독립운동. 이렇게도 어색한 단어조합이 어떻게 그토록 자연스럽게 받아들여졌던 것일까? 그리고 왜 이제껏 이러한 단어의 부조화를 깨닫지 못했던 걸까? 그리고 자신은 아프리카에서 납치된 다음에야 왜 이런 생각을 하게 된 것일까? 그것도 테러범의 입을 통해서.

"이번에는 우리를 적으로 삼자고 냄비같이 들끓겠지? 안 그런가?"

김중택은 더 이상 반론을 제기할 수 없었다. 그럴수록 오히려 자신이 비참해지는 것 같았다. 무라트 역시 이런 김중택을 더 몰아붙이진 않았다. 그는 끈으로 김중택의 손을 앞으로 묶고 일어났다.

"즐거운 대화였소. 편하게 쉬시오. 곧 다시 오지."

무라트가 미소를 보이며 뒤돌아나가려 할 때 김중택이 물었다. 그냥 아무 질문이라도 하고 싶었다.

"그런데 당신은 어디 소속이오?"

뜬금없는 질문이었지만 의외로 순순히 답해주었다.

"북아프리카의 알-카에다. 예전엔 살라피스트 선교전투그룹이라고 불렸지. 뭐 말해도 관심 없겠지만."

무라트와 경비병이 밖으로 나가고 나무문이 걸쇠로 채워지자 다시 움막 안은 고요해졌다. 잠시 벽에 기대어 있던 김중택은 다시 한 쪽으로 쓰러져 잠을 청했다. 머리가 어지러웠다.

트래비스 중령의 사업수완은 정말 대단했다. 의사는 물론 대원들이 쉴 수 있는 거처까지 마련해준 것이다. 에드워드 영 일행이 소요의 활주로에 도착했을 때 구급차가 이미 도착해서 옐로우를 바로 병원으로 옮길 수 있었다. 소요에 진출한 영국 석유회사인 BP(British Petroleum)에서 운영하는 회사 내 병원에 도착한 것은 새벽 4시였다. 담당 외과의는 독일 출신 의사였는데 투박한 독일식 영어를 사용했다.

"생명에는 지장이 없겠지만 신장기능에 심각한 문제가 있을 수 있습니다."

에드워드 영은 한 마디만 말했다.

"최고로 대우해주시오."

옐로우를 맡기고 BP 직원 숙소를 빌려 3~4시간 휴식을 취한 일행은 숙소 구석에 꽁꽁 묶어 둔 스템피를 일으켜 세웠다. 이제 남은 일은 스템피를 움직여 라디오 방송을 하게 한 후 연락이 오면 그들의 위치를 파악하는 것이었다. 테러범들의 위치가 파악되면 바로 작전을 시작할 생각이었다.

"자, 이제 라디오 방송을 해야지."

에드워드 영이 휴대폰을 건네자 레드가 스템피의 손을 풀어주었다. 스템피는 단축번호를 누른 뒤 통화를 시작했다.

"나야, 스템피. 어제 부탁한 거 있지. 그기 예정내로 뉴스기사에 넣어서 방송해. 돈은 내일까지 줄 테니까, 꼭 오전 10시 뉴스에 나오도록 해줘."

스템피는 같은 통화를 한 번 더 한 뒤 휴대폰을 에드워드 영에게 건넸다.

"루안다, 소요, 두 군데 다 연락했습니다. Radio Nacional de Angola와 Radio5에서 오전 10시 뉴스에 방송하기로 했으니 확인해보십시오."

블루가 어디선가 라디오를 가져왔다. 앙골라 현지인 근로자들로부터 빌린 모양이었다.

"전국방송인 Radio Nacional de Angola 주파수는 내가 알지."

주파수를 맞추자 음악소리가 흘러나왔다. 에드워드 영은 위성전화기로 트래비스에게 연락을 했다. 스템피의 위성전화기와 휴대폰으로 연락하는 자의 발신지를 추적하면 된다.

"이제 10시까지 기다리는 일만 남았군."

블루가 침대에 드러누우며 말했다.

제18장

인간사냥

…… 목시코와 비에 접경지역의 버려진 활주로에서 용병들로 보이는 사람들의 시체들이 발견되었습니다. 백인과 동양인을 포함해 7명이 살해당했습니다. 군 소식통에 따르면, UNITA 반군 잔당들로 보이는 무장괴한들이 용병들과 전투 중에 사살한 것으로 보고 조사를 계속하고 있습니다. 다음 소식은……

포르투갈어를 하는 블루가 라디오 뉴스를 영어로 해석해줬다. 에드워드 영이 스템퍼에게 물었다.

"전화는 언제쯤 오기로 했지?"

"방송 후 30분 이내요."

"만일 놈들이 돈을 안 주기로 하고 연락이 없으면?"

스템피는 잠시 생각한 후 답했다.

"올 거요, 이슬람 전사의 자격으로 하는 약속이라고 했으니."

"이슬람 전사? 이슬람 용병이 아니고?"

에드워드 영은 스템피의 진지한 대답을 비웃었다. 폭력은 단지 폭력일 뿐이다. 아무리 신성한 목적을 갖다 붙인다고 해도 나타나는 형상이 다른 폭력과 동일하기 때문이다. 자신이 믿고 있는 신이 눈에 보이지 않는다고, 자기 멋대로 해석해서 갖다 붙이고는 자신의 폭력에 정당성을 부여하는 것보다는 돈을 위해 전투에 임하는 것이 더 인간적이지 않는가? 무엇보다도 신이 존재한다면 애당초 저주 받은 아프리카를 만들지 말았어야 했다.

에드워드 영은 돌아서 담배를 피워 물었다. 어쨌든 지금 당장 할 수 있는 것은 스템피의 말을 믿고 따라가는 것뿐이었다. 돌비 소령이 죽은 자들의 지문과 얼굴 사진을 바탕으로 추적을 하고 있지만 시간이 많이 걸릴 것이었다. 그러나 앙골라에서 단서를 찾는다면 시간이 많이 절약될 수 있으니 일단 시도해볼만 했다. 전화가 오면 스템피의 휴대폰과 위성전화 모두 추적이 가능했다. 휴대폰 업체와도 이미 연락이 되어 있어 30초 내에 위치 파악이 가능했다.

그 때 스템피의 위성전화기가 울렸다. 에드워드 영이 외쳤다.

"모두 조용!"

에드워드 영이 손짓을 하자 세 번째 신호음이 끝난 뒤 스템피가 전화를 받았다.

“일이 잘 처리됐더군.”

남자의 목소리가 스피커를 통해 모든 대원들의 귀로 들어갔다. 스템피는 평소와 같은 목소리로 응답했다.

“신경 좀 썼지. 돈은 준비했나?”

“그게 말이야, 좀 늦을 것 같군.”

그 말에 스템피가 언짢은 듯 목소리를 높였다.”

“약속은 지켜야지.”

“약속은 반드시 지킨다. 그런데 우리도 좀 문제가 생겨서 시간이 좀 더 필요해.”

“언제까지 돈을 줄 건가?”

“우리 일이 끝나면, 이틀 뒤에 다시 연락하지.”

“돈 안 주고 도망가는 건 아니지?”

“이슬람의 명예를 걸고 약속은 반드시 지켜. 걱정하지마, 이틀 뒤에 연락하지.”

통화는 그것으로 끝났다. 에드워드 영이 서둘러 호출하자 트래비스가 활기찬 목소리로 말했다.

“200m 범위로 위치를 추적했네. 자이르(콩고민주공화국) 비룽가 국립공원 내에 있어. 르완다 접경지대인데 반군활동이 활발한 곳이야. 놈들이 장소를 제대로 골랐군. 비행기가 곧 도착할 테니 배신자를 데리고 일단 본부로 돌아오게.”

김중택은 갈증을 느껴 눈을 떴다. 배는 고프지 않았지만 목이 너무 말랐다. 물을 달라고 몇 번 소리를 지르자, 잠시 후문이 열리고 군용 수통 하나가 던져졌다. 물을 잘못 마시면 각종 전염병에 걸릴 수 있었지만 그런 것을 신경쓸 상황이 아니었다. 앞으로 묶인 손으로 수통을 잡은 그는 맛있게 물을 들이켰다. 물을 다 마시고 숨을 헐떡이고 있을 때 눈앞에 찰스 배넷이 서 있었다. 그가 한국말로 말했다.

"지낼만한가?"

황당한 질문이었다.

"보는 바와 같소."

"그럼 잘 지내고 있군."

빈 수통을 집어 든 찰스 배넷이 입구에 앉았다. 리볼버 권총을 꺼낸 그는 권총을 만지작거리며 입을 열었다.

"좋은 소식 두 가지와 나쁜 소식 한 가지가 있는데 어떤 걸 먼저 듣고 싶나?"

"당신 좋을대로 하시오."

김중택은 자포자기 한 상태였다. 무라트 고트타스와의 대화에서 이미 녹초가 되었다. 이들은 자신들이 표적으로 삼은 상대를 상세히 연구했다. 이런 상황에서 심신이 지친 자신이 할 수 있는 것은 아무것도 없었다. 오히려 역효과만 날 뿐이었다. 심리적으로 무너진 김중택은 그들의 말에 어느 정도 타당성이 있을 거라 생각했다.

"좋은 소식은 당신들 회사가 돈을 지불하기로 했다는 거야. 나쁜 소식은 그렇게 약속해 놓고 뒤로는 용병을 고용해서 돈을 받으러 간 내 친구들을 죽였다는 거지."

멍하니 듣고만 있던 김중택이 갑자기 빙긋이 웃었다. 마치 미친 사람 같았다.

"뭐가 우습지?"

찰스 배넷이 무표정한 얼굴로 물었다. 그러나 김중택은 여전히 웃으면서 말했다.

"내 목숨이 당신들한테만 달려 있는 줄 알았는데 회사 결정에도 영향을 받는 모양이군. 어쨌든 내 목숨을 당신이 어쩌지 못하다니. 그게 참 우습군."

"당신 목숨은 우리에게 달려있지. 회사는 어쩌지 못해. 마지막 소식이 바로 그거니까. 앙골라에서 당신 회사가 고용한 트래비스 경비 서비스 용병들을 다 죽였네. 백인과 동양인 7명이 살해당했다고 라디오 뉴스에도 나왔으니까."

김중택은 계속 듣고만 있었다. 찰스 배넷이 말을 이었다.

"그래서 말이야. 그냥 돈을 계속 요구할지, 아니면 당신들 중에 하나를 없애고 요구할지 생각 중이야."

"우리 중 하나를 죽일 생각이오?"

김중택은 별 관심 없다는 듯 물었다. 지금은 자신의 목숨을 자신이 어쩌지 못하는 상황이었다.

"글쎄, 참수 동영상이라도 보내면 회사 반응이 달라지지 않을까?"

찰스 배넷 역시 별 관심 없다는 듯 답했다. 그는 리볼버 권총의 총알을 다 빼내고는 다시 채우기를 반복했다.

"용병들이 실패했으니 회사도 다른 선택이 없겠지."

　말을 마친 찰스 배넷은 러시안 룰렛을 하듯 6연발 권총에 1발의 총알만 넣고서 김중택을 향해 겨눴다. 김중택은 앉은 자리에서 가만히 권총의 총구와 찰스 배넷을 번갈아 보았다. 자신이 죽는다는 두려움도, 찰스 배넷에 대한 분노와 증오도 없었다. 단지 영화에서나 봐 왔던 장면이 눈앞에서 벌어진다 게 신기했다. 처음에는 두려웠던 권총도 한참을 쳐다보니 작은 장난감 같았다.

　찰스 배넷이 방아쇠를 당기자 공이기 빈 공간을 때렸다. 김중택은 눈 하나 깜짝하지 않았다. 공이가 다시 한 번 빈 공간을 때렸을 때도 김중택은 눈 하나 깜짝하지 않았다. 세 번째 방아쇠를 당기려던 찰스 배넷은 생각을 바꿨는지 권총을 내려놓았다.

　"당신하고는 재미가 없군."

　혼잣말을 하듯 중얼거리던 찰스 배넷이 다시 권총에 총알을 채워넣은 다음 일어섰다.

　"누가 죽을 지는 아직 모르니까, 당신도 각오는 해두라고."

　찰스 배넷이 문을 닫고 나가자 김중택은 움막 한쪽 구석으로 자리를 옮겨 누웠다. 자신이 죽음에 대한 두려움에 떨고 있지 않다는 게 신기했다. 테러범에게 심리적으로 동화된 결과인지도 모르지만 생각을 명료하게 하는 데는 도움이 되었다. 무라트 고크타스와의 대화 이후 사물을 보는 관점에 변화가 생겨서인지도 모른다. 그런데 죽는 순간까지 멀쩡한 정신으로 남아있는 게 과연 좋은 일일까?

　김중택은 고객을 가로 저었다. 모든 것이 쓸데없는 짓이었다. 그는 다시 현실로 돌아와 거기에 집중했다.

찰스 배넷의 말이 사실이라면 일이 어떻게 진행될지 알 수 없었다. 회사가 용병을 고용했고, 일부가 앙골라에서 죽었다면, 그리고 에드워드 영이 그곳에서 죽었다면 앞으로 있을 트래비스 경비 서비스와의 계약은 다시 검토해야 한다는 생각이 들었다. 자신이 죽든 말든 그렇게 될 것이다. 인간은 유한하지만 회사는 영속적이니까.

잠시 후 그는 다시 눈을 감았다. 모든 것을 잊기 위한 가장 손쉬운 방법은 오직 잠을 자는 것뿐이었다.

네멩게로 돌아오는 비행기에서 모처럼 단잠을 잔 에드워드 영은 맑은 정신으로 회사 내 미군 정보기지로 들어갔다. 안으로 들어간 것은 이번이 처음이었다. 북적거리는 미군들과 각종 컴퓨터 장비들이 휘황찬란했고, 대형 에어컨을 가동해서 인지 건물 내부가 시원했다. 투명 칸막이가 설치된 둥근 탁자에 모여 있는 사람들이 보였다. 트래비스 중령과 만프레드 소령, 윌리엄 소령이었다. 간단한 인사가 끝나고 트래비스가 먼저 입을 열었다.

"인질의 위치는 콩고민주공화국 북키부 르완다 접경지대 열대우림 속이야. 비룽가 국립공원 안이지."

에드워드 영이 인공위성과 무인정찰기 RQ-1에서 보내온 사진을 뒤적이며 보는 사이 윌리엄 소령이 말했다.

"이 지역 전체가 반군 장악지역이오. 특히 주위에 최소 2백 명 정도의 무장병력이 있고. 또 무장차량도 다수 있지만 장갑차량은 확인 못 했소."

2개의 모니터 영상을 보던 에드워드 영이 입을 열었다.

"한 쪽은 무인정찰기에서 보낸 영상이었고, 다른 한 쪽은 바로 옆을 찍은 것이었다. 부하들을 벌써 침투시켰군요."

윌리엄 소령이 짧게 답했다.

"둘을 먼저 보냈소."

이제 더 이상 사진이나 영상은 필요 없었다. 지금부터 중요한 것은 적지 한 가운데서 어떻게 인질들을 무사히 구출할 것이며, 미군이 어디까지 개입하는가였다.

"기본계획은 어떻습니까?"

만프레드 소령이 설명을 시작했다. 작전에는 세 팀이 투입된다. 만프레드 소령의 차단조는 적 지원 병력을 맡으며, 윌리엄 소령팀은 알-카에다 테러 분자를 제거하고, 에드워드 영의 팀은 인질구출을 맡기로 했다. 화력 지원은 미군의 AC-130이 하며 야간에 낙하산으로 투입한 후 헬기로 탈출하기로 했다.

스탠다드한 계획이었다. 작전인원도 30명을 넘지 않았다. 많을 필요가 없었다. 반군들과 인질범들에게 강력한 기습타격을 주기 위해서는 화력이 문제인데 AC-130이 지원한다면 문제없을 것이다.

"미국은 테러범 소탕에만 관심이 있군요."

"그렇소. 우린 아직 전쟁 중이니까. 하지만 당신들 일에 방해되지는 않을 거요."

이제 투입할 일만 남았다.

밴의 문이 열리고 안에서 집어 던지듯 누군가가 앞으로 밀쳐내졌다. 조석태였다. 그가 비틀거리며 요하네스버그 시내에 남겨진 것은 해가 진 직후였다. 저녁을 맞은 사람들이 시내에 쏟아져 나오기 시작했다. 자신을 태웠던 차량이 빠르게 사라지자, 홀로 남겨진 그는 분주히 오가는 사람들 속에서 어제 있었던 일을 다시 떠올렸다.

여상환을 만나고 그를 미행했다가 사람들이 총을 맞아죽는 것을 보았고, 자신은 오줌을 싼 채 정보요원들에게 끌려갔다. 영어로 취조를 받았지만 아무 말도 하지 않았다. 그렇다고 고문을 당하지도 않았다. 그들은 그냥 그렇게 고함만 질러을 뿐 아무 짓도 하지 않았다. 잠을 못 자게 해서 문제였지만, 그는 자신의 뛰어난 정신력으로 정보요원들을 이겨냈다고 생각했다. 이 모두가 평양에서 받은 교육의 성과였다.

여권을 확인한 그는 지갑을 열어 카드와 현금을 세어보았다. 그들은 지갑에는 손대지 않았다. 잠시 서서 담배를 피우며 앞으로의 계획을 정리했다. 자신이 목격한 것을 한국대사관에 가서 이야기 할 수는 없었다. 남아공 정보국이 관련 됐다면 외교문제가 발생할 수도 있기 때문이었다. 그렇다고 여상환을 다시 만나 도움을 청할 수도 없었다.

담배 한 대를 다 피우고 난 그는 이곳에 좀 더 머물기로 했다. 휴가도 아직 남았고, 돈도 카드도 있으니 문제될 건 없었다. 김중택이 한국으로 간다고 해도 분명 요하네스버그를 거칠 것이기 때문에 운이 좋으면 공항에서 볼 수도 있을 것이다. 물론 정말 운이 좋을 때의 얘기지만.

마음을 굳힌 조석태는 비즈니스호텔에 예약을 하기 위해 가까운 공중전화를 찾았다.

콩고민주공화국의 북동부, 우간다와 르완다의 국경지대에 위치하고 있는 비룽가 국립공원은 1925년 국립공원으로 지정되었고, 1979년 유네스코 세계 유산에 등재된 유서 깊은 명소 중 하나였다.

1994년 대규모 활화산 활동이 있기도 했던 비룽가 화산군에서 남북으로 길게 뻗어 있는 총면적 약 7,900km^2의 좁고 긴 화산성 산악지대로 이루어진 이곳은 연간 최대 3,000mm의 강우량을 기록하는 곳과 500mm의 최소강수량을 유지하는 곳이 이어져 있고, 표고 800m의 저지대와 5,109m의 만년설이 공존하는 곳으로 사바나, 열대우림, 습지지대가 모두 존재하고 있는 희귀 야생동물들의 천국이었다. 특히 마운틴고릴라의 서식지로 유명했으며, 하마 · 임팔라 · 가젤 · 영양 · 오카피 등 다양한 동물들이 서식하고 있었다. 그러나 콩고 내전의 격화로 콩고민주공화국 북동부 일대가 사실상 정부 통제에서 벗어나자 생태계 파괴가 심화되어 밀렵으로 인해 마운틴고릴라가 멸종 위기에 처했고, 북동부 일대에 거주하는 피그미족 역시 반군에게 학살당하고 있었다.

사실, 피그미족이 학살만 당하는 것은 아니었다. 무라트 고크타스와 찰스 배넷이 고용한 콩고해방운동 반군들은 피그미족을 잡아 인육을 먹기도 했다. 지금 무라트의 눈앞에서도 반군들이 피그미족의 인육을 석쇠에 구워 먹고 있었다. 그리고 그 아래 잘려진 인간의 머리와 팔다리, 갈라진 몸통에서 꺼내진 내장이 널브러져 있었다. 그 옆 절구통 안에는 찢어진 피그미족 아이들의 머리가 방치되어 있었다.

말로만 듣던 반군의 식인행위를 처음 목격했을 때, 인간이 인간을 잡아먹는 뻔뻔스러운 모습은 두려움을 넘어 말로 표현할 수 없을 정도로 기괴했다. 왜 저런 인간들과 계약을 맺었던 것일까? 무라트는 찰스 배넷이 이해되지 않았다. 성전을 위한 자금도 중요했지만 이렇게까지 해야 하는지 혼란스러웠다. 처음에는 살인을 즐기는 사람이 되고 싶지 않았다.

하지만 지금은 생각이 변했다. 서구 문명사회가 이들에게 한 것 역시 인간이 인간을 잡아먹는 것과 똑같았다. 어쩌면 배를 채우기 위해 인간을 잡아먹는다는 것이 더 인간적이라는 생각도 들었다. 아프리카인을 착취해서 그들의 피와 살을 물질로 바꿔서 그 혜택을 누리는 것들이 '문명'과 '인권'과 '자유'와 '박애'를 논할 수 있을까? 이젠 살인마라도 좋았다. 이 더러운 전쟁을 이길 수만 있다면.

"아무래도 한 놈 죽여야겠어."

찰스 배넷이 무라트를 향해 말했다. 내일 아침이 약속기한인 48시간이었지만 이미 의미가 없었다. 예상한대로 성창그룹이 용병을 고용한 이상 더 세게 나가야 했다. 그래서 인질 하나를 죽이고 동영상을 보낸 다음 다른 곳으로 이동하기도 했다.

"언제 시작하지?"

"2~3시간 뒤에 해야겠어. 실시간으로 유튜브에 올릴 생각이야. 무선인터넷을 준비하는데 시간이 걸린다는군."

"전세계에 공개할 생각이군."

"일이 이렇게 된 이상 한국과 성창의 이미지에 먹칠을 해야겠어. 그래야 앞으로도 편해질 거야."

실시간으로 살인 동영상을 전세계에 보낸다. 정말 소설 같은 이야기지만 장비만 있으면 불가능한 것도 아니다. 그리고 그런 장비들 역시 아프리카의 피와 살이 녹아 든 것이었다. 피로써 피를 갚는 것이다.

찰스 배넷이 돌아가려다 다시 몸을 돌려 입을 열었다.

"근데 말이야. 그냥 죽이는 것 보다 좀 더 충격적인 방법을 써서 죽이는 게 좋지 않을까?"

피그미족의 인육을 먹고 있는 반군들을 물끄러미 쳐다본 찰스 배넷이 덧붙였다.

"잡아먹을 듯이 난도질로 도살하는 거지, 어때?"

어둠이 깔린 하늘을 C-123 수송기가 낮게 날고 있었다. 러시아인 조종사는 감각을 총동원해서 열대우림 입구의 수풀지대를 간신히 찾아냈다. 이제 선회 후 고도를 올려 강하를 시작하면 된다.

"최대한 빨리 강하해! 잘못하면 정글에 처박히니까!"

시궁창 물이 흘러가는 듯한 러시아식 영어가 기내를 울리자 27명의 강하병력들이 일어나 생명선을 걸기 시작했다. 간단한 확인이 끝나고 파란불이 켜지길 기다렸다.

"윌리엄 소령이 1번 강하를 하시죠."

에드워드 영이 소리치자 윌리엄 소령이 큰소리로 물었다.

"만프레드 소령은?"

"정규군 우선의 원칙이라는 게 있죠."

에드워드 영의 익살스러운 대답에 윌리엄이 큰 소리로 웃었다. 그때 파란불이 켜지고 윌리엄 소령을 선두로 강하가 시작됐다.

에드워드 영은 착지 후 다른 대원들의 모습을 살펴보았다. 그리 넓지 않은 지역에 전 병력이 무사히 강하를 완료했다.

라이트스틱을 하나씩 든 병력들이 모두 모이자 길리수트를 입은 사람들이 불쑥 숲 속에서 걸어 나왔다. 마중 나오기로 했던 미국 특전대원들이었다.

"대장, 바로 출발하시죠. 캐슬베리가 있는 곳으로 가서 상황 설명하겠습니다."

암흑의 정글을 뚫고 가야 하기 때문에 서둘러야 했다. 3시간 후 AC-130이 도착하기 전까지 모든 준비가 끝나야 한다. 마지막으로 개인 통신장비를 확인한 후 일렬로 늘어선 병력들이 일제히 정글로 들어갔다. 보이는 것은 등 뒤에 붙은 라이트스틱의 희미한 불빛뿐이었다.

에드워드 영을 비롯한 용병 대다수가 콩고에서의 전투경험을 가지고 있었다. 지리적으로 네멩게공화국과 가까운 콩고민주공화국의 동부지역에서 정부군에 고용되어 전투를 치렀었다.

이곳의 무장세력은 콩고해방운동과 민주해방을 위한 콩고, 르완다 반군과 우간다 반군 등이었는데 하나같이 제대로 된 군사훈련도 받지 못한 오합지졸들이었다. 그러나 오히려 그러한 예측불가능성으로 인해 다루기가 여간 까다로운 게 아니었다. 최근에는 이들 상호간의 전투가 확대되어 비룽가 국립공원의 일부 정부 통제지역 안에서 허용되던 마운틴고릴라 관광도 중단된 상태였다.

캐슬베리 중사가 있는 곳은 인질들이 있는 곳으로부터 100여 미터 정도 떨어진 정글이었다. 예상보다 빨리 도착한 대원들은 전투준비를 하며 대기 중이었다. 캐슬베리 중사가 상황을 설명했다.

"인질들은 나란히 서 있는 4개의 움막에 1명씩 갇혀 있습니다. 외곽은 반군들이 지키고 있는데 대략 7명입니다. 또 각각의 움막마다 테러범이 1명씩 감시하고 있습니다. 우리가 찾는 표적 둘은 마을 가운데 있는 제일 큰 오두막에 있습니다. 반군 지원 병력은 마을 외곽에 주둔하고 있는데 곳곳에 흩어진 병력은 눈에 보이는 것만 3백 명 정도입니다."

윌리엄 소령이 물었다.

"지금 반군들은 뭘 하고 있나?"

캐슬베리 중사가 잠시 주저하며 답했다.

"피그미족을 잡아 저녁을 먹고 있습니다. 소문이 사실이었습니다."

미국인들에는 생소하겠지만 용병들에게는 이미 잘 알려진 사실이었다. 피그미족의 인육을 만병통치약으로 생각하는 미개한 풍습은 성인 평균 신장이 140cm에 지나지 않는 힘없는 종족을 사냥감으로 만들었다. 에드워드 영 역시 솥에 삶아진 인육을 여러 번 본 적이 있었다. 피그미족들은 희한하게도 구리, 콜탄 등 지하자원이 풍부한 곳에 거주하고 있었고, 돈벌이에 눈 먼 반군들은 피그미족을 닥치는 대로 죽이거나 잡아먹었다.

원주민들과 피그미족들도 학살당하는 판국에 멸종위기 운운하며 마운틴고릴라를 더 걱정하는 서구 여론이 우습기도 했지만 힘없는 인간보다 희귀동물이 더 존귀한 것은 어쩔 수 없는 현실이었다.

잠시 한숨을 쉬는 윌리엄 소령에게 통신병이 다가와 무전기를 넘겼다. AC-130에서 온 연락이었다.

"1시간 후 도착한다는군. 이제 투입해서 대기합시다. 맥닐은 만프레드 소령과 함께 가서 항공지원 유도하게. 에드워드, 우리도 갑시다."

그러나 에드워드 영은 다시 확인하고 싶은 것이 있었다.

"작전의 우선권은 우리한테 있다는 걸 명심하시오. 인질구출이 최우선입니다."

"걱정 마시오. 시작은 당신들 편의에 맞게 하시오."

잠시 후 만프레드 소령팀이 정글 속으로 사라지자 나머지 병력도 이동을 시작했다. 소음기와 야시경을 잘 이용한다면 시끄러운 항공지원 없이 조용히 끝낼 수도 있을 것이다. 에드워드 영은 그런 행운이 따라주길 바랬다.

그동안 한 끼의 식사만 먹을 수 있었던 김중택은 허기에 지쳐 잠을 자고 있었다. 그가 눈을 뜬 것은 누군가 발로 자신을 흔들었기 때문이었다.

"일어나!"

AK 소총을 든 경비가 어둠 속에 서 있었다. 경비는 그의 멱살을 잡고 밖으로 질질 끌고 나왔다. 겨우 정신을 차린 김중택이 균형을 잡고 일어섰을 때 다른 움막에서 누군가가 똑같이 끌려 나오고 있었다. 박우철 부장이었다. 큰 소리로 부르고 싶었지만 그럴 상황이 아니었다. 뒤에서 경비가 총의 개머리판으로 자꾸 등을 떠밀었다. 목적지는 마을 한가운데 있는 오두막이었다.

오두막 안으로 들어서자 밝은 조명으로 인해 눈을 뜰 수 없었다. 오두막 안에는 이미 다른 동료들도 와 있었다. 장석환 이사와 박상준 부장은 김중택과 박우철 부장을 보고 이내 눈물을 글썽거렸다.

아무 말 없이 서로의 손을 잡은 그들은 초췌해진 동료의 몰골을 안쓰럽게 바라보았다. 장석환 이사가 낮은 목소리로 말했다.

"이것이 마지막인 것 같군."

김중택도 알고 있었다. 화려한 조명과 삼가대 위에 설치된 카메라, 작은 테이블 위에 놓인 노트북 2대는 뭔가 촬영을 준비하고 있는 듯했다. 그 옆에서 흑인 무장괴한 3명이 벌목도를 허공에 휘두르며 천연덕스럽게 장난을 치고 있었다. 또 다른 흑인 하나는 솥의 물을 끓이려는 듯 불을 붙이고 있었다.

그 때 찰스 배넷이 들어왔다.

"자, 서로 안부를 물었으면, 이제 리허설을 시작해야지."

냉혹한 웃음을 입가에 지으며 찰스 배넷이 한국말로 말을 이었다.

"네 놈들 회사가 우리말을 무시했어. 돈은커녕 용병을 고용해 내 부하들을 죽였지. 그래서 너희들 중 하나를 칼로 썰어서 삶을 생각이야. 그리고 이 장면은 실시간으로 전세계에 생중계될 거야. 그러니 역사적인 현장에 있는 것을 영광으로 알라고. 일단 연습을 해볼까?"

AK 소총을 든 중동인 2명이 박상준 부장을 잡아끌었다. 처음부터 예정된 것인지 그냥 선택된 것인지는 알 수 없었다. 박상준이 비명을 지르며 주저앉자 나머지 세 사람이 몸으로 막아섰지만 갑자기 달려든 사내들의 발길질에 이내 바닥에 쓰러지고 말았다.

김중택이 다시 몸을 일으켜 주저앉았을 때 혼자 끌려 나간 박상준은 모든 것을 포기한 채 눈물을 흘리며 무릎을 꿇고 앉아 있었다.

"벌써 그러지 말라고. 일단 내가 성명서를 낭독하면 그 때 울어도 돼."

찰스 배넷이 장난스럽게 카메라 앞에 섰다 사라지자 뒤에 서 있던 괴한이 망나니처럼 벌목도를 쳐들었다.

"진짜로 할 때에는 팔과 다리부터 자르라고, 그래야 고통이……"

찰스 배넷이 말을 채 끝내기도 전에 벌목도를 든 괴한의 가슴이 터지면서 뒤로 튕겨져 나갔다. 그와 동시에 찰스 배넷 역시 가슴이 터지며 바닥에 쓰러졌다. 다른 중동인과 흑인들 역시 미처 상황을 파악하기도 전에 소음기 달린 총의 화력 앞에 벌집이 되어 쓰러졌다. 모든 것이 순식간이었다. 4명의 인질들이 놀라움으로 벌어진 입을 다물지 못하는 사이 4명의 용병들은 확인사살을 끝냈다.

"인질 모두 무사하다. 윌리엄 소령은 와서 확인하시오."

에드워드 영은 서둘러 교신하고 김중택에게 다가갔다.

"김 이사님, 당신을 구하러 왔습니다."

순간, 에드워드 영은 자신의 큰 실수를 깨달았다. 무심코 한국말을 해버린 것이다. 괜한 짓을 했다는 생각이 들었다.

녹색으로 위장한 에드워드 영의 얼굴을 확인한 김중택은 다시 한 번 놀랐다.

"에드워드 영이군요. 죽은 줄 알았는데."

한국말로 인사를 나누는 두 사람을 나머지 세 사람이 영문을 모른 채 멀뚱거리며 쳐다보고 있었다.

윌리엄 소령과 미군들이 들어와 노트북 2대를 챙기고 인질범들의 얼굴을 촬영했다. 촬영된 영상은 RQ-1 프레데터를 통해 실시간으로 미 국방성과 아프리카사령부로 전송되었다.

윌리엄 소령이 말했다.

"오마르 일마즈는 죽었는데, 타립 오즈칸은 여기 없군요."

찰스 배넷은 죽었지만 무라트 고크타스는 찾지 못한 것이다. 하지만 1차적 임무가 끝난 이상 더 지체할 수는 없었다.

"우리는 인질들을 데리고 먼저 랑데부 지점으로 갈 테니, 만프레드 소령과 함께 오시오."

윌리엄 소령이 고개를 끄덕였다. 헬기 착륙지점은 가까운 수풀지대로 5백여 미터 정도 떨어진 곳이었다. 에드워드 영이 서둘러 지시했다.

"레드, 오렌지, 블루, 인디고! 각자 1명씩 맡아. 히지가타가 선두, 내가 후위를 맡는다, 시작!"

윌리엄 소령은 빨리 상황판단을 내려야 했다. 일단, 테러범들을 사살했으니 실패한 작전은 아니었다. 무장반군들이 널려있는 상황에서 테러 주모자 하나를 더 잡자고 계속 머물 수는 없다. 무전기를 받아 든 그는 서둘러 교신을 시작했다.

"사령부에 알린다. 타립 오즈칸의 행방은 알 수 없다. 일단, 철수한다. 스펙터는 계속 엄호하라."

무전을 마친 그가 만프레드팀의 맥닐 중사에게 연락하려 할 때 헤드셋에서 맥닐의 목소리가 들렸다.

"차량 2대, 마을로 접근 중, 항공 지원으로 차단합니까?"

항공 지원이 시작되면 상황이 걷잡을 수 없이 커진다. 차라리 마을로 끌어들여서 조용히 처리하는 편이 나았다.

"통과시켜. 우리가 처리하겠다."

윌리엄은 서둘러 대원들을 준비시켰다. 밖에 널브러져 있던 시체들을 치우고 오두막의 조명을 계속 켜둔 채 어두운 밖에서 매복에 들어갔다. 오두막의 문이 모두 열려 있어서 주위가 대낮처럼 밝았다.

잠시 후 픽업트럭 2대가 들어와 오두막 앞에 정지했다. 두 차량의 후방 기관총 사수는 각각 러시아제 12.7mm 기관총을 맡고 있었다. 두 번째 차량의 조수석에서 두 남자가 내려 오두막을 향해 걸어오고 있었다.

밝은 곳에서 드러난 중동인의 얼굴은 무라트 고크타스로 알려진 타립 오즈칸이었다. 그 옆의 군복 차림의 흑인은 반군 지휘관으로 보였다. 얼굴이 확인되자 매복해 있던 윌리엄과 대원 둘이 앞으로 걸어 나오며 근접사격을 실시했다.

차량 후방의 기관총 사수들의 머리가 터져 나가며 쓰러졌고 운전석도 유리창이 깨어지며 피가 튀었다. 그와 동시에 반군 지휘관과 무라트 고크타스의 기슴이 윌리엄 소령의 총에서 발사된 6발의 총알에 의해 관통 당했다. 모든 상황이 10여 초 만에 끝났다.

"상황 끝!"

확인사살을 하는 동안 시신을 찍는 카메라는 계속해서 영상을 선송하고 있었다. 이제 작전목표는 달성되었다. 윌리엄은 성대 마이크를 통해 연락을 취했다.

"맥닐, 철수……"

그러나 말을 채 끝내기도 전에 두 번째 차량 운전석을 살피던 스타벅 중사가 몸을 날리며 외쳤다.

"수류탄이다!"

곧바로 폭음과 함께 운전석이 날아갔다. 윌리엄을 비롯한 다른 대원들은 반사적으로 바닥에 엎드려 부상을 피했지만 스타벅은 오른쪽 팔과 어깨에 파편이 박히고 말았다.

이 폭발로 상황이 순식간에 변했다. 더 이상 침묵 속에 작전을 진행할 수 없다. 이제 반군들이 벌떼처럼 몰려올 것이다. 때문에 최대한 빨리 철수해야 했다.

"전 대원 모두 철수! 전 대원 모두 철수! 맥닐, 폭격유도하고 랑데부 지점으로 지연 철수하라. 헬기에 연락해서 1대씩 접근하라고 해."

부상당한 스타벅을 부축하며 서둘러 이동하는 윌리엄 일행이 정글 속에 막 들어왔을 때 AC-130의 105mm와 40mm 포탄이 작렬하는 소리가 생생히 들렸고, 반군들의 총소리가 정글에 가득 찼다. 본격적인 전투가 시작된 것이다.

100여 미터를 이동했을 때 뒤에서 웅성거리는 소리가 났다. 반군들이 상황을 파악하지 못한 듯 놀라서 뛰쳐나오는 모양이었다.

"후방에 적! 내가 처리한다."

윌리엄이 3점사로 총을 발사하자 2명이 쓰러졌다.

"전방에 적!"

선두에 있던 캐슬베리였다. 캐슬베리의 총이 불을 뿜자 앞에 나타난 반군 2명이 동시에 쓰러졌다.

"계속 이동하라."

에드워드 영의 팀이 지원을 해야 했다. 윌리엄이 다시 무전을 날렸다.

"에드워드! 일 다 했으면 와서 좀 도와주시오."

칼리프사의 푸마 헬기 1대가 천천히 착륙하자 에드워드 영이 달려가 조종사에게 큰소리로 물었다.

"다른 헬기는 어디 있소?"

"곧 옵니다. 2대 더 올 거요. 미군 헬기도 1대 온답니다."

"미군 헬기?"

원래 계획은 푸마 헬기 2대와 UH-1 1대가 오기로 했었다. 군사작전이란 항상 가변적이긴 하지만 미군 헬기는 처음 듣는 말이었다.

"인질부터 싣고 먼저 떠나시오. 다른 헬기에는 우리가 올 때까지 대기하라고 전하시오."

조종사가 다른 헬기에 교신을 시도하는 동안 에드워드 영이 손짓을 하자 다른 대원들이 인질로 잡은 반군 4명을 데리고 왔다. 헬기의 메인로터에서 나오는 거센 바람이 온 몸을 차갑게 휩쌌다. 인질로 잡혀 있었던 4명은 아직도 긴장감으로 다리가 떨리고 숨을 헐떡이고 있었다.

에드워드 영이 김중택의 손을 잡았다. 그리고 영어로 말했다.

"먼저 가 계십시오. 필요한 조치는 트래비스 중령이 다 해줄 겁니다."

말을 마친 그는 김중택이 미처 대답도 하기 전에 등을 떠밀어 헬기에 앉혔다.

“인디고, 자네는 이 분들과 함께 먼저 가서 도와드려. 자네 기관총은 날 주고 가고.”

인디고가 빙긋이 웃으며 말했다.

“이해는 하지만, 좀 섭섭하군.”

M-4를 건네고 인디고의 M249 기관총과 2백 발들이 탄통 3개를 받아 든 에드워드 영이 다시 말했다.

“돈은 똑같이 나눌 거야.”

“돈 때문이 아니라는 걸 잘 알잖아, 안 그래?”

에드워드 영이 껄껄거리며 인디고의 어깨를 툭 쳤다. 말하지 않아도 알고 있었다. ‘전쟁의 개’에게도 최소한의 자존심은 있다는 사실을.

헬기가 굉음을 울리며 이륙을 시작했다. 일단, 작전목표가 달성됐으니 모두 무사히 탈출하는 일만 남았다. 에드워드 영은 오른쪽 귀에 귀마개를 밀어 넣고 말했다.

“자, 슬슬 시작해볼까?”

5명의 용병들이 왔던 길로 다시 들어갔다. 수풀 위에 남겨진 항공 유도등만이 외롭게 하늘을 향해 번쩍이고 있었다.

윌리엄은 뒷걸음치며 선두와 후위를 번갈아 경계했다. 마을에서 수류탄이 터졌지만 대원들의 총은 케이지 하사의 M60을 제외하면 소음기를 장착한 M-4 카빈이므로 총성과 총구화염이 크게 나지 않았다. 때문에 반군들도 아직 정확한 위치를 모를 것이다. 그 때 헬기소리가 들렸다. 윌리엄은 저 소리가 구원의 소리인지 아니면 대학살의 전조인지 분간할 수 없었다.

작전이 조용히 끝났다면 별 문제가 없겠지만 작전지역에서 불과 5백여 미터 떨어진, 그것도 적지 한 가운데의 수풀지대는 현 상황에서 적을 불러 모을 수도 있다. 베트남전과 같이 적은 헬기를 노릴 것이고 그러면 헬기 착륙지점에서 계속 일이 꼬일 수도 있었다.

그렇다고 AC-130을 불러 수풀지대 주위에 포격을 가할 수도 없었다. 만프레드 소령팀이 다른 방향으로 수풀지대에 접근하고 있었기 때문이다. 결정적으로 윌리엄팀은 적과 너무 근접해 있어 항공 지원은 힘들다. 따라서 항공 지원은 만프레드 소령 팀에게 집중될 수밖에 없다. 또한 현재의 항공 지원도 마을 주변을 쑥대밭으로 만들고 있었다.

윌리엄이 그런 생각을 하는 동안에도 반군들은 계속 접근해왔다. 위치를 파악했는지 무리를 지어 총을 쏘며 달려들었다. 도대체 어디에, 얼마나 있는지 짐작할 수 없었다.

윌리엄이 큰 소리로 외쳤다.

"탄창교환!"

윌리엄이 네 번째 탄창을 갈아 끼우는 동안 옆에서 케이지 하사의 M60이 불을 뿜자 잠시 적들이 조용해졌다.

"대장, 빨리 따라 붙어야 합니다. 너무 떨어졌어요!"

케이지 하사가 사격을 하며 몸을 일으키다 곧 비명을 지르며 뒤로 넘어가고 말았다. 허벅지에 총알이 박혔다. 어쩌다 날아온 총알이었지만 운이 없었다. 간단한 응급처치를 한 윌리엄은 수류탄을 2발 던지고 케이지 하사를 업고 달리기 시작했다. 하지만 얼마 못 가서 뭔가에 걸려 넘어지고 말았다. 케이지와 윌리엄이 몸을 돌려 왔던 방향을 향했을 때 3~4명의 적들이 어둠 속에서 접근해오고 있었다. 윌리엄이 급히 M60 기관총을 들었을 때 귀를 찢는 총성과 함께 적들이 쓰러졌다.

"바쁜 모양이죠? 당신 부하들은 랑데부 지점에 도착했는데."

에드워드 영이었다. 그의 팀원들이 앞으로 뛰어나가 적을 소탕했다. 윌리엄 소령이 케이지를 부축해서 일으키며 말했다.

"빨리 철수합시다."

"윌리엄 소령, 먼저 가시오. 우린 뒤쫓아갈 테니."

"알겠소."

케이지를 업은 윌리엄은 앞장선 히지가타를 따라 빠른 걸음으로 랑데부 지점으로 향했다. 전투는 점점 치열해져 갔다. AC-130의 포격도 점점 가까워지고 있었고, 에드워드 영이 쏘는 기관총 소리도 가까이서 들려왔다. 윌리엄은 헐떡이는 숨을 몇 번이고 가까스로 참았다. 드디어 UH-1의 모습이 눈에 들어왔다.

먼저 도착한 그의 부하들은 몰골이 말이 아니었다. 자신이 데리고 온 케이지와 부상당한 스타벅 말고도 잭슨 하사가 얼굴을 다쳐 피를 흘리고 있었다.

"헬기에 부상자를 싣고 출발시켜. 나머지는 위치를 사수한다!"

UH-1이 이륙한 뒤 수풀지대에 남겨진 사람은 윌리엄을 포함해 모두 4명이었다. 총 8명 중 3명이 부상, 그리고 맥닐이 아직 안 왔다. 최대한 안전하게 이곳을 사수해야 한다. 에드워드 영의 팀이 가까이 오고 있었고 또 다른 헬기가 접근하고 있었다.

"닉! 맨스필드! 크레모어 설치해. 캐슬베리! 나와 같이 엄호한다. 여기서 최대한 버텨야한다."

그 시각 만프레드의 팀은 별다른 저항 없이 무사히 랑데부 지점으로 접근하고 있었다. 맥닐 중사가 정확한 항공 지원 유도를 해 적이 있는 곳에 포탄이 떨어졌다. 다른 곳에서 총성이 계속 울리는 것으로 보아 다른 팀은 교전 중인 것 같았다. 무전연락도 되지 않는 상황이었다.

미군의 통신장비와 회사의 통신장비는 호환은 됐지만 가까운 곳에서만 가능했고 조금만 멀리 떨어져도 통신이 되지 않았다. 특히 울창한 정글에서는 더 심했다. 드디어 수풀지대가 보이기 시작했다. 맥닐이 교신을 시도했다.

"대장. 맥닐입니다. 도착했습니다. 나갈 테니 쏘지 마십시오."

다행히 무전이 통했다.

"무사한가? 적들이 우글대니 조심하라. 적색 라이트를 비춰라."

"모두 무사합니다. 곧 나가겠습니다."

맥닐이 적색 라이트를 들고 앞으로 나가 좌우로 흔들었다. 곧이어 한 무리의 병력들이 수풀지대에서 모습을 드러냈다. 맥닐이 AC-130을 호출했다.

"스펙터! 수풀지대 주위를 포격하라. 접근하는 아군 헬기 조심하고."

상공에서는 세 번째 헬기가 접근을 시도하고 있었다. 미군의 UH-60이었다. 그 때 정글 한 쪽에서 RPG가 솟아올라 헬기를 가까스로 비켜갔다. 헬기 양쪽에 붙은 20mm 개틀링건이 불을 뿜었지만 효과는 없었다. AC-130의 모든 화기가 계속해서 정글을 두드렸지만 적의 공격은 계속 되었다.

랑데부 지점 주위에 설치한 크레모아 3발이 차례로 터져 반군들의 기세를 일시적으로 꺾어놓았지만 공세를 막기에는 역부족이었다. 적의 병력이 수 백 명 정도라고 알고 있었지만 그 이상이었다. 치열한 전투로 부상자도 속출했다. RPG에 맞서 M-72 로켓을 발사했지만 효과는 미비했다. 잠시 후 미군의 UH-60이 위험을 무릅쓰고 착륙을 시도했다.

그 때 에드워드 영이 소리쳤다.

"미군들 먼저 철수하시오!"

그러자 윌리엄 소령이 큰소리로 답했다.

"더 탈 수 있으니 빨리 타요."

용병 중상자 2명과 전사자 시체 1구를 먼저 실은 대원들은 빈 공간에 미군들을 모두 태웠다. 그러자 헬기 내부가 가득 찼다.

조종사가 말했다.

"소령님, 이제 출발합니다."

헬기 양쪽에서 동원 가능한 모든 화기가 불을 뿜었지만 날아오는 적탄이 쉴 새 없이 동체를 두드렸다. 이륙을 무사히 마친 헬기는 빠르게 속력을 높였다.

윌리엄은 헬기에서 일어나 뒤를 돌아보았다. 치열한 전투와 함께 공중지원이 계속되고 있는 가운데 푸마 헬기가 접근을 시도하고 있었다. 헬기가 제대로 착륙할 수 있을지 걱정스러웠다. 그저 행운을 빌어주는 수밖에…….

"젠장 할!"

제19장

탈출

"헬기가 철수하겠답니다. 더 이상 버틸 수 없답니다."

만프레드의 통신병이 외쳤다.

수퍼푸마 헬기는 상공을 배회하며 기회를 엿보았지만 적의 저항이 거세어 좀처럼 착륙하지 못했다. 현 상황에서 무리하게 착륙한다면 더 큰 피해가 발생할 수도 있다. 에드워드 영은 탄통을 새로 갈아 끼웠다.그 때 에드워드 영의 헤드셋에 헬기 조종사의 목소리가 들려왔다. 긴급상황에서 모든 채널을 동원해 송신을 한 것이다.

"기장이 피격됐다. 기체가 통제 불능이다. 아니, 이거……"

옆에서 누군가가 외치는 소리가 들려왔다.

"헬기가 떨어진다!"

통제를 상실한 수퍼푸마 헬기가 달빛 아래 허공을 미친 듯이 맴돌더니 포위망을 좁혀오는 적을 향해 곤두박질쳤다. 흉측하게 부서진 헬기의 메인로터가 힘없이 회전하고 있었지만 적들의 공격을 막진 못했다. 곧이어 엄청난 폭발이 일어났다. 그로 인해 일순간 주변이 대낮처럼 밝아졌다.

헬기 폭발로 잠시 조용해진 틈을 타서 에드워드 영은 만프레드에게 다가갔다. 만프레드는 자신의 실탄을 다 써버렸는지 부상자가 남긴 전투조끼에서 실탄을 꺼내고 있었다.

"소령님, 한 방향으로 돌파합시다."

"호수 방향으로? 아니면 스탠리산 방향으로 올라갈까?"

"일단 높은 곳으로 가서 지원요청을 하죠. 우리 팀이 뚫겠습니다."

"두 팀으로 나눠서 알아서 탈출하자고? AC-130에게 연락해서 더 세게 두드리라고 하지."

만프레드가 통신병에게 지시하는 사이 에드워드 영은 흩어져 있는 대원들 사이를 돌아다니며 변경된 계획을 전달했다. 차례대로 철수하되, '1명의 낙오자도 남기지 말 것', '부상자도 반드시 데려갈 것.' 이 두 가지는 반드시 주지시켜야 한다.

"스펙터, 더 세게 두드려라. 우리는 알아서 탈출하겠다."

"알았다. 우리도 연료와 탄약이 다 했다. 하지만 마지막까지

지원하고 돌아가겠다. 무운을 빈다."

잠시 후 AC-130이 호수 쪽을 향해 포탄을 쏟아내기 시작했다. 에드워드 영이 M-249 기관총을 앞세우고 나아가자 레드와 히지가타가 옆에 나란히 섰다.

"돌격!"

레드가 던진 수류탄에 앞에 있던 적들이 쓰러졌다. 수류탄이 일으킨 흙먼지가 에드워드 영의 얼굴을 때렸지만 아랑곳하지 않았다. 히지가타가 가장 먼저 정글 안으로 들어갔다. 레드와 오렌지, 블루가 뒤를 이었다. 뒤를 돌아보자 만프레드의 팀도 열심히 뒤쫓아오고 있었다.

"에드워드, 먼저 출발하게. 곧 쫓아갈 테니까."

양 팀 모두 위성전화기가 있으니 트래비스 중령과 연락이 가능했다. 만프레드팀에는 무전기까지 있으니 이곳에서 벗어나기만 하면 탈출은 가능할 것이다. 일단 두 팀으로 나누는 것도 좋은 방법이었다.

에드워드 영이 정글로 들어오자, 다른 대원들이 서둘러 출발했다. AC-130의 폭격소리만 계속될 뿐 총소리는 점점 잦아들고 있었다. 앞에서 나타난 적들도 레드와 히지가타의 총에 신속하게 처리되었다. 선두에 있는 레드와 히지가타는 빠른 걸음으로 가끔씩 방향을 바꾸며 전진하고 있었다. 그렇게 2시간 정도 이동했다. 주위가 조용해지자 일행은 잠시 쉬기로 했다. 에드워드 영이 레드에게 다가가 조용히 물었다.

"우리 위치가 어디야?"

레드가 주머니에서 GPS를 꺼내 보였다.

"스탠리산은 여기서 북동쪽으로 23km를 더 가야 해."

콩고민주공화국과 우간다 국경에 걸쳐 있는 거대한 산악지대를 대표하는 스탠리산은 마그헤리타 피크라고도 불리는 산으로 해발 5,109m에, 아프리카에서 세 번째로 높은 산이었다. 일단, 높은 지대로 올라가면 항공지원을 받아 헬기로 탈출하기가 쉬울 것이다. 그 일대 역시 반군이 장악하고 있었지만 그렇게 먼 곳까지 쫓아와서 우글대지는 않을 것이기 때문이다.

지금 이 순간, 희망사항이 하나 있다면 해가 뜨기 전에 스탠리 산기슭에라도 들어가는 것이었다. 실탄도 거의 바닥났고 무엇보다도 피곤했다. 각자 비상식량을 가지고 있었지만 아무도 입에 대지 않았다. 최대한 이곳을 빠져나가는 것이 우선이었다. 배고픈 것 따위는 지금 당장 안중에도 없었다.

"자, 빨리 출발하자고."

히지가타가 일어서며 말했다. 선두는 계속 레드와 히지가타가 맡았다. 아까보다 속도는 빨랐지만 긴장감은 훨씬 덜했다. 에드워드 영은 조용히 뒤를 따랐다.

만프레드팀은 모두 3명이었다. 수풀지대 전투로 5명이 부상을 당했지만 적들의 눈을 속이고 이동하기에는 좋았다. 다행히 적들도 호수 방향으로 움직이는 것을 눈치채지 못했는지 조용했

다. 만프레드는 이 점을 최대한 살리기로 했다. 무리하게 산악지
대로 이동하느니, 가까운 호수지대로 가서 숨어 있다가 헬기를
부르는 것이 좋겠다는 생각이 들었다. AC-130이 마지막까지 포
격을 하고 돌아간 방향으로 이동해도 좋을 것이다.

"남은 거리가 얼마야?"

"약 10km입니다."

GPS를 확인한 빌코 상사가 조용히 답했다. 남아공 특수부대
출신의 40대 흑인 빌코 상사는 야시경도 없이 숨 한번 헐떡이지
않고 선두에서 길을 안내했다. 친절하게도 뒷주머니에 라이트스
틱을 꽂아두고 있어서 뒤에서 쫓아가기가 편했다.

"빨리 출발하자고."

만프레드의 말에 빌코가 다시 일어나 이동을 시작했다. 습한
정글의 공기가 전투의 긴장을 조금씩 식혀주었다. 가끔 적들의
움직임이 포착됐지만 조용히 숨어 있다가 이동하기를 반복했다.
무리할 이유가 없었다. 땀이 조금씩 마르고, 몸에 한기가 느껴졌
다. 열대우림에 있다는 사실이 믿기지 않을 정도였다. 그렇게 3
시간 정도를 조용히 이동했을 때 갑자기 빌코 상사가 걸음을 멈
췄다. 마침내 눈앞에 에드워드 호수의 푸른 물이 나타났다.

중부아프리카 대호수 지역을 이루는 여러 호수 중 가장 작은
에드워드 호수는 콩고민주공화국과 우간다 사이에 있는 호수로
한때 우간다 독재자의 이름을 따서 '이디 아민 호수'로 불린 적
도 있었다. 원래 하마가 많이 서식하는 곳이었지만, 계속된 내전

과 밀렵으로 개체 수가 급격히 줄어, 지금은 호수 주변을 아무리 살펴봐도 쉽게 찾을 수 없었다. 차라리 잘 된 일이었다. 주위에 하마가 있으면 적들의 눈에 쉽게 띌 우려가 있었기 때문이다. 최대의 밀렵꾼들은 바로 반군들이기 때문이었다.

만프레드는 그제야 안도의 한숨을 내쉬었다. 빌코 상사와 무전병은 주위를 경계하며 근방으로 흩어졌다. 이제 위성전화기를 꺼내 지원 요청만 하면 됐다.

"중령님, 만프레드입니다. 에드워드 호수입니다. 지원바랍니다."

"모두 무사한가? 몇 명인가?"

"총 3명입니다. 모두 무사합니다."

"에드워드는?"

"다른 곳으로 갔습니다. 스탠리산 쪽으로 간 것 같습니다."

"알겠네, 헬기 도착까지 3시간 정도 걸릴 걸세. 변동사항 있으면 다시 연락하게."

만프레드는 대원들을 찾아가 상황을 설명하고 잠시 눈을 붙이도록 했다. 대신 돌아가면서 경계를 서기로 했다. 첫 번째 경계는 무전병이 섰다.그 때 빌코 상사가 만프레드에게 다가와 조용히 말했다.

"이쪽에 적이 없는 걸로 봐서 캡틴팀을 쫓아간 것 같습니다."

"내 생각도 마찬가지네. 모두 무사해야 할 텐데."

행운을 빌어주는 수밖에 없었다. 이제 헬기를 기다리는 일만 남았다. 아침녘에는 돌아갈 수 있을 것이다. 만프레드는 나무에 기대어 눈을 감았다. 정말 기나긴 밤이었다.

에드워드 영 일행은 잠시 휴식을 취했다. 야간투시경으로 주위를 살피자 적들의 이동 모습이 보였다. 적과의 교전 없이 스탠리산 입구에 도착했지만 적들을 완전히 따돌리지는 못한 것 같았다. 분주히 움직이는 것을 보니 여전히 자신들을 찾고 있는 것 같았다. 예상을 깬 적들의 움직임에 대원들 역시 실망한 기색이 역력했다.

그 때 오렌지가 조용히 다가와 말했다.

"캡틴, 우리가 너무 교과서적으로 움직인 건 아닐까?"

그런지도 모른다. 아무리 오합지졸이라고 해도 바보가 아닌 이상 많은 전투경험을 통해 배운 것이 있을 것이다.

헬기 탈출 실패 후 정글로 사라졌다면 가장 가능성 높은 곳은 바로 고지대이다. 그것도 헬기가 가장 착륙하기 쉬운. 그렇다면 갈 곳은 몇 군데로 정해진다. 왜 그 생각을 못했을까? 에드워드 영은 늦은 후회를 했다.

'차라리 가까운 호수지대로 갔으면 더 좋았을 것을……'

"한 번 해보는 거야. 항공지원을 든든하게 요청해, 캡틴."

블루가 나지막이 말했다. 현재로서는 그것이 최선이었다.

"일단, 올라가서 보자고."

히지가타가 앞장섰다. 소음기를 장착한 M-4를 앞으로 향한 히지가타가 조심스럽게 발걸음을 옮기며 앞으로 나아갔다. 새벽 4시 40분을 막 지나고 있었다. 해가 뜨기 전까지는 올라가서 위치를 잡아야 했다.

1시간 정도 이동 후 주변을 조망할 수 있는 지대로 올라온 에드워드 영 일행은 그곳에서 헬기를 기다리기로 했다. 에드워드 영이 위성전화기로 교신을 시도했다.

"에드워드 영입니다. 스탠리 산기슭에 있습니다. 주위에 적들이 많지만 헬기를 지원해주십시오."

"멀리도 갔구만. 만프레드는 에드워드 호숫가에서 무사히 구출되어 이쪽으로 오고 있는 중이네. 혹시 그곳에 반군들이 깔려 있나? 준비를 단단히 하고 가야겠군. 참, 모두 무사한가?"

역시 독일 특수부대 KSK(Kommando Spezialkr fte) 출신 만프레드는 달랐다. 호수 방향으로 간 것은 탁월한 선택이었다. 그는 정말 뛰어난 군인이었다.

"아직까지는 모두 무사합니다. 화력지원도 필요합니다."

"알겠네. 3~4시간은 걸릴 거야. 도착하면 다시 연락하지."

지원요청을 한 후 대원들에게 이 사실을 전달한 에드워드 영은 블루와 히지가타에게 경계를 맡기고 1시간 뒤에 깨워달라고 부탁한 후 잠을 청했다.

뒤돌아선 그에게 블루가 말을 건넸다.

"캡틴, 등에서 피가 나는데? 파편이 박힌 것 같군."

에드워드 영은 그제야 통증을 느꼈다. 단순한 타박상인줄 알았는데 아닌 모양이다. 블루가 뭔가를 등에서 잡아 빼는지 통증이 심했다.

"압박대로 지혈해도 통증은 심할 거야. 모르핀을 놔주지."

허벅지에 모르핀 주사바늘이 들어가자 곧 머리가 멍해졌다.

"난 이런 느낌이 정말 싫어."

그리고 에드워드 영은 엎드린 채 곧 잠이 들었다.

다른 대원들이 휴식을 취하는 사이 경계를 맡은 히지가타와 블루는 졸리는 눈을 비비며 주위를 살폈다. 주변은 아직 조용했다. 우측을 맡은 블루는 시계를 들여다 본 후 이제 임무교대를 해야겠다고 생각하고 자세를 낮춰 레드와 오렌지가 잠자는 곳으로 향했다. 레드와 오렌지는 캡틴을 사이에 두고 웅크린 채 자고 있었다.

현재 위치는 썩 좋은 위치라고는 할 수 없었지만 산 아래에서는 잘 안 보이는 안으로 움푹 들어간 곳으로, 헬기가 착륙할 수 있을 정도의 비교적 평탄한 곳이었다. 또 뒤로는 산악지대가 이어져 아래만 잘 감시하면 별 문제가 없었다. 하지만 이런 예상은 곧 여지없이 빗나가고 말았다.

분명 그의 눈에 들어온 것은 반군들이었다. 3명이 위에서 내려오고 있었다. 어떻게 알고 찾아왔는지 알 수 없었다. 산 아래만 신경쓴 나머지 위쪽을 살피지 못한 것이 실수였다. 포르투갈 레이저부대에서 항상 들어왔던 '전투상황은 불확실한 사건과 우연의 연속이다.'라는 말이 생각났다.

반군들 역시 적이 이런 곳에 숨어있으리라고는 미처 생각 못했는지 편하게 내려오고 있었다. 블루는 관목들로 이어진 나지막한 덤불 사이에 몸을 숨겼다. 이렇게 된 이상 그냥 조용히 보내는 게 상책이라는 생각이 들었다. 3명의 반군이 아무 의심 없이 블루 앞을 지나갔다. 그러나 그것도 잠시, 맨 앞에 있던 반군 하나가 갑자기 걸음을 멈췄다. 그리고 한 곳을 응시했다. 히지가 타였다. 미제 우드랜드 얼룩무늬 전투복을 입고 엎드려 있는 히지가타를 반군이 본 것이다. 소음기를 장착한 M-4를 단발모드로 바꾼 블루는 바로 자리에서 일어나 7~8m 앞에 있는 반군을 향해 방아쇠를 당겼다.

갑자기 앞에서 나타난 블루의 모습에 반군이 놀라는 사이 M-16 소총을 겨누려던 첫 번째 반군의 치아를 부수고 들어간 5.56mm 탄환은 구강을 통해 뇌간과 소뇌를 박살낸 후 반사신경까지 철저하게 파괴시켰다. 두 번째 반군 역시 목의 경동맥과 경추가 박살나 척수신경이 완전히 끊어진 채 뒤로 나가 떨어졌다. 그러나 블루의 뛰어난 사격솜씨와 소음총의 장점도 세 번째 반군에게는 통하지 않았다. 블루의 총알이 그의 얼굴에 닿았지만 아슬아슬하게 빗나가고 말았다. 2발을 더 쏘아 숨통을 끊어 놓았을 때는 이미 AK 소총이 허공으로 3~4발 더 발사된 뒤였다. 그러나 이 총성으로 인해 상황이 순식간에 돌변했다.

블루가 확인 사살하는 사이, 모든 대원들이 깜짝 놀라 일어났다. 가장 놀란 것은 히지가타였다.

“어떻게 된 거야?”

히지가타가 놀라서 물었지만 설명하기 복잡했다.

“일단 여기를 벗어나야 해. 곧 적들이 몰려올 거야.”

주위를 둘러본 레드가 다시 돌아와 말했다.

“벌써 몰려들고 있어. 처음부터 우리를 찾고 있었던 거야.”

잠에서 깬 에드워드 영은 수통의 물을 머리에 부어 정신을 차린 후 쌍안경으로 주변을 살폈다. 여기저기 흩어졌던 반군들이 총성이 난 방향으로 모여들고 있었다. 멀리서 병력을 실은 러시아제 BMP 계열의 기갑차량도 3대나 보였다. 머뭇거릴 여유가 없었다. 일단, 더 위로 올라가야 했다.

“위로 더 올라갈 수 있나?”

에드워드 영의 말에 오렌지가 산 정상 쪽으로 뛰어 올라갔다. 그리고 잠시 상황을 살펴본 후 외쳤다.

“가능해!”

그 때 바람을 가르는 소리와 함께 큰 폭발이 일어났다. 대기를 가르는 소리와 폭발력으로 봐 60mm 박격포 같았다. 엉뚱한 곳에 터지긴 했지만 점점 더 조여들 것이다.

“위로 올라가자!”

그러나 몇 걸음 못가서 또 폭발이 일어났다. 위쪽에 있던 오렌지 주위에 흙먼지가 일었다. BMP-3의 100mm 포였다. 12.7mm 기관총도 같이 쏘아대고 있었다. 엎드려 있던 오렌지는 다행히 멀쩡했다.

"그런데 저 놈들 왜 이리 악착같지? 우리가 그렇게 나쁜 짓이라도 했나?"

히지가타가 짜증 섞인 푸념을 했다. 에드워드 영은 윌리엄 소령이 반군들의 심기를 건드린 건 아닐까 하는 생각이 들었다. 의도적이든, 아니든 무슨 짓을 했을 것이다. 살아 돌아가면 물어볼 생각이었다. 지금 중요한 것은 그것이 아니다. 에드워드 영은 서둘러 위성전화기를 꺼내 트래비스를 호출했다.

"포위 공격당하고 있습니다. 빨리 도와주십시오!"

그러나 송수신 상태가 썩 좋진 않았다.

"지금 어디 계십니까, 중령님!"

그 사이에도 60mm 박격포탄과 BMP-3의 100mm 포탄이 번갈아 날아들어, 이제는 이동 자체가 불가능했다. 위로 올라가는 순간, BMP-3에 완전히 노출될 것이다. 위치를 고수하고는 있었지만 어느새 반군들은 200여 미터 앞까지 와 있었다. 간간이 RPG도 날아왔다.

"연락이 안 돼!"

에드워드 영이 상황을 알리자, 레드가 큰소리로 외쳤다.

"캡틴, 여기서 최대한 버텨보자고."

그와 동시에 전 대원이 소음기를 떼어내고 단발 조준사격을 시작했다. M-249 기관총의 실탄을 아끼며 적의 접근을 최대한 저지하려고 했지만 여의치 않았다. RPG와 60mm 박격포탄은 점점 가까이서 폭발했고, 그 때문에 몇 번이나 흙먼지를 뒤집어써야 했다. 그 사이 적은 100여 미터 전방까지 접근해 있었다. 블루가 마지막 남은 M-72 로켓을 발사했다. 그러자 잠시 적의 공격이 주춤했다. 그러나 그것도 잠시, 곧 전열을 가다듬은 적은 악착같이 접근해오고 있었다.

어젯밤과는 전혀 다른 광경이었다. 햇살 아래 총천연색 전투장면은 전혀 낭만적이지도, 한 폭의 그림 같지도 않았다. 폭발음과 총소리는 귀를 찢는 소음에 불과했고, 화려한 불빛도 없었다. 아니, 밝은 태양 아래에서는 어떠한 조명도 필요 없었다. 항상 봐왔던 당연한 전투현장일 뿐이었다.

"RPG!"

누군가 큰소리로 외쳤다. 그리고 잠시 후 거대한 폭발이 일어났다. 잠시 후 흙먼지 사이로 누군가 쓰러져 있는 게 보였다. 히지가타였다.

1부 끝

사막의 눈물 1
어느 한국인 용병 이야기

1판 1쇄 인쇄 2010년 6월 15일
1판 1쇄 발행 2010년 6월 22일

지은이   윤충훈
발행인   임채성
디자인   푸른다솜향
펴낸곳   판테온하우스
주소   서울 마포구 동교동 165-8 LG팰리스빌딩 810호
전화   02)332-6304 팩스 02)332-6306
이메일   pantheon11@naver.com
카페   http://cafe.naver.com/pantheonhouse
등록   2010년 4월 22일(신고번호 제313-2010-119호)

ISBN 978-89-964393-0-1 04810   978-89-964393-2-5 04810(세트)

Desert Tears

사막의 눈물 (전2권)

어느 한국인 용병 이야기